龍王の海

国姓爺・鄭成功

河村哲夫

海鳥社

龍王の海——国姓爺・鄭成功◉目次

大航海時代——一五四三—一六一三年

鄭芝龍——一六一三—一六二九年

海を渡った少年 —— 一六三〇—一六四三年

明朝の滅亡 —— 一六四二—一六四六年

反清復明 —— 一六四六—一六四九年

王国の夢――一六五〇―一六五四年

北　征――一六五四―一六五九年

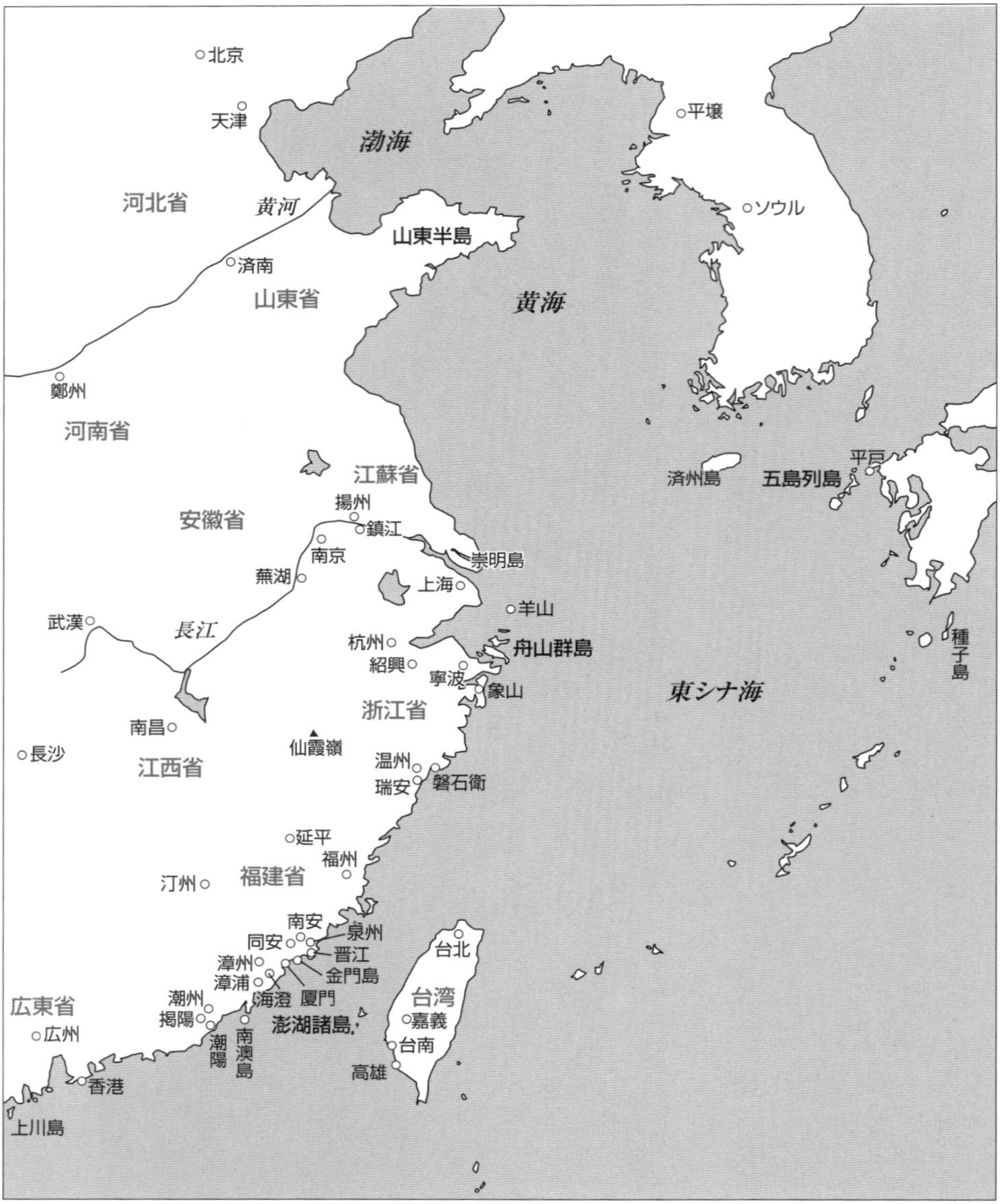
北京
天津
渤海
河北省
黄河
山東半島
済南
山東省
黄海
平壌
ソウル
鄭州
河南省
江蘇省
揚州
鎮江
安徽省
南京
崇明島
蕪湖
上海
羊山
武漢
長江
杭州
舟山群島
紹興
寧波
象山
浙江省
東シナ海
南昌
仙霞嶺
長沙
江西省
温州
瑞安
磐石衛
延平
福州
汀州
福建省
南安
泉州
同安
晋江
漳州
金門島
漳浦
海澄
厦門
台北
台湾
潮州
揭陽
広東省
嘉義
澎湖諸島
広州
潮陽
南澳島
台南
高雄
香港
上川島
済州島
五島列島
平戸
種子島

鄭成功関係地図

大航海時代

一五四三―一六一三年

種子島南端に位置する門倉岬

種子島

嵐がおさまったのは、明け方近くであった。

台風が過ぎ、やがて日が昇ると、村人たちは家の外に出て隣近所とあいさつを交わし、無事を喜び合った。ところが、門倉岬《かどくら》に一艘の大型帆船が漂着しているのが発見されると、一転して島中が大騒ぎとなった。

一五四三（天文十二）年八月二十五日のことである。

難破船が漂着した門倉岬は種子島の南端にあり、薩摩の禅僧・南浦文之《なんぽぶんし》（一五五五―一六二〇）が書いた『鉄炮記《てっぽうき》』には、

「西《にし》ノ村《むら》小浦」

と書かれている。

知らせを受けて、西村の織部丞《おりべのじょう》という名主が交渉にあたることになった。学問があり、漢字に詳しかったからである。

難破船には、百名ばかりの男たちが乗りこんでいた。彼らは小船に分乗して門倉岬近くの浜に上陸し、遠くから様子をうかがう村人たちに何ごとかを叫びつづけていた。その人相風体から見て、異国人にちがいなかった。なかでも、髪の色も目の色も異なり、まるで鬼のような顔つきをしている三人の男がことさら異様であった。

意を決した織部丞は、役人たちを引きつれて近づいていった。すると、男たちが身振り手振りで歓迎の意をあらわした。少しばかり安心した織部丞は、おもいきって日本語で話しかけてみたが、彼らは一様に愚鈍な表情を

浮かべるばかりである。

織部丞が途方に暮れていると、一人の男が歩み寄ってきた。そして、砂の上に杖で文字を書いた。まさしく漢字であった。織部丞もまた、砂の上に文字を書いた。こうして、筆談がはじまった。

その男は自分の名を「五峯《ごほう》」と書き、「大明の儒生《だいみんのじゅせい》」――すなわち、中国の儒者と紹介した。実際は密貿易商であったが、交渉をうまく運ぶため、見栄を張ったのである。織部丞が鬼のような顔つきをしている三人の異人を見ながら、

「船中の客、何ぞその形の異なるかな。いずれの国の人なるや」

とたずねると、五峯と名乗った中国人は、

「これ西南蛮種の賈胡《ここ》なり」

と答えた。

「賈」とは商人のことであり、「賈胡」とは夷《えびす》の商人のことである。日本人が見た、はじめてのポルトガル人であった。

この当時、種子島を支配していたのは、種子島恵時《さととき》・時堯《ときたか》父子である。彼らは西村から十三里隔てた赤尾木《あかおぎ》（西之表）に居住していた。

織部丞から早馬で報告を受けた種子島恵時らは、異国船を赤尾木に回航させたうえ、一行を歓迎するよう命じ、水や食糧をあたえ、宿も準備し、船体の修理についても便宜をはからった。

種子島氏の屋敷に招かれた三人のポルトガル人は、大げさな身振りで感謝の意をあらわした。三人のポルトガル人のうち二人は、『鉄炮記』に「牟良叔舎《むらしゆくしや》」と「喜利志多陀孟太《きりしただもうた》」という名で記されている。ポルトガル人アントニオ・ガルバンが一五六三年に刊行した『諸国新旧発見記』によると、「牟良叔舎」とは「フランシスコ・ジェイモト」、「喜利志多陀孟太」とは「アントニオ・ダ・モッタ」のことであるらしい。もう一人のポルトガル人はアントニオ・ペイショットといった。

ポルトガル人たちは、箸をもちいることができず、皿に盛った料理を手づかみで食べたり、壷の酒をラッパ飲みしたり、野蛮きわまりない態度ではあったが、種子島恵時らは、

――彼らの習慣が異なるのみで、品性そのものが卑しいわけではなく、商人という申し立てもまちがいはないなかろう。

と、ポルトガル人たちを暖かいまなざしで見守った。

種子島時堯は、十六歳の好奇心旺盛な若者であった。ポルトガル人たちが手に「長さ二、三尺の一物」を携えているのがずっと気になっていた。そこで織部丞と五峯の二人を介して、

「それは何か」

と、彼らにたずねた。

長さ一メートルほどの鉄の筒で、底は密閉されており、そばには火の通る穴があった。筒の先から火薬と鉛の玉を入れて身構え、穴から火を入れると、雷のような轟音《ごうおん》を発し、たちまち鉛の玉が標的に命中して破壊する。

種子島時堯は、ポルトガル人たちが島を離れるとき、一五〇〇両もの大金を投じて二挺の銃を手に入れた。

種子島も戦国動乱とは無縁ではなく、この年の三月、大隅半島を拠点とする禰寝《ねじめ》氏の攻撃を受け、屋久島を奪取されていた。種子島時堯らは屋久島を奪還するため、戦闘体制の強化を図っている最中であった。種子島時堯は、鉄砲がこれまでの戦い方を一変させる革命的な武器であると直感した。

その後、種子島時堯は毎日のように射撃訓練をおこない、百発百中の腕前になった。しかしながら、弾も減り、火薬も減ってくる。弾は鍛冶屋に頼めばすぐにおなじものをつくってくれたが、火薬については簡単に調達することはできない。

そこで、火薬の調合を家臣の篠河小四郎《ささかわこしろう》に学ばせ、島の鍛冶屋らに銃の製造を命じた。鍛冶屋らはポルトガル人の銃を観察し、似たようなものをつくることができたが、実際に発射すると、銃身の底をふさぐ留め金が衝撃

で緩んでしまう。ネジという技術は、日本ではまだ考案されていなかった。

翌年、ふたたびポルトガル人が種子島を訪れた。そこで、種子島時尭は刀鍛冶の八板金兵衛《やいたきんべえ》に命じて、銃身の底をふさぐ技術をポルトガル人から学ばせた。『鉄炮記』には、

「ようやく年月を経て、その巻きてこれを蔵《おさ》むることを知る」

とある。ついに、ネジという技術を会得したのである。

八板金兵衛は代償として、娘の若狭《わかさ》をポルトガル人にあたえたという。若狭は篠河小四郎の恋人であったともいう。若狭はポルトガル人とともに、異国の地に旅立っていった。

真偽のほどは定かではないが、異国の地で望郷の念にかられた若狭が詠んだという歌が伝えられている。

月も日も日本《やまと》の方ぞなつかしき
　わが父母のいると思へば

種子島時尭が入手した二挺の銃のうち、一挺は現在でも種子島に伝えられ、西之表市の「種子島開発総合センター（鉄砲館）」に展示されている。残りの一挺は、鉄砲伝来の翌年、紀州（和歌山県）根来寺《ねごろじ》の杉ノ坊妙算《みょうさん》という僧が譲り受けて畿内へもたらしたという。

銃の製造に成功した時尭は、数年で数十挺の銃を製造し、やがてこのことを聞きつけた堺商人の橘屋又三郎《たちばなやまたさぶろう》が銃の製造販売をおこなうようになって急成長を遂げ、「鉄砲又《てつぽうまた》」とよばれるほどになった。堺（大阪）、根来（和歌山）、国友（滋賀）などの鉄砲の生産地も生まれ、鉄砲は戦国武将の必需品となった。

種子島の伝来からわずか三十二年後の一五七五（天正三）年の「長篠《ながしの》の戦い」において、鉄砲は決定的な役割を演じ、織田信長の天下統一への野望を大きく前進させた。

海の覇者・王直

ところで、ポルトガル人とともに種子島に漂着した中国人の五峯のことである。本名を王直《おうちょく》という。汪直とも書く。徽州《きしゅう》歙県《きゅうけん》——現在の安徽省《あんき》徽州地区で生まれた。安徽省の南端、浙江省と江西省の境界付近にある。

歙県といえば、「新安商人《しんあん》」の出身地として名高い。新安とは、歙県の古名である。もともと茶の産地として有名であったが、交通の要衝に位置しているため、茶をはじめ、米や塩、絹、綿など多くの商品を取り扱う商人が輩出した。鉱山業や金融業を営む大商人も出て、やがて長江流域にも進出した。

その代表ともいえる新安商人が「揚州の塩商《ようしゅう》」である。揚州は江蘇省の中央部、長江の北側に位置し、隋の第二代皇帝・煬帝《ようだい》がこの地に大運河を開き、豪壮な離宮を造営し、唐代には国際都市として栄えた。明の時代にいたっても、南北を結ぶ運河によって商工業が集積し、中国における流通の拠点として栄え、そのなかでも新安商人が塩の流通を牛耳っていた。

王直もまた塩の取引でひと儲けしようと考えたらしい。仲間の徐惟学《じょいがく》とともに塩の商売をはじめたが、遊侠の徒であった王直らにまともな商売がつとまるわけがない。当然のごとく失敗し、徐惟学および親交のあった福建省出身の葉宗満《ようそうまん》・謝和《しゃわ》・方廷助《ほうていじょ》らとともに、

「中国では何をやっても法に触れる。海に出て儲けよう」

と、徽州を離れ、はるか南方の広東省にむかった。

広東省を代表する港は、澳門《おうもん》——すなわち、マカオである。中国人は、アメオンとよぶ。ポルトガル人は、マカオ（Macau）あるいはアマカウ（Amacau）とよんだ。この地には航海の安全をつかさどる媽祖《まそ》を祀る媽閣廟《まこう》があり、それが転じて「マカオ」になったらしい。日本人も「あまかう」とよんだらしく、日本の文献には、

「阿媽《あま》港」あるいは「天川《あまかわ》」などと書かれている。

一五四〇年、王直らは、長旅の末やっとのことで新天地のマカオにたどり着いた。そこで、福建省出身の李光《りこう》頭《とう》（李七）や同郷の許棟《きょれん》（許二）ら海賊の頭領たちと知り合った。

明は海禁政策をとっていたが、東南アジアに進出したポルトガル人は、一五一一年から、マラッカ海峡に面したマレーシア半島先端部に位置する港湾都市・マラッカ（満剌加）を拠点にして、中国沿岸各地に船を出し、マカオにおいても公然と密貿易をおこなっていた。

王直はポルトガル人に接近し、大船を入手して、マラッカをはじめ、ルソン（呂宋）・ベトナム（安南）・シャム（暹羅）など東南アジア各地と往来し、硫黄・生糸・綿などの禁制品を輸出し、香料などを持ち帰って巨利を得た。ポルトガル人と接触するうちに、ポルトガル語もかなり話せるようになった。

王直がポルトガル人を乗せて種子島に漂着したのは、タイのアユタヤから舟山《しゅうざん》群島の双嶼《そうしょ》（リャンポー）にむかう途中のことであったといわれる。


一五四四年――種子島漂着の翌年、王直は許棟集団にくわわり、財務会計を所掌する「管庫《かんこ》」に選任され、あわせて日本との貿易を担当させられた。九州方面へも進出し、博多を訪れ、助才門ら三人を密貿易の仲間に引きこみ、彼らを引きつれて双嶼にもどったという。鄭舜功の『日本一鑑』には、

「種島の夷、助才門」

と書かれているが、助才門とは助左衛門《すけざえもん》のことであろう。

助左衛門といえば、堺の豪商・呂宋《るそん》助左衛門のことが想起されよう。王直が活躍した時代から見れば、ほぼ五十年後の十六世紀末から十七世紀初頭にかけて活躍した人物である。ルソンなど東南アジア諸国との貿易によって巨万の富を得、豊臣秀吉に蠟燭《ろうそく》、香料、麝香《じゃこう》、ルソン壷などの珍品を献上した。

しかしながら、あまりにも華美な生活を送ったため、一五九八年、石田光成らの讒訴《ざんそ》により秀吉から邸宅没収

の処分を受けることになった。それを察した呂宋助左衛門は、その豪邸と財産を大安寺に寄進し、ルソンへ逃れた。その後、一六〇七年にルソンからカンボジア（柬埔寨）に渡り、カンボジア国王の信任を受け、ふたたび豪商になったという。石原道博氏は、『倭寇』（吉川弘文館）のなかで、「種島助才門は、あるいはのちの呂宋助左衛門の先祖かもしれぬ」と推測されている。

王直らが拠点とした双嶼は、舟山群島南端の六横島《りくおう》の港である。小さな山々に目隠しされた双嶼は、絶好の密貿易港であった。中国人、ポルトガル人、博多の商人などが集まって、東南アジアの香料や中国の生糸・絹織物・陶磁器・硝石・麝香、日本の銀・武器・硫黄などが取引された。最盛期には、双嶼に一万人を超える密貿易関係者が居住していたという。

ところが、一五四八年四月、明の大軍が双嶼を突然攻撃し、許棟や李光頭以下多くの頭目が逮捕され、処刑された。辛うじて海に逃れた王直は、残党を率いて九州をめざした。

王直が拠点としたのが、五島である。王直の五峯という号は、五島に由来するという。出身地の徽州にちなんで、「徽王《きおう》」とも称した。

この当時の五島の領主であった宇久盛定《うくもりさだ》は、生糸や絹織物、陶器、皮革、ビロードなど中国の進んだ品物をもたらしてくれる王直を歓迎し、貿易の密約を結び、福江城の対岸の丘に王直らのための居館を用意した。福江市の唐人町に残されている中国風の「六角井戸」は、王直らが使った井戸であるという。

また、「明人堂《みんじんどう》」という中国式のお堂は、王直らが航海の安全を願って建てたという。毎年旧暦九月二十三日に祭りがおこなわれるが、この日は王直が最後に五島を出発した日と伝えられている。五島の人々は、富と繁栄をもたらす王直を神のように慕っていたのである。

王直はさらに平戸にも拠点を置いた。平戸の領主・松浦隆信《たかのぶ》（道可《どうか》）もまた王直を歓迎し、勝尾岳の東にある白狐山《びゃっこさん》（平戸市鏡川町）に居館をあたえた。

中国風の建物で、ほぼ十五年にわたり平戸における王直の拠点となった。王直はこの屋敷に滞在するとき、常に緞衣《どんい》をまとっていたという。このころ三百人も乗せることのできる大型ジャンク船を港に浮かべ、二千人の部下をしたがえていたともいう。

国際貿易港としての平戸の繁栄は、王直の来訪からはじまったといっていい。

ちなみに、王直の屋敷はのちに松浦隆信の隠宅としてもちいられ、隠居名の印山《いんざん》道可にちなんで印山寺と称された。狭隘《きょうあい》な坂道の上に位置しており、現在、金光教平戸教会があり、「王直屋敷・天門寺跡」と表示されている。「天門寺跡」というのは、おなじ敷地内に、一五六四（永禄七）年、ルイス・フロイスによってキリスト教教会――「天主教天門寺」が建てられたからである。

九州の五島と平戸を拠点とした王直にとって、最大の敵は舟山《しゅうざん》群島を拠点にした陳思盻《ちんしけい》の集団であった。彼らは王直の配下の船をしばしば攻撃し、各地で貿易を妨害した。

一五五一年、王直は陳思盻配下の者を味方に引き入れ、また政府軍の協力も取りつけて、誕生日を祝って酒盛りをしていた陳思盻を襲撃して討ち果たした。ところが、政府軍による恩賞がわずか米百石であったため、王直は激怒し、それを海に投げ捨ててしまった。『殊域周咨録《しゅいきしゅうしろく》』に、

「これより朝廷を怨み、しきりに入って侵盗す」

と書かれている。

王直は陳思盻の集団を吸収してさらに勢力を拡大し、舟山群島の烈《れつ》港を新たな拠点にして、「浄海王《じょうかいおう》」と称した。ところが、一五五三年に明軍が烈港に奇襲攻撃を仕掛けてきたので、王直らは暴風雨にまぎれて九州へ逃れた。

明政府に不信感を抱いた王直は、日本の倭寇《わこう》とともに中国沿海地方で激しい掠奪行為を繰り返した。これを

「嘉靖《かせい》の大倭寇」という。

一五五七年、明の総督・浙直福建右都御史に任じられた胡宗憲《こそうけん》は、王直の妻子を逮捕監禁し、蔣洲《しょうしゅう》と陳可願《ちんかがん》という人物を派遣して王直に帰順をすすめた。その際、帰国を訴える家族の手紙を託し、帰国すれば従来どおり貿易を許可することも確約した。

王直は養子の毛烈《もうれつ》と葉宗満《ようそうまん》を先に帰国させ、

——貿易をつづけることができれば、それだけでいい。

と、胡宗憲に伝え、帰国の準備をはじめた。

この間、豊後の大友義鎮《よししげ》（宗麟《そうりん》）らに接近し、貿易の利を説き、勘合貿易の復活を強くすすめた。これに応じ、大友義鎮は「豊後王」として朝貢船を仕立て、勘合貿易復活を要請する上奏文を使者に持たせて中国に派遣した。

王直はこの船に同行し、寧波《ニンポー》沖に到着するや、上奏文を胡宗憲に送った。このなかで、王直は、

——自分は倭寇とは無関係であり、ひたすら国家に忠誠を尽くしたいと願っております。貿易をお許しいただくなら、海上の安全を維持することはきわめて容易でございます。

と訴えた。

胡宗憲は王直の願いを許そうとしたが、明政府は断固たる処置を命じた。やむなく胡宗憲は、十一月に王直を逮捕し、杭州《こうしゅう》の牢獄につないだ。

明政府の方針転換を期待していた胡宗憲は、獄中の王直を丁重に扱った。王直も、この時点ではそれほど深刻ではなかった。

しかしながら、明政府は強硬方針を変えようとはせず、王直の処刑を命じた。

一五五九年十二月二十五日、王直は杭州の官港口《かんこうこう》の刑場において斬首された。王直の年齢は不詳であるが、故郷の徽州《きしゅう》を離れたのが二十歳ごろとすれば、このとき四十歳前後であったろう。

処刑される前、幼い息子を抱き寄せて髪に櫛をさしてやり、

「まさかこの地で最期を迎えるとはおもわなかった」と嘆いたという。首が刎《は》ねられたあとも、胴体はしばらく倒れなかったらしい。生への激しい執着がそうさせたのであろう。

王直の妻子はさる家の奴婢《ぬひ》とされ、その後の消息は伝わっていない。

大航海時代のはじまり

王直は東アジアの海上世界を制覇した最初の人物であった。

もちろん、その背景には「大航海時代」という世界的な潮流があった。

ポルトガル人の東洋進出がなかったならば、王直という人物も歴史の舞台に登場しなかったであろう。種子島に鉄砲が伝来することもなく、日本の戦国時代の様相もまったく異なったものになっていたであろう。

そのポルトガル人は、約一三〇年という長い年月をかけて、日本の種子島にやってきた。その第一歩は、一四一五年のセウタの占領にはじまる。

セウタという町はアフリカ北端にあり、地中海諸国の商船が集まる港町であった。ポルトガルから見れば、ジブラルタル海峡の対岸に位置し、現在でもモロッコの港湾都市として栄えている。

八月二十一日、ポルトガルの二百隻の大船団が突如としてセウタを襲い、わずか一日の戦闘で占領した。

ポルトガルが何ゆえセウタを襲ったのか、その理由ははっきりとしていない。年代記作家のアズララによると、ポルトガル王ジョアン一世はエンリケ以下三人の王子を騎士に叙任する時期が訪れたので、そのお祝いのためヨーロッパ中から騎士を集めて大トーナメント大会を開こうとした。そのとき、家臣の一人が、

――そのような無駄な出費をするくらいなら、イスラムの要衝セウタを攻撃するべきです。

と具申したため、急遽遠征軍が編成されたという。

無茶な話ではあるが、このころ隣国のスペインがイスラム勢力をスペイン南部のグラナダに追いつめており、その影響を受けてジョアン一世の精神も高揚していたのであろう。

とにもかくにも、こうしてポルトガルの対外進出が開始された。

アフリカの西海岸に沿って南下し、一四八八年にはアフリカ南端の喜望峰に到達し、以後、インド、マラッカに進出し、シャム、マカオなど中国南部に到達した。この航路を「東回り航路」あるいは「西アフリカ航路」という。この航路の開拓には、三本マストに三角形の帆を張った「カラベラ船」の登場が大きく寄与している。これはイスラム船の帆をとり入れて考案された新型の船で、のちのコロンブスの航海にも使われている。

ザビエルの足跡

ポルトガル人三名と王直らが種子島に漂着してから六年後——一五四九（天文十八）年七月三日（西暦では八月十五日）、一隻の中国ジャンク船から降りた異様な風体の八人の男が、鹿児島の稲荷《いなり》川河口から上陸した。イエズス会宣教師フランシスコ・ザビエル（Francisco de Xavier）とコスメ・デ・トルレス神父、ファン・フェルナンデス修道士、マヌエルという中国人、アマドールというインド人、およびインドのゴアで洗礼を受けたアンジロー（弥次郎する文献もある）、ジョアン、アントニオら三人の薩摩出身の日本人であった。

フランシスコ・ザビエルはスペイン貴族出身で、一五三四年にイグナチウス・ロヨラとともにカトリックの改革をめざしてパリでイエズス会を創設し、ポルトガル国王の要請を受けて一五四二年からインド西部のゴアで布教活動をおこなっていた。

ザビエルが日本への布教を決意したきっかけは、殺人を犯して従者二人とともにマラッカに逃亡していたアンジローと出会ったからであった。アンジローはポルトガル語をかなり話すことができた。ザビエルが日本におけるキリスト教布教の可能性をたずねると、アンジローは、

「日本人はすぐにキリスト教徒になることはないでしょうが、さまざまな疑問に満足できる答えが得られるならば、国王や武士も含めて思慮ある人はキリスト教を受け入れるでしょう」
と答えたという。日本に往来しているポルトガルの商人たちも、
「この島国はインドのいかなる国よりもはるか熱心にキリスト教を受け入れる見込みがある。なぜなら、日本人は学ぶことが好きな国民であり、これはインドの異教徒には見ることのできないものだ」
と断言した。

ザビエルはマラッカで中国人のラグダオという密貿易商人の船を雇い、中国沿岸伝いに北上し、福建省の漳《しょう》州《しゅう》を経由して鹿児島に到着したのである。

ちなみに、稲荷川河口に近い鹿児島市の祇園之洲公園には、一九七八（昭和五十三）年に「ザビエル上陸記念碑」が建てられている。

ザビエルは一五〇六年生まれであるから、鹿児島に上陸したとき四十四歳。決して若くはない。

この当時の薩摩の領主は島津貴久《たかひさ》であった。伊集院《いじゅういん》の一宇治《いちうじ》城（鹿児島県日置《ひおき》市）を拠点に、薩摩・大隅・日向各地で戦いの日々を送り、資金を調達するため海外貿易の拡大をめざしていた。密貿易の増大によって、琉球貿易が減少し、危機感を強めていた島津氏にとって、独自の交易ルートを構築することは緊急の課題であった。このようなときにポルトガル人一行が来訪したのであるから、島津貴久にとっては、まさに福の神の到来であった。

九月には一宇治城においてザビエルらと会見し、安全を保証し、住居をあたえ、布教活動も容認した。

一宇治城跡には一九四九（昭和二十四）年にザビエル来航四百年を記念して、「ザビエル会見記念碑」が建てられている。

ザビエルはアンジローらとともに鹿児島において熱心に布教活動をおこない、短期間に百名あまりの信者を獲得することができた。また、福昌寺の住職・忍室《にんじつ》としばしば会見し、互いの宗教について親しく意見交換をおこ

なった。

ザビエルは鹿児島に滞在して、日本に関するさまざまな情報を収集し、京都に日本の都があり、近傍の堺という大きな商業都市があることを知った。彼はマラッカのポルトガル総督に手紙を送り、京都に布教の拠点を設け、堺にポルトガル商館を設置すべきことを提言した。

ザビエルは島津貴久に、京都に上りたいという意向を伝えたが、貴久は、

「京は相次ぐ戦乱によって荒廃しており、道中も非常に危険で、身の安全を保証することはできない」

と引き止めた。

このため、ザビエルたちは翌年の一五五〇年まで薩摩滞在を余儀なくされた。

一五五〇年といえば、すでに述べたように中国人の王直が平戸に拠点を置いて活動していたころである。この年の初夏、ポルトガル船がはじめて平戸に入港した。王直の手引きによるものであった。

ザビエルは、高熱と食欲不振に苦しんでいるときであったが、日本人の従者一名をつれて市来《いちき》（鹿児島県いちき串木野市）を徒歩で出発し、川内《せんだい》川河口の京泊《きょうどまり》（鹿児島県薩摩川内市）で薩摩の船に乗りこみ、九月初旬に平戸に到着した。

ポルトガル船の船長は、フランシスコ・ペレイラ・デ・ミランダという人物であった。ザビエルたちの船が平戸港に入港すると、ポルトガル船は礼砲を撃って出迎えた。平戸領主の松浦隆信《たかのぶ》もザビエルの来訪を大いに歓迎し、木村某の屋敷を宿舎として提供した。

平戸港には、薩摩と異なり、中国船のほか博多商人や堺商人の日本船などおびただしい船が集まっていた。

ザビエルは一カ月ほど平戸に滞在して薩摩にもどり、島津貴久に、

「平戸へ移住したいとおもいます」

と申し出た。

ポルトガル船の寄港を期待していた島津貴久は大いに失望したが、ザビエルの申し出を了承した。

七月、ザビエルはトルレス神父、フェルナンデス修道士らとともに平戸にむかった。

平戸に移ったザビエルは、日本の首都——京都に布教の拠点を構築することを決意した。平戸における布教活動はトルレス神父に任せ、フェルナンデス修道士と、鹿児島で洗礼を受けた日本人ベルナルドをともなって、十月末に平戸を出発した。

博多を経由して山口に到着したザビエルたちは領主の大内義隆《よしたか》の謁見を受け、その後、船に乗って瀬戸内海を渡り、堺に到着した。

堺では豪商の日比屋《ひびや》了慶《りようけい》の知遇を得て、布教活動をおこなった。日比屋了慶の屋敷跡には、現在「ザビエル公園」（大阪府堺市）が整備され、顕彰碑が建てられている。

一五五一年一月、ザビエルたちは京都に到着した。しかしながら、京都の町は応仁の乱以来の戦乱で荒れ果て、足利幕府の権威も失墜し、天皇の御所も荒れ放題であった。ザビエルは比叡山に論戦を挑んだが拒絶され、滞在わずか十一日で京都を立ち去った。

山口でふたたび大内義隆に拝謁し、布教の許可を得ることができた。山口市の「聖サビエル記念公園」は、日本ではじめて建てられた教会の跡地である。

この年の八月、豊後にドゥアルテ・デ・ガーマ率いるポルトガル船が来航したことを知り、ザビエルは山口での布教を平戸から呼び寄せたトルレス神父に任せ、船で豊後に渡り、府内（大分市）で大友義鎮（宗麟）の謁見を受け、豊後における布教活動を許された。

府内城大手門の南側にのびる遊歩公園（大分市大手町）には、現在フランシスコ・ザビエル像が建てられている。

二年半にわたり日本に滞在したザビエルは、ガーマの船に乗っていったん日本を離れることにした。

十一月半ば、ザビエルは大友義鎮の使節ら日本人四名をともなって、豊後からマラッカをめざして出航した。途中、種子島にも停泊し、福建省の厦門《アモイ》沖で嵐に遭遇し、ポルトガル人の拠点となっていた広州湾西南海上の上川《じょうせん》島で船を乗り換えて、マラッカに帰還し、翌年の二月にはインドのゴアにもどった。

一五五二年、ザビエルは中国本土での布教をめざし、八月にふたたび上川島を訪れたが、中国への入国を果たせないまま病を得て、十二月二日に死去した。上川島の山の斜面には、現在ザビエル記念聖堂が建てられている。遺体はいったん上川島に埋葬されたが、のちにマラッカに移されて「丘の聖母教会」で盛大な葬儀が営まれた。そののちインドのゴアに移された。ゴアでは、サン・パウロ学院の聖堂に埋葬され、現在おなじゴアのボン・ジェズ教会の銀の柩《ひつぎ》に安置されている。

なお、一六一四年にはザビエルの右腕の骨がローマに送られ、イエズス会本部のジェズ教会の祭壇におさめられた。

平戸の衰退

フランシスコ・ザビエルは一五五二年に死去し、王直は一五五九年に死去したが、この二人は大航海時代の第一波を日本にもたらした先駆者というべきであろう。

この二人の来訪を契機に、ポルトガル・中国と日本との貿易は着実に拡大し、平戸をはじめ府内、阿久根、京泊、坊津、福田、口之津、志岐、五島、博多などにポルトガル船や中国船が来航するようになり、中国産の生糸や絹織物などと日本の銀が取引された。

また、ザビエルがもたらしたキリスト教という新しい宗教も、日本のなかで着実に浸透していった。ザビエルたちの時代、信者の数は千人ほどと考えられているが、三十年後の一五八二（天正十）年ごろには十五万人という驚異的な数に達したといわれる。

とはいえ、ザビエルと王直が訪れたころの九州は、戦国争乱のまっただなかで、大友義鎮（宗麟）が豊後を拠点に豊前・筑前・筑後・日向方面への勢力拡大の足がかりを固めたばかりのころであり、薩摩の島津貴久も大隅・薩摩・日向のなかでせめぎあいをつづけていた。

のちに島津・大友と並んで九州三強の一人となる龍造寺隆信も、少弐《しょうに》氏の圧倒的な勢力の前に、わが身を守ることで手一杯のころであり、九州各地には、肥後の菊池氏や相良《さがら》氏、松浦の松浦氏、肥前の有馬氏や大村氏、筑後の蒲池《かまち》氏、中国地方の大内氏、陶《すえ》氏、毛利氏などの武将たちが、生き残りを賭けた戦いを繰り広げていた。

中央でも甲斐の武田信玄と越後の上杉謙信が宿命の対決をつづけ、織田信長も織田家の家督を継いだばかりのころであった。

王直とザビエルが来訪したころの日本は、いわば無政府状態であったといえるかもしれない。

ポルトガル人とは逆に、西回りの方向でアジアにむかったのは、スペイン人である。

スペインとは英語表記による国名で、スペイン語ではイスパニアという。

彼らは一四九二年のコロンブスの大西洋横断を契機にアメリカ大陸への進出をくわだてる一方、一五一九年にマゼラン艦隊を送って太平洋横断をこころみた。

マゼラン艦隊は、南米大陸南端の海峡——マゼラン海峡を発見して穏やかな大海に抜け、マール・パシフィコ(Mare Pacificum)——すなわち、太平洋と名づけた。途中グァムを通過し、フィリピン諸島に到達することができた。「大マゼラン銀河」「小マゼラン銀河」は、マゼラン艦隊が航海中に観測したことから名づけられたものである。

マゼランたちは、サマール島南端のホモンホン島、レイテ島南端のリマサワ島などに上陸したのち、セブ島に上陸し、キリスト教に改宗した島の酋長ラジャ・フマボンを王に祭り上げようとしたが、これに反対するマクタン島の酋長ラプ・ラプらと戦闘がおこり、この戦いのなかでマゼランは戦死してしまった。

スペイン人はマゼランによって発見されたこれらの島々を、スペイン国王フェリペ二世にちなんでフィリピナスとよんだ。これがフィリピンの由来である。

スペイン人は、一五六五年セブ島に拠点をつくり、アメリカ大陸にむけて遠征隊を派遣してアメリカ・フィリピン間の往復航路を開拓した。

そして、一五七一年――すなわち、鉄砲が活躍した「長篠の戦い」の四年前に、ルソン島にマニラ市を建設し、アジアにおけるスペインの拠点とした。

スペイン人の本格的なアジア進出は、ポルトガル人に数十年の遅れをとったものの、その後はポルトガルを凌駕するほどの勢いであった。

スペインの商人たちは、メキシコから運んだ銀を船に満載して福建省の海澄《かいちょう》にむかい、大量の絹製品や陶磁器と交換して持ち帰り、アメリカに運んで暴利を得た。中国産の商品は、ヨーロッパ産にくらべると一割以下の価格である。まさに飛ぶように売れた。

交易を求めて、中国商人や日本商人らもマニラに集まるようになった。すでに述べたように、堺の商人・呂宋助左衛門もこのような商人の一人であったが、神屋宗湛《かみやそうたん》などの博多商人や薩摩商人たちも中国の生糸などを求めてマニラに来航し、やがて日本人町が形成されるようになった。

このころ、平戸において異変が生じていた。

平戸の領主・松浦隆信は、表面上はイエズス会の布教活動に寛大な姿勢をしめしていたが、これはあくまで貿易の利を獲得するためのいわば便法であり、本心ではキリスト教に反感をもっていた。領主がそうであれば、家臣たちにもおのずから伝染する。領内における仏教徒とキリスト教徒との間の宗教的な対立が次第に高まってきた。

そして、一五六一（永禄四）年八月に「宮の前事件」が勃発し、松浦氏とポルトガル人との間に決定的な亀裂が生じた。

「宮の前事件」は、一人の日本人とポルトガル人とのカンガ（布）一枚の取引をめぐる些細な争いからはじまった。ポルトガル船の船長フェルナンドが船員らとともに応援にかけつけ騒ぎが大きくなり、騒ぎを静めるはずの松浦隆信の家臣らは、この時とばかりポルトガル人たちに襲いかかり、船長ほか十三名を殺害してしまったのである。しかも、松浦隆信はこの事件をうやむやのまま収拾しようとしたため、ポルトガル人たちは憤激し、平戸からの退去を叫びはじめた。

ポルトガル貿易だけは死守したい松浦隆信は、豊後に滞在中のコメス・デ・トルレス神父を平戸に招き、教会の建設許可をあたえて友好関係の維持を図ろうとした。しかしながら、平戸にやってきたトルレス神父は平戸在住のポルトガル人の報告を受けるや態度を一変させ、松浦氏との断交を決意した。


そのようなときに巧妙に立ちまわったのが、肥前大村の領主・大村純忠《すみただ》である。大村純忠は肥前島原を拠点とする有馬晴純《はるずみ》の次男であったが、有馬氏の強引な介入により大村家の養子となって家督を継いでいた。大村純忠は交渉相手のルイス・アルメイダに対して、横瀬浦《よこせうら》（長崎県西海市西海町）を提供し、領内の布教を許可し、みずからの入信についても前向きに検討したいと申し出た。貿易の利を得るため、なりふり構わぬ姿勢をしめしたのである。

この申し出に応じて、一五六二（永禄五）年六月、ポルトガル船は平戸を去り、横瀬浦に移った。大村純忠は教会の建設を許し、日本の貿易商人には十年間の免税を認め、みずからも家臣二十五名とともにキリスト教の信者になった。横瀬浦はポルトガル人によって「御助けの聖母の港」と名づけられ、日本各地から多くの商人が集まり、横瀬浦の繁栄がはじまった。

ところが、一五六三（永禄六）年七月の「後藤貴明《たかあきら》の反乱」によって、横瀬浦は一晩で壊滅してしまったのである。

前述したように、大村純忠は大村家の養子として家督を継いでいたが、その際大村家の嫡子・大村又八郎は廃嫡され、武雄（佐賀県武雄市）の領主・後藤純明《すみあきら》のもとに養子に出され、名を後藤貴明と改めていた。このことに不満を持っていた大村家の重臣たちは、後藤貴明を擁立してこの年ついに決起したのである。平戸の松浦隆信が加担していたことはまちがいない。

騒乱状態のなかで豊後の商人らが町に放火し、積荷を狙ってポルトガル船を襲撃したため、ポルトガル人たちは海に逃れた。強風にあおられた火は、横瀬浦の町のすべてを焼きつくした。

その翌年、松浦隆信はポルトガル人に平戸への復帰を求めた。寄港地を失ったポルトガル人は、宣教師の滞在と教会の再建を条件としてそれを承諾し、貿易が再開されることになった。

しかしながら、松浦隆信は貿易の利にのみ心を奪われた「心悪しき人」（ルイス・フロイス）であった。後継者の松浦鎮信《しげのぶ》も、父にも増してキリスト教に反感を持っていた。ポルトガル人たちは、ふたたび平戸に嫌気がさしてきた。

そのようなとき、多良岳《たらだけ》に逃れていた大村純忠が復帰し、領内を鎮圧したのち、新しい港として福田浦《ふくだうら》（長崎市福田本町・大浜町）の提供を申し出たのである。この申し出に応じて、ポルトガル人たちは平戸を捨てて福田浦に移った。平戸にもどって一年足らずのことであった。

ポルトガルの宣教師たちは平戸に残って布教活動をつづけたものの、貿易港としての平戸はたちまち落ちぶれてしまった。遺恨を抱いた松浦隆信は福田港に停泊していたポルトガル船を襲撃したが、ポルトガル側の激しい反撃にあって敗北するなど、平戸とポルトガルの関係は断絶状態となった。

なお、福田浦は水深が浅く、港としての機能にもともと欠点があったため、一五七〇（元亀元）年、大村純忠はポルトガル人に新しい港として「深江の浦」――すなわち、長崎を提供した。

これが、長崎の繁栄のはじまりである。

秀吉の脅迫

ポルトガル人の退去によって、平戸は完全に廃れてしまった。

そこへスペイン人が登場したのである。一五八四（天正十二）年六月のことであった。はじめて日本にやってきたスペイン船でもあった。

ポルトガル人が種子島に漂着して四十一年後のことであり、豊臣秀吉が全国制覇にむけて加速を強め、九州においては薩摩の島津氏が島原において肥前の龍造寺隆信を破って九州制覇にむけて大きく前進した時期であった。

スペイン船が日本にやってきたのは、ひょんなことからである。

スペイン船はルソンからマカオにむかっていたが、途中針路を誤り、東シナ海に出てしまった。そのときたまたまマカオから長崎にむかっていたポルトガル船を見つけ、それを追尾して北上しているうちに、平戸港に入りこんでしまったのである。スペイン船の船長はランデロといい、アウグスチン派の宣教師二人も乗り合わせていた。

平戸の新領主となっていた松浦鎮信《しげのぶ》は、異国船の突然の来訪に飛び上がるようにして喜んだ。イスパニア人と聞いてもまったく驚かなかった。貿易の利をもたらす者であれば、どんな異国人でも構わなかった。船に乗って直々に出迎え、

「わが領地にお迎えするはじめてのイスパニアの人なり」

と、大声をあげて歓迎した。

ランデロ船長以下の乗組員、二人の宣教師に宿舎をあたえ、二カ月間の平戸滞在中、大いにもてなした。

帰国に際しては、フィリピン総督宛に書簡を託し、

「貴下またはイスパニア国王の命に応じ、いかなることもなす用意があります。また、当地を訪れるイスパニ

アの人々を最大限歓迎いたします」

と、貿易船の派遣を要請した。

しかしながら、スペインとポルトガル両国の間には、ローマ教皇の仲裁によって盟約が交わされており、新しく発見した土地について、アフリカ沖から西側はスペインの支配下、東側はポルトガルの支配下とされ、フィリピンを除くアジア・日本はポルトガルの支配領域――縄張りとされていた。このような盟約があったため、スペイン総督府としては松浦鎮信の要請を受け入れることができない。

そうとは知らない松浦鎮信は、一五八七（天正十五）年に一隻の船をマニラに派遣してフィリピン総督に働きかけたが、もちろんスペイン側としてはそれに応じるはずもなかった。

そうしているうちにこの年の三月末に豊臣秀吉が二十五万人の大軍を率いて九州に進攻し、わずか一カ月で九州を平定してしまった。

秀吉は最大の敵対勢力であった島津氏に対してそのまま薩摩・大隅の支配権をあたえるなど、九州の在地勢力に対して寛大な態度で臨んだ。平戸の松浦鎮信をはじめ、肥前の大村純忠、島原の有馬晴信なども本領を安堵された。しかしながら、九州におけるキリスト教の勢力増大を目の当たりにし、警戒心を強めた秀吉は、六月十九日、博多において、「バテレン追放令」を発した。

イエズス会の宣教師たちは二十日以内に日本を出国しなければならなくなったが、この時期は季節風の状況が悪く、南方にむけて船出することができない。出国するための船もない。このため宣教師たちは退去期限の延長を要望し、当分の間平戸で待機することが許された。

しばしの猶予を得た宣教師たちは秀吉の側近やキリシタン大名などに追放令の撤回を働きかけたが、秀吉は頑として譲らない。ところが秀吉の関心が朝鮮出兵に移ったため、追放令が凍結状態となった。秀吉にしてもポルトガル貿易まで放棄するつもりはなく、そういう意味では「バテレン追放令」そのものが中途半端に終わる宿命であったといえよう。

とはいえ、追放令そのものが撤回されたわけではなく、宣教師たちの活動が著しく制限されることになった。一五九二（文禄元）年、秀吉は全国の諸大名に朝鮮出兵を命じたが、そのかたわらフィリピンのスペイン総督府に対して脅迫的な書簡を送り、

——天命により日本国を統一し、朝鮮と琉球も朝貢している。大明国を征服するのも天命によるものである。と中国大陸への進出を予告し、かつスペインが入貢しなければ武力で討伐するつもりであると告げた。

スペイン総督府にとっては、突然の脅迫的な投降勧告である。

慎重に対応を検討したフィリピン総督府は、翌年特使を日本に派遣した。派遣先は、かつて接触したことのある平戸の松浦鎮信である。フィリピン総督特使の訪問を受けた松浦鎮信は、秀吉が滞在している東松浦半島の名護屋城に案内したが、このことによって日本とスペインの関係が特に緊密になることはなかった。

平戸オランダ商館

オランダは、南部に隣接するベルギーとともにスペインに属していたが、一五八一年に「ネーデルランド連邦共和国」として独立した。

一五九七年、オランダ人のコルネリス・デ・ハウトマンがはじめてアジアへの航海に成功し、ジャワ島の胡椒で莫大な利益を得るや、オランダ各地にアジア貿易を目的とする多くの会社がつくられた。

それらの会社の一つであったロッテルダム会社は、翌年五隻の商船隊をアジアへ送り出した。商船隊はマゼラン海峡を越えたが、太平洋でばらばらになり、一六〇〇年四月、デ・リーフデ号一隻だけが豊後浦（大分県臼杵付近）にたどり着いた。リーフデ（Liefde）とは、英語のLove（愛）という意味である。船は三〇〇トンの帆船で、乗組員一一〇人のうち生存者はわずか二十四人であった。

これが日本とオランダの交渉のはじまりである。
デ・リーフデ号の乗組員たちは徳川家康の命令で浦賀に移され、イギリス人航海士ウィリアム・アダムスは三浦按針《あんじん》と称して日本橋に住み、オランダ人のヤン・ヨーステンは耶揚子《やようす》と称して八重洲河岸に住んだ。八重洲という地名は、このヤン・ヨーステン（耶揚子）に由来する。家康は二人を家臣として遇した。

このころ、オランダの国家主席マウリッツ公は、オランダ国内で乱立する貿易会社を統合する方針をうちだした。こうして、一六〇二年に資本金六五〇〇万ギルダーの大会社が誕生したのである。これが、いわゆる「連合東インド会社」である。

和暦でいえば慶長七年のことである。徳川家康が征夷大将軍に任じられたのがその翌年の慶長八年である。日本は秀吉から家康の時代へと転換していた。

連合東インド会社は、有限責任による株式という制度でつくられたはじめての会社であった。「Vereenighde（連合された）」「Oost Indische（東インドの）」「Compagnie（会社）」の頭文字をつないで、「ＶＯＣ」とよばれた。

連合東インド会社は、アジアの拠点としてマレー半島東岸のパタニとジャワ島のバンタムに商館を開設し、のちにバタビア（現在のジャカルタ）に総督府を置き、長官として東インド総督を派遣した。

一六〇六（慶長十一）年、デ・リーフデ号の乗組員たちは、家康から日本渡航許可の朱印状をもらって平戸を出港し、パタニのオランダ商館に帰還した。その三年後の一六〇九（慶長十四）年七月、東インド総督マウリッツの書簡を携えたオランダ船二隻が平戸を訪れ、その後駿府《すんぷ》の家康と会見し、日本とオランダの正式の国交が樹立された。

家康はウィリアム・アダムス（三浦按針）などから得た情報により、キリスト教の布教に熱心な旧教国のスペイン・ポルトガルよりも、貿易に力点を置く新教国オランダとの通商を望んだ。家康はオランダ人の貿易の拠点として平戸を提供した。

このころの平戸の領主は、松浦隆信《たかのぶ》（宗陽《そうよう》）であった。一五九一（天正十九）年生まれであるから、この当時十九歳。六十一歳になった祖父の松浦鎮信がいまだ実権を掌握していた。

四十五年前にポルトガル人に去られて以来衰退の一途をたどっていた平戸にとって、待ちに待った復活のときである。松浦鎮信と隆信が、オランダ人のために最大限の配慮を払ったことはいうまでもない。


この年の八月二十二日、平戸オランダ商館が開設された。

初代商館長は二十歳を過ぎたばかりの若者で、名はジャックス・スペックス（Jacques Specx）という。

開設の場所は、現在の平戸市崎方《さきがた》町および大久保町あたりで、はじめ倉庫付きの借家に事務所が置かれた。もちろん日本家屋である。職員は、商館長ジャックス・スペックス以下、補助員三名、用務員一名、通訳一名の計六名であった。

三年後の一六一二（慶長十七）年には、町屋二十二戸を取り壊して住宅と倉庫一棟を建て、さらに一六一八（元和四）年には、民家五十戸を取り壊して、本館・倉庫二棟・火薬庫・病院、門番小屋などを建設し、その周囲を石塀で囲み、埠頭も建設したという。埠頭にはアーチ型の門をつくり、常灯の鼻にはオランダ国旗を掲揚した。

一六三七（寛永十四）年には、西洋風の石造耐火倉庫が増築された。この倉庫は、長さ二九メートル、幅約一一メートルの三階建ての建物で、要した経費は銀約五十九貫目であったという。日本ではじめてつくられた本格的なヨーロッパ式の建物であった。

一六三九（寛永十六）年七月には、さらに大規模な倉庫が建設された。この倉庫も石造三階建てであるが、長さ約四三メートル、幅約一二メートルと最初に造られた倉庫の約二倍の規模で、建設費は銀約一一八貫目（約三十両）であったという。また、川内浦を副港とし、倉庫一棟を建設している。このほか、平戸城下の古館や黒子島、横島などにも商館施設が建てられ、横島には大型帆船用のロープをつくるための一〇〇メートルを超える細長い建物が建てられたという。

一九八七（昭和六十二）年から平戸のオランダ商館施設跡の発掘調査がおこなわれているが、これらの発掘調査結果をもとに、現在平戸市において寛永十五年に建設された西洋式石造倉庫の復元工事が進められている。

いずれにしろ、オランダ人は一六〇九（慶長十四）年七月から平戸を拠点にして対日貿易を開始したのである。ポルトガル貿易が終焉して四十五年目のことであり、平戸の松浦氏にとっては、長年にわたる悲願の実現であった。

長崎におけるポルトガル貿易に対抗して、平戸におけるオランダ貿易の体制ができあがったのである。

李旦

さらに、オランダ人が平戸に商館を設置して五年後、イギリス人が登場した。

イギリスにおいても、一六〇〇年に東インド会社が設立され、第五回東洋派遣船団が編成され、司令官にジョン・セーリス（John Saris）が任命された。イギリスの商館は一六〇三年以来、ジャワ島北海岸のバンタムに置かれていた。セーリスは日本に漂着したウィリアム・アダムスからもたらされた情報によって、日本にむかうことにした。

一六一三（慶長十八）一月、セーリスは乗組員七十名とともにクローブ号に乗ってバンタムを出港し、六月十日に平戸に入港した。イギリス船の突然の来航に狂喜した松浦鎮信（法印《ほういん》）と松浦隆信（宗陽）は、小船に乗って出迎え、その後イギリス船に上がって歓迎の意をあらわした。

セーリスはイギリス国王ジェームス一世の親書を手渡し、江戸のウィリアム・アダムスと至急連絡をとりたいと申し出た。松浦鎮信はただちに船を用意し、使者を江戸に派遣した。

さらに、セーリスが平戸において住居の借用を申し出ると、松浦鎮信はこれまた間髪を入れず承諾し、

――家を何軒か見てまわられたらどうか。

とすすめた。

数日後、セーリスはジャスパーという船大工と一人の水夫長をともなって平戸に上陸した。すると一人の中国人があらわれて、セーリスたちを現在の幸橋（オランダ橋）西岸付近に案内し、一軒の家と倉庫を見せた。

この中国人こそ、李旦《りたん》であった。イギリス人は、アンドレア・ディティス（Andrea Dittis）と記している。

李旦は、福建省泉州《せんしゅう》の出身である。

泉州は唐の時代から国際貿易港として栄えた町であった。南宋から元の時代に「海のシルクロード」の拠点として最盛期を迎え、マルコ・ポーロの『東方見聞録』にも「ザイトン」という名で登場する。泉州の名物である真紅の花――「刺桐《しとう》（ザイトン）」に由来する。西欧では一般にJanfuと記された。ベトナム、シャム、インド、アラブにいたる交易ルートが形成され、多くのイスラム商人などが泉州を訪れ、長期にわたって居住する者もいた。現在でもアラブ風の建物が見られ、イスラム教のモスク（清浄寺）や聖墓などの史跡も残されている。

このほか、泉州には福建省では最大規模の開元寺という仏教寺院などもあり、かつて世界最大の貿易港として栄えた面影を伝えている。

しかしながら、明の時代になると、市街地を流れる晋江《しんこう》の土砂が泉州湾に堆積したため港湾都市としての機能が衰え、大型船の寄港が激減した。しかも、泉州周辺の地勢は海際まで山が迫り、耕地が少ない。このため、住民の多くが南京や臨清、江南地方の蘇州・杭州などに出向いて商業に従事した。このような泉州の出稼ぎ商人たちは、「安平《あんぺい》商人」とよばれた。

李旦の生い立ちはまったく不明であるが、その人格形成のうえでこのような泉州の風土から大きな影響を受けたことはまちがいない。

李旦は弟分の華宇《かう》（Whaw）らとともに泉州を離れたが、内陸部ではなく海外――フィリピンのルソン島をめざした。このあたりの行動は、かつての王直をおもわせる。すでに述べたとおり、スペイン人が一五七一年から拠点にしていたルソン島のマニラは、貿易都市として飛躍的な発展をつづけていた。

新天地のマニラにたどり着いた李旦は在住の中国人らの仲間にくわわり、東南アジア貿易などに従事し、次第に頭角をあらわした。船舶を所有して、東南アジアで仕入れた商品を中国商人に売りさばき、スペイン人や日本人などとも取引をおこなった。

やがてマニラ華僑の頭領になり、いつしかチャイナ・キャプテン（China Captain）とよばれるようになった。ところが、その財力に目をつけたスペイン人によって投獄されてしまった。

辛うじて脱獄した李旦は、仲間を引きつれ日本の平戸に逃れた。松浦鎮信と松浦隆信が、李旦らの来訪を大いに歓迎したことはいうまでもない。

李旦は平戸を根拠に、武装船団を仕立てて東南アジア・フィリピン・中国などで貿易をおこなって、平戸に富をもたらした。

このように、李旦は平戸における中国人集団「李旦党」の親分――カシラ（甲螺、頭）として、新たな飛躍にむけた動きを加速させている時期であった。

イギリスの司令官ジョン・セーリスは、中国人の李旦と交渉して家と倉庫を借り上げた。

李旦はこのとき二十四歳前後の若者であったろう。セーリスは三十二、三歳であったらしい。

李旦は抜け目のない商人である。老朽化した家屋を高額で貸しつける腹であった。

「この家はわたしの持ち物ですが、借りていただければ必要な改築もいたしましょう。どの部屋にも日本風に畳を敷きましょう」

と笑いながら約束した。

「わかった。ちょうど手ごろな家だ。さっそく借り受けよう。家賃は六カ月分前払いしよう」

セーリスはそう答え、六カ月分の家賃一九ポンドを気前よく支払い、さっそくその家で食事をすることにし、李旦に食事と酒の調達を依頼した。

しかしながら、随行していた船大工のジャスパーはこの取引に不満を感じていたらしい。船大工が見れば、この家屋が見かけ以上に老朽化していることは明らかであった。

ジャスパーは、法外な家賃を掠《かす》め取った中国人に敵意を抱いた。李旦が用意した食事に口をつけるなり、

「無礼なやつだ」

と李旦をののしりはじめ、

「この酒もまずい」

といって、家のなかに酒を撒《ま》き散らした。

すると、それまで終始にこやかに笑っていた李旦の顔つきが一変した。海千山千の海賊の頭領の顔になったのである。驚いたセーリスは、

「大変失礼なことをいたした」

といいつつ、李旦の面前でジャスパーを鞭で打ち据えた。

「誠意はわかりましたが、こんなに短気な人間を見たことがありませんな」

そういって李旦はその場を立ち去ったが、イギリス商館がオランダ商館との競争に敗れ、わずか十年後の一六二三（元和九）年に閉鎖に追いこまれたのは、あるいはこのとき李旦を敵にまわしたことが一つの要因であったかもしれない。

セーリスは、オランダ商館ともいさかいをおこしている。

この時期、初代オランダ商館長ヤックス・スペックスに代わって、ヘンドリック・ブラウェル（Hendrik Brower）が商館長に就任していた。セーリスは、このオランダ商館長に異常な敵意を燃やし、初対面のあいさ

つとして二年以上も船内に転がっていた瓶入りのバターを贈った。その一方で、互いの商売を妨害しないため貿易協定をオランダ側と合意したが、翌日にはブラウェルから、

「上司の許可を得ておりませんでした」

と撤回されている。セーリスの嫌がらせに、さっそく報復したのであろう。

おりしも中国のジャンク船がスオウの木を満載して平戸に入港したが、中国人と結託したオランダ商館がそのすべてを買い占めてしまった。イギリス人は、中国人とオランダ人から挟み撃ちにされたのである。

七月末、江戸からウィリアム・アダムスが駆けつけたときも、セーリスは無用の摩擦をおこしている。ウィリアム・アダムスはイギリス人でありながら日本名に改め、日本で生まれ育ったような立ち居振る舞いと服装をしていた。無表情で無愛想な態度も日本のサムライそのものであった。セーリスは露骨に嫌悪感をしめした。

「日本では礼儀作法が最も重視されます」

とウィリアム・アダムスがいっても、セーリスはその忠告を無視するばかりであった。

ウィリアム・アダムスにつれられ、セーリスは東上して徳川家康の謁見を受け、正式に通商の許可を得ることができたが、その間も数々の無作法を演じて徳川家の重臣たちの顰蹙《ひんしゅく》を買った。

セーリスは平戸にもどるや、イギリス商館長に、最もふさわしいウィリアム・アダムスではなく、リチャード・コックス（Richard Cocks）という五十過ぎの貿易商の資格を持った、善良だけが取り柄の老人を選んだ。

鄭芝龍

一六一三—一六二九年

平戸湾（伊藤征方氏撮影）

平戸イギリス商館

一六一三（慶長十八）年十一月、初代イギリス商館長に任命されたリチャード・コックスの書いた日記が大英図書館に保存されている。

その日記の期間は、一六一五年六月一日から一六一九年一月十四日までの四年六カ月余および一六二〇年十二月五日から一六二二年三月二十四日までの一年三カ月余の、およそ五年分である。残念ながらイギリス商館設置前後の日記は欠落しているが、この当時の平戸および日本に関する第一級の文献史料となっている。

商館設立前後の職員は、リチャード・コックス以下リチャード・ウィッカム、ウィリアム・イートン、テムペスト・ピーコック、ウォールター・ガワーデン、エドモンド・セイヤーズ、ウィリアム・ニールソンの七名であった。なお、ウィリアム・アダムス（三浦按針）は、年俸一〇〇ポンド・二年間という条件で嘱託職員として雇用されている。

このうち、リチャード・ウィッカムは江戸、ウィリアム・イートンは大坂に駐在員として派遣された。ところが、翌年の三月、テムペスト・ピーコックとウォールター・ガワーデンは日本船に乗ってベトナム南部・メコン川下流のコーチシナ（交趾支那）にむかう途中、海賊に襲われて死亡した。このため、ジョン・オスターウィックとリチャード・ハンドソンの二人が、平戸商館員に加えられている。

イギリス商館にとっては、前途多難の幕開けである。

オランダ人や日本人とのトラブルも多い。コックスは商館長として奮戦するが、生来のお人よしのため、ずるがしこい李旦の食い物にされた。コックスは中国貿易にも強い関心をもっていた。そこを李旦につけこまれたのである。

「われわれが中国貿易の可能性について調べてみようではありませんか」

と、李旦は甘い言葉で申し出た。

その調査のためという名目で、コックスは李旦に何度も旅費を手渡した。にもかかわらず、調査結果は先延ばしにされるばかりである。コックスは累計で五〇〇〇タエル（一二五〇ポンド）も巻き上げられ、このほか取引にからむ債権六六三六タエル（一六五九ポンド）も焦げ付いてしまった。合わせて一万一六三六タエル。一タエル（teal）とは中国銀貨一両のことで、日本銀十匁《もんめ》に相当する。したがって、一万一六三六タエルは銀一一六貫にのぼる。

十年後の一六二三年五月、バタビアのイギリス商館において東インド会社理事会が開催され、平戸商館の解散決議がおこなわれたが、その際、コックスは居並ぶ役員らから経営能力の欠如、業務怠慢、無責任などを厳しく非難されたうえ、

――長期間にわたりシナ人にだまされながらその奸策を見抜けなかったのは、君の愚かさのせいである。

と糾弾されている。

いずれにせよ、オランダ人とイギリス人は平戸、ポルトガル人は長崎という棲み分けのなかで、おびただしい数の中国船が長崎と平戸の双方に来航するようになった。

平戸を拠点とする中国人の数も増加するばかりである。最も大きな勢力は李旦集団であったが、それ以外にもいくつかの集団が形成され、そのなかでも顔思斉《がんしせい》率いる集団が勢力を増してきた。

顔思斉は一五七八年ごろ生まれた人物で、字は振泉《しんせん》といった。この当時三十六歳。福建省海澄《かいちょう》の出身である。

現在の福建省漳州《しょうしゅう》龍海市海澄鎮で、九龍江河口付近に位置し、厦門《アモイ》の約四〇キロ西方にある。本来の地名は

月港である。漳州陶磁器の積出港としてその名が知られていた。

　顔思斉は筋骨隆々とした体格で、武芸に精通していた。しかしながら、家僕を殴り殺したため、平戸に逃れ、貿易などによって財をなし、楊天生《ようてんせい》、洪陞《こうしょう》、張弘《ちょうこう》（作宏）、林福《りんふく》、林翼《りんよく》、李俊臣《りしゅんしん》、陳衷紀《ちんちゅうき》などの部下を率いて李旦に対抗する勢力を築きはじめていた。

　ちなみに、一の子分の楊天生は晉江の出身である。字は人英。年齢は三十歳。晉江は泉州湾に面している。このほか、張弘は南安、林福は同安、李俊臣は南靖《なんせい》、陳衷紀は海澄など、いずれも福建省各地の出身で、殺人逃亡者、剣術家、武術家、力自慢の猛者たちである。このことから見ても、平戸に一癖も二癖もある福建人が大挙して渡来していたことがわかる。


　一六一三年に開設された平戸のイギリス商館は、一六一七（元和三）年までに数隻のイギリス船が来航するなど、対日貿易は順調に進むかと見えたが、一六一六年四月十七日に徳川家康が死去し、徳川秀忠に名実ともに実権が移ると、家康が推進してきた緩やかな対外貿易政策が変更された。

　八月八日、いわゆる「元和二年令」が布告され、キリスト教の禁止を改めて徹底するとともに、外国船の寄港地および日本国内における商取引が、平戸と長崎に制限された（ただし、中国人は除く）。

江戸と大坂に駐在員を置いていたイギリス商館は、大きな打撃を受けた。幕府および松浦氏による統制も厳しくなる一方である。また、先行したオランダの優位を、どうしてもくつがえすことができない。それでも、オランダとともに艦隊を編成してポルトガルやスペインの船を襲撃し、その積荷を売りさばくことによってとりあえず帳尻を合わせていたが、イギリス商館の経営は厳しくなる一方であった。

　一六二〇（元和六）年四月二十四日には、ウィリアム・アダムズが平戸で死去した。デ・リーフデ号で豊後に漂着して二十年後のことであった。享年五十七。遺骸は勝尾岳の麓のイギリス商館の墓地に葬られた。ところがこの墓地は後年破却されたため所在不明となり、一九六四（昭和三十九）年、平戸市によって遠見の丘にアダムズとメアリを祀る夫婦墓が建立された。

徳川家康の信頼を受け、相模国三浦郡逸見に二五〇石の領地をもらい、江戸日本橋に屋敷をもらって外交顧問となった。イギリスにメアリという妻とディリバランスという娘がいたが、日本橋大伝馬町名主で幕府伝馬年寄の馬込《まごめ》勘解由《かげゆ》の娘お雪と結婚し、ジョセフ（Joseph）という男児とスザンナ（Susanna）という女児を得ている。そして平戸で妾を持ち、一人の男児をもうけた。

リチャード・コックスはアダムズが死んだ翌年の二月、平戸の妾とその子が訪ねてきたので、小銭二タエルすなわち銀二十匁をあたえ、

「もしわれわれイギリス人の保護に任せてくれるなら、学校教育の費用もわたしが出してあげよう」

と申し出たが、母と子は遠慮してそれを受けなかった。

相模三浦郡のジョセフは家督を相続して三浦按針を名乗ったが、平戸の子供は鎖国令が出ると海外に追放され、その行方は知れなくなった。

いずれにしろ、ウィリアム・アダムズという幕府との仲介役を失い、イギリス商館の衰退が加速した。

すでに述べたとおり、一六二三年四月、バタビアの東インド会社は平戸イギリス商館の閉鎖を決定した。商館長リチャード・コックスは十一月二十日に商館業務を停止し、貸付金の取り立てをオランダ商館に委任して、その翌日ブル号に乗って平戸を立ち去った。

鄭芝龍、平戸へ

鄭芝龍《しりゅう》という人物が李旦の持ち船に乗って、中国のマカオから平戸に到着したのは、イギリス商館が閉鎖された一六二三（元和九）年のことである。ただし、(財)松浦史料博物館編の『史都平戸』など、鄭芝龍の平戸来航の年を前年の一六二二年とする説も少なくない。あるいは二度目の来航であったかもしれない。

中国のジャンク船は、季節風の関係から、五月から八月の間に入港することが多い。鄭芝龍もまた、この年の五月に平戸にやってきた。

鄭芝龍は、福建省泉州南安県の出身である。鄭氏一族はもと河南省に居住していた。河南省は黄河の中下流に位置し、河北省、山西省、陝西《せんせい》省、湖北省、安徽省、山東省と隣接している。古代中国においては「中原《ちゅうげん》」とよばれ、さまざまな権力闘争の舞台になった地域である。鄭一族は、その西南部、安徽省との境界近くの固始《こし》県に住み着いていた。

唐の僖宗《きそう》皇帝在世中の光啓年間、すなわち西暦八八五年から八八八年にかけて、鄭一族は南下して福建省の漳州《しょうしゅう》に移り住み、その後広東省の潮州《ちょうしゅう》などを経て、北宋の靖康年間（一一二六—一一二七）、鄭芝龍の直接の始祖とされる鄭隠石《いんせき》のとき同安《どうあん》に移住した。しかしながら旱魃《かんばつ》のため同安を離れざるを得なくなり、漳州各地を転々としたのち、最終的に泉州の南安に移り住み、安住の地を得ることができた。

隠石が居住したのは、南安県の石井《せきせい》という海浜の村である。西側から山が迫り、南側には海が広がり、東側の砂州の先にはやはり海が広がっている。農地がほとんどないため、商業や漁業あるいは製造業などに依存するしかない。役人に登用されれば、大出世であった。

『石井本宗族譜』などによると、南安県石井居住初代の隠石から、第二代隠泉《いんせん》、第三代砥石《しせき》、第四代純玉《じゅんぎょく》、第五代豪《ごう》（威魚《いぎょ》）とつづき、第六代は欠落しているが、第七代楽斎《がくさい》、第八代干野《かんや》、第九代西庭《せいてい》、第十代象庭《しょうてい》とつづいた。この第十代の象庭が鄭芝龍の父・紹祖《しょうそ》のことである。翔宇《しょうう》とも書く。ただし、元厦門市鄭成功紀念館館長の張宗治氏によると、象庭の名は士表《しひょう》といい、毓程《いくてい》と号したらしい。泉州の庫吏《こり》——蔵役人であったという。科挙《かきょ》の郷試《きょうし》に合格したというから、かなりの頭脳の持ち主であったようである。

泉州は府であり、府の下に晋江《しんこう》、南安、同安、恵安、安渓《あんけい》、永春の六県が属していた。泉州府の役所は、南安県石井のやや南東にある晋江にあった。毛佩琦氏の『鄭成功評伝』によると、このころ紹祖は、晋江において「地位卑微」たる下級役人として働いていた。

最初の妻は徐氏《じょ》といい、二番目の妻は黄氏《こう》といった。徐氏が芝龍の実母である。芝龍は五人兄弟の長男であるが、末弟の芝豹《しひょう》のみ黄氏の子である。

次弟……芝虎《しこ》（?―一六三五）

三弟……芝麟《しりん》（早逝）

四弟……芝鳳《しほう》（鴻逵《こうき》）（?―一六五七）

五弟……芝豹

文献によっては、芝鵬《しほう》ないし芝莞《しかん》を弟とする説があるが、同一人物の別称であり、鄭芝龍の従兄弟とする説（毛佩琦氏の『鄭成功評伝』など）に従いたい。

鄭芝龍は、一六〇四年三月十八日に生まれた。

字は飛黄《ひこう》（または飛虹・飛皇・日甲）と伝えられ、「一官《いっかん》」と称された。西洋の文献で「Iquan」、「Yquan」、「Equan」などと書かれるのは、「一官」の発音を写したものである。ただし、「一官」というのは官職名ではない。「長男さん」というような意味である。あるいは、「兄貴」や「親分」というようなニュアンスであろう。

鄭芝龍十歳（七歳とする説もある）のとき、ある屋敷の塀の上に見える茘枝《ライチ》（中国語ではリージ）をとろうと石を投げつけた。ライチは、楊貴妃《ようきひ》も大好物であったという甘くて水分たっぷりの果物である。

ところが、それは泉州府知事の蔡善継《さいぜんけい》の屋敷であった。鄭芝龍が投げた石は、運悪く庭先に出ていた蔡善継の頭にもろに命中してしまった。ほかの子供たちは逃げ去ってしまったが、鄭芝龍はじっと立ったままであったという。たちまち鄭芝龍は役人たちに捕らえられたが、歳に似合わぬその堂々とした態度を見た蔡善継は、

「眉目秀麗《びもくしゅうれい》で、しかも気宇軒昂《きうけんこう》である。ただ者ではない。ただちに縄を解け」

と部下に命じて釈放させたという。

要するに、ガキ大将である。体を使うことは得意だが、読書は大嫌いであった。父の紹祖から五歳のときに塾に入れられたが、長続きはしなかった。物覚えはよかったようであるが、とにかく武術と遊びが大好きで、喧嘩

平戸市川内町の鄭芝龍・成功の居宅跡に立つナギの大木

も強く、賭け事も好んだ。

いずれにせよ、体を動かすことに夢中になって少年時代を過ごした。父の期待に添うために郷試に挑んだが、もちろん受かるわけがない。このこともあってか、鄭芝龍は父とソリが合わなくなったようである。

一六二一年、十八歳のとき鄭芝龍は家出して、義母・黄氏の父・黄程《こうてい》を頼って、広東省のマカオにむかった。一説によると、父親の妾に手を出して、父親から激しく責められたからであるという。

マカオは、ポルトガル人の国際貿易拠点として隆盛の時期を迎えていた。

外祖父の黄程も、船舶を所有して海外貿易をおこなっており、鄭芝龍はその下で働くことになった。ポルトガル人にも近づき、ポルトガル語も多少は話せるようになった。どこまで本気だったか疑問があるが、洗礼を受けてニコラス・ガスパルド（Nicolas Gaspard）というクリスチャンネームもあたえられている。

一六二三年五月、祖父の黄程は日本へ搬送する商品を監視させるため、鄭芝龍を船に同乗させた。その船は、平戸に拠点を置いていた李旦の持ち船であった。

平戸に到着したとき、鄭芝龍は二十歳であった。

鄭芝龍は、たちまち平戸の中国人社会に溶けこんだ。李旦に気に入られ、親分子分の関係を結び、顔思斉の一の子分で晉江出身の楊天生《ようてんせい》とも親しくなり、彼の紹介で顔思斉とも親しくなった。

鄭芝龍は、平戸が大いに気に入った。

住居は多くの中国人が居住している平戸の中心市街地ではなく、六キロほど南の川内《かわち》に置いた。山の斜面にある集落のほぼ中央に金刀比羅《こんぴら》神社（平戸市川内町《かわち》）があり、この地が鄭芝龍の居宅跡といわれている。平戸では珍しいナギ（梛）の大木があり、鄭芝龍が住んでいたころからのものであるらしい。鄭芝龍が故郷を偲んで植えたものであるといい、子の鄭成功が平戸を離れる際に植えたものともいわれている。

この鄭芝龍居宅跡には、のちに「喜相院《きそういん》」という山伏寺が建てられたが、明治維新後の廃仏毀釈《はいぶつきしやく》運動により破壊され、その跡地に金刀比羅神社が建てられたものである。金刀比羅神社境内七〇〇平方メートルの範囲が、一九四一（昭和十六）年に長崎県の史跡に指定されている。

なお、一八三一（天保二）年に平戸藩の守山正彝《もりやままさつね》が書いた『平藩語録』は、鄭芝龍居宅跡を喜相院下の小田伝二郎宅としているが、嘉永・安政年間におなじ平戸藩の葉山高行《はやまたかゆき》によって書かれた『鄭氏遺蹟碑御建ニ付書取草案』（以下『書取草案』と書く）では、鄭氏の居宅跡を「喜相院」と断定している。

鄭芝龍は、その地に居宅を構えた。

鄭芝龍が平戸を気に入ったのには、大きなわけがある。

ある娘に一目惚れしたのである。


平戸に在住した外国の男たちにとって、最も切実な問題は性欲のはけ口である。

イギリス商館長であった、五十過ぎのリチャード・コックスも、マティンガ（Matinga）という若い日本人の女性を愛人として囲っていたほどである。

マティンガは「おマツ（Omatsu）」を英語風にくずしたものと考えられているが、コックスは孫ほどの年齢差のあるおマツに、しばしばプレゼントを贈るなどご機嫌を取り結んでいる。にもかかわらず、おマツは老人相手では満足しなかったらしく、若い日本人の男たちと遊びまわり、その噂が広がったため、コックスはしぶしぶ追放したというような話が『平戸英国商館日記』に記載されている。

ほとんどのイギリス商館員たちが日本人の女を愛人にし、すでに述べたようにウィリアム・アダムスも平戸で妾を囲っている。オランダ人も中国人も同様であった。もちろん川内にあった丸山遊郭を利用する者も多かったが、やはり特定の日本人女性を囲うというのが、平戸に来航した外国人の、ある意味でのステイタスであった。

鄭芝龍が見初めたのも、おマツ（阿松）という名の日本女性であった。父は、松浦氏の家臣で田川七左衛門《しちざえもん》。石原道博氏の『国姓爺』（吉川弘文館）などによると、足軽ほどの身分であったというが、地元では漢方医であったとする説が根強い。先祖は北条氏の家臣・田川八郎朝顕《ともあき》で、蒙古が襲来した「弘安の役」の際に功名を立てたといわれている。

ただし、このことには異説が多く、すでに紹介した『平藩語録』は、川内の照日神社の西側の松本弥惣右衛門《やそうえもん》の宅地に住んでいた伊東源兵衛《げんべえ》の娘であると記している。しかしながら、葉山高行の『書取草案』は田川氏と断定し、伊東氏説を斥けている。

一方で、『台湾外志』などの中国の文献では、「翁氏《おう》」とするものも多い。翁氏は福建省泉州出身の中国人で、商売のために日本に渡り、日本女性と結婚して「翁」の発音に近い「用」という字を二つに分けて「田川」という苗字に変えたという。あるいは、「翁」は「王」のことで、「翁翌皇《おうよくこう》」という中国の皇族出身の人物であるという。しかしながら、平戸では舅のことを「翁《おん》ツァン」とよぶ習慣があり、このよび方が中国に伝わって「翁氏」になったとする石原道博氏の説（『国姓爺』吉川弘文館）が妥当であろう。

いずれにせよ、鄭芝龍は田川七左衛門の娘おマツを娶り、川内浦で新婚生活をはじめた。十月ごろのことであったろう。

満州族とオランダの脅威

鄭芝龍が平戸に渡来した一六二三年ごろのアジアの情勢というのは、まことにめまぐるしい。日本においては、この年の七月二十七日、徳川家光《いえみつ》が三代将軍に就任している。家康が江戸に幕府を開いて二十年目のことである。前将軍・秀忠《ひでただ》の次男で、勇猛さと聡明さを備えた人物という評判であった。八年前の「大坂夏の陣」によって豊臣家は滅亡し、戦国の動乱期を脱却したとはいえ、依然として世情不安定な時期であった。家光は幕藩体制の強化と将軍権力の確立をめざし、統治機構の整備や武家諸法度の改定、キリシタン禁制の強化など、さまざまな国内政策を断行する。

このように、日本においては徳川家光の登場によって、徳川幕府の政権基盤がさらに強化されたが、中国の明王朝は大きな危機に直面していた。

一つは、北方の異民族——満州・女真《じょしん》族の脅威である。

もともと満州の女真族は明と友好的な関係にあった。女真族は毛皮や朝鮮人参を明国と交易し、莫大な利益を得ていた。ところが、一六〇八年、明政府は女真族と友好関係を維持していた遼東総兵官の李成梁《りせいりょう》を失脚させ、女真族との関係を断ち切ってしまった。李成梁の先祖はもと朝鮮に居住していたらしいが、女真系の氏族であったともいう。その息子の李如松《りじょしょう》は、秀吉の朝鮮出兵のとき明軍の提督として日本軍と戦った人物として知られている。

李成梁は明政府から支給される巨額の軍費を横領し、二十年以上にわたって遼東の利権を独占していた。明の強硬策に対して、断固反撃したのがヌルハチ（奴児哈赤）である。姓は「愛新覚羅《アイシンギヨロ》」。日本では、「あいしんかぐら」と読む。李成梁の庇護を受け、女真族を征服統合していた。一六一六年には、みずからハン（汗）につき、国号を「金（aisin）」と称した。「マンジュ（満州）国」ともいう。マンジュというのは、女真族が信仰していた文殊菩薩《もんじゅぼさつ》に由来する。

ヌルハチは、一六一八年、明の国境侵犯など過去の歴史を非難する「七大恨《しちだいこん》」を宣言して、明に対する軍事行動を開始し、遼寧省の憮順と清河を功略した。ついで一六一九年の「サルフ（薩爾滸）の戦い」によって、明軍に壊滅的な打撃をあたえた。渾河《こんが》の南岸、サルフ河の東岸にサルフ山という七〇メートルほどの低い山があり、この周辺が戦いの場所である。ただし、一九五八年にダムが築かれたため、戦場のほとんどが湖底に沈んでしまい、山頂の城跡が残されているだけである。

「サルフの戦い」で完勝したヌルハチは、一六二一年には中国東北地方最古の都市・遼陽に都を置き、太子河の東岸に東京城《とうけい》（新城）を築いて遼東方面に睨みをきかし、西進して、河北省へ侵攻する機会をうかがっていた。にもかかわらず、明の第十六代皇帝の熹宗《きそう》（天啓帝）は暗愚で政治にまったく無関心だったため、魏忠賢《ぎちゅうけん》などの宦官が権勢を奮い、それに対抗する官僚たち（東林党）との争いが激化し、有効な対抗策を打ち出すことができない。中国各地で農民一揆も頻発していた。

一方で、明は、オランダ艦隊と澎湖《ぼうこ》島方面で小競り合いをつづけていた。

オランダ艦隊司令官コルネリス・ライエルセン（Cornelis Reijersen）は、インドネシアのバタビアから一六二二年四月に六隻の艦隊を率いて北上し、六月ポルトガル人の拠点マカオを攻撃したが、ポルトガル人の強靭な抵抗を受けて失敗に終わった。三隻の艦船をマカオ港の封鎖のために停泊させ、主力艦隊は澎湖島をめざした。澎湖島に新たな貿易拠点を設けようと考えたのである。

澎湖群島は、大小六十四の島々からなる。唐時代の後期あたりから、福建人が島に渡って住み着いていた。澎湖群島の中心は澎湖本島の媽宮《まきゅう》（現在の馬公《まこう》）にある。町並みが整備され、珊瑚石でつくられた低い家々が独特の景観をつくっていた。港の近くには、媽祖《まそ》を祀る天后宮《てんこうぐう》が建てられていた。

澎湖湾に入ったオランダ艦隊は砲撃により威嚇攻撃をくわえ、八月上旬に澎湖本島に上陸して城砦工事に着手し、九月末には守備兵が入城した。その間、ハンス・ファン・メルデルトを福州（福建省）に派遣し、中国に通商の許可を求めた。福州には対外貿易業務を扱う「市舶司」が置かれていた。

しかしながら、中国の回答はオランダ人の澎湖島での活動を拒絶し、その他の地域における活動についても、何の回答もあたえなかった。

オランダ艦隊は武力による威嚇によって貿易の許可を得ようと、八隻の艦隊で中国沿岸を攻撃し、一六二三年一月にはライエルセン司令官みずから福州に行き、中国の役人らと交渉した結果、適当な場所が見つかるまで、澎湖島に留まることができることとなった。

オランダとしては、そのまま澎湖島に居座るつもりであったが、中国側は澎湖島の北側にある白沙島《はくさ》に兵力を集め、しばしば攻撃してきた。白沙島には数千人にのぼる中国人兵士が駐屯し、百隻を超える軍船が終結していた。艦船の火力においてはオランダ軍が優っていたが、兵士の数では中国側がはるかに優勢である。

オランダ艦隊は、中国側の執拗な攻撃に疲れ果て、澎湖島に代わる安全な拠点を探す必要に迫られた。十月二十五日、ライエルセン司令官は、中国人を案内役にして、兵士十六人とバンダ人（インドネシア人）三十四人を引きつれ、タイオワン（Teyoan）にむかった。

タイオワンというのは、台湾島の西南にあり、「台員《たいいん》（ターユアン）」、「大寃《たいえん》」などと書かれる。現在の台南《たいなん》市のことである。のちにこの島全体をさす名称となり、周知のとおり、現在では「台湾」と書かれる。

台湾島の本来の呼称は、はっきりしない。三世紀に書かれた『臨海水土志』の「夷洲《いしゅう》」や、七世紀の『隋書』の「流求《りゅうきゅう》」をもって現在の台湾島をさすとする説が多数のようであるが、異論も多い。

西洋人は、「フォルモサ」とよんだ。一五四四年、ポルトガルの航海者が台湾付近の海上を通った際、海上から台湾を眺め、連綿と連なる山脈を見て、

「Ilha Formosa（麗しい島）」

と形容したことに由来する。

日本では、「高砂国《たかさご》」とよんだ。台湾の海岸の風景が日本の播州にある高砂海岸の景色に似ているところから、台湾を「高砂」、台湾の住民を「高砂族」、台湾島を「高砂国」とよんだという。一説によると、「打狗《ターク》」（現在の高雄）の読みが、「高砂」の日本語の発音に似ていたからであるともいう。倭寇の寄港地として、日本ではよく知られた島であった。

一五九三（文禄二年）年、豊臣秀吉は家臣の原田孫二郎なる商人を派遣して、高砂族の国王に入貢を促す書状を届けさせているが、台湾を統括する政権はなく、したがって秀吉の要請に対して反応があるはずもなかった。家康が逝去した一六一六（元和二年）年、長崎代官・村山等安は幕府の命を受け、三千数百名の兵を率い、十三隻の船で台湾にむかったが、途中台風のため遭難している。一隻だけが台湾にたどり着いたが、原住民に皆殺しにされている。

それでも、台湾は明の支配権が及ばない地域であるため、倭寇の絶好の寄港地として利用され、日本商人と中国商人との密貿易基地として利用されていた。

オランダのライエルセン司令官は、中国人を案内役にして、タイオワン——台南市安平に上陸し、とりあえず竹などを集めて砦をつくった。これが、のちの「ゼーランディア（Zeelandia）城」の原型となった。

赤龍、天から降る

日本では平戸のイギリス商館が撤退し、徳川家光が三代将軍になり、中国北方で満州・女真族が勢力を増し、台湾周辺ではオランダが新たな拠点を探しているころ——一六二三年（和暦では元和九年、明暦では天啓三年）秋、鄭芝龍の妻となった田川マツが妊娠した。

妊娠したとき、おマツは赤い龍が天から降る夢を見たという。

このころ鄭芝龍は日本の剣術に興味を持ち、二刀流を学んだという。宮本武蔵の「二天一流」のことである。宮本武蔵が豊前小倉の舟島（のち巌流島・山口県下関市）において佐々木小次郎と試合をして勝って十一年後のことであり、「大坂冬の陣」や「大坂夏の陣」に参戦して豊臣方について戦って敗れ、九州に潜伏していたころであった。

鄭芝龍は平戸藩の剣術指南・花房権右衛門《はなふさごんえもん》から「二天一流」を学んだが、陳文徳氏の『鄭芝龍大傳』によれば、花房権右衛門の父・戸田仁兵衛《じんべえ》の師匠が宮本武蔵であったという。

鄭芝龍は川内の居宅から毎日のように平戸城下に通い、李旦や顔思斉らのグループと付き合い、ときには長崎に出向いて商売をおこなう生活を送った。

自宅に帰って、新妻のおマツの姿を見ると、にこやかに笑って土産の品を渡し、抱き寄せて唇を吸った。日本女性の従順さは、これまで経験したことのないものであった。常に一歩引いて夫を立てる。食事も夫が食べたのちに、目立たぬように済ませてしまう。針仕事も上手であった。衣服に少しでもほころびができると、翌朝にはみごとに繕いが終わっていた。気配りも細やかで、鄭芝龍にとって夢のような毎日であった。

年が明け、一六二四年になった。和暦では元和十年（ただし二月三十日に寛永に改元）、中国の明暦では天啓四年である。

おマツのお腹は順調に膨らんでいく。

鄭芝龍は毎日のように平戸城下に出向いたが、年明け早々から平戸城下に外泊することが多くなった。たまに帰宅しても、口数が少なく、考えごとにふけっている。

おマツが、

「どうかなさったのですか」

とたずねても、

平戸市川内町の鄭成功児誕石

「いや、何でもない」
と答えるばかりである。

ツワリの時期が過ぎて、安定した時期に入るにつれ、おマツは何ごとにつけ楽観的になった。毎日が幸せでたまらない。大きなお腹を抱えて隣近所を訪ね、世間話をしてよく笑い転げた。臨月を迎えても平気で外出した。

七月十四日（西暦では八月二十七日）、この日おマツは下女とともに外出した。そして、千里ケ浜の海岸に出た。折から引き潮で、砂地がむき出しになっている。

おマツは草履を脱ぎ、松林から砂浜におりて貝拾いをはじめた。ところが突然陣痛がはじまり、おマツはその場にうずくまってしまった。驚いた下女は助けを求めるが、人の気配はまったくない。さほど遠くないところに大岩が立っており、下女はおマツを肩で支えてその岩陰につれていった。葉山高行の『書取草案』には、

「すでにして田川氏娠《はら》み、一日出て千里ケ浜に遊び、文貝（子安貝）を拾う。にわかにまさに分娩せんとし、家に帰る暇あらず。すなはち、浜の内の巨石に就き、もって誕《う》む」

とある。

おマツは、巨石によりかかって、陣痛に耐えた。まもなく、大きな産声が海岸中に響いた。

国姓爺《こくせんや》・鄭成功《ていせいこう》の誕生である。

千里ケ浜の西方——国道三八三号線沿いのガード間近の海岸に、現在「鄭成功児誕石《じたんせき》」と刻まれた石碑が建っ

ており、その石碑を波から守るように大岩が円形に並んでいる。満潮時には石碑の半ばまで水没してしまうが、干潮時には砂浜を通って石碑まで歩いていくことができる。

また、千里ケ浜海水浴場の入口近くには、一八五二（嘉永五）年に建てられた「鄭延平王慶誕芳蹤《ていえんぺいおうけいたんほうしょう》」という石碑がある。延平とは、福建省の南平のことである。葉山高行の書を刻んだもので、副題に「肥前国平戸嶋千里濱《ひぜんこくひらどじませんりがはま》鄭氏遺蹟碑記《ていしいせきひき》 幷《ならびに》 銘《めい》」とある。

平戸市川内町の鄭延平王慶誕芳蹤
（伊藤征方氏撮影）

おマツと誕生したばかりの幼児――のちの鄭成功は、集まってきた村人たちに自宅まで運ばれた。村の女たちが集まり、大騒ぎになったが、突発的な野外出産のわりには、母子ともにすこぶる元気で、一同大笑いになった。祖父の田川七左衛門は、生まれた孫に「福松《ふくまつ》」という名をつけた。伴野朗氏は『南海の風雲児・鄭成功』（講談社）のなかで、「福松」という名は、福建省の「福」と妻おマツの「マツ」を組み合わせたものであろうと推測されているが、一説によると、児誕石のそばに松の大木が生えていたことから名づけられたともいう。

妊娠したとき、おマツは赤い龍が天から降る夢を見たが、福松――こと鄭成功が生まれた夜、火柱が天に昇り、村人たちは大いに恐れたという。

鄭芝龍はむろんはじめての子供の誕生を喜んだが、胸中は複雑であった。このころ鄭芝龍は、平戸を離れる決意を固めていたからである。

台湾へ

実は、福松が生まれる前月の六月に、鄭芝龍は正式に顔思斉グループの一員になっていたのである。

顔思斉をカシラとして、楊天生《ようてんせい》、洪陞《こうしょう》、陳勲《ちんくん》、張弘（作宏）、陳徳、林福《りんふく》、李英《りえい》、荘桂《そうけい》、楊経《ようけい》、陳衷紀《ちんちゅうき》、林翼《りんよく》、黄碧《こうへき》、張輝《ちょうき》、王平《おうへい》、黄昭《こうしょう》、李俊臣《りしゅんしん》、何錦《かきん》、高貫《こうき》、余祖《よそ》、方勝《ほうしょう》、許媽《きょま》、黄瑞郎《こうずいろう》、張寅《ちょういん》、傳春《でんしゅん》、劉宗趙《りゅうそうちょう》、鄭玉《ていぎょく》および鄭芝龍のあわせて二十八人で盟約を結んだ。鄭芝龍は最年少であった。

そして、どういういきさつかはよくわからないが、彼らは日本を離れることにしたのである。

一説には、日本征服をたくらんで、それが事前に漏れたために脱出することにしたというが、彼らに強大な江戸幕府を倒すほどの力があるはずはなく、これは明らかに誤伝であろう。幕府の統制が年々厳しくなり、イギリス商館も撤退し、平戸に滞在するうまみが薄れ、わずらわしさが増大してきたのが主な理由であったろう。彼らは自由な新天地を求めていた。

いずれにしろ、福松——鄭成功が生まれたわずか一カ月後の八月十五日に、鄭芝龍は顔思斉をカシラとする二十八人衆の一人として、平戸を離れたのである。

田川七左衛門とおマツの反応については、何ら記録に残されていないが、むろん複雑な思いであったろう。

十三隻の船に分乗した彼らは、八昼夜の航海ののち、台湾中西部の諸羅《つうろ》の海岸に到着した。現在の嘉義《かぎ》市雲林県の北港あたりである。

北港といえば、「朝天宮」という媽祖廟で有名である。鄭芝龍らが来着したときからいえば、七十年後の一六九四年に建設され、台湾における媽祖廟の総本山として崇められている。毎年旧暦一月十五日から媽祖の誕生日といわれる三月二十三日までの「進貢期」には、台湾全土から多くの人々が参詣に訪れる。媽祖の命日といわれる旧暦九月九日も同様である。

顔思斉の子分として台湾に渡った鄭芝龍は、さっそく弟の鄭芝虎、鄭芝鳳（鴻逵）、鄭芝豹と従兄弟の鄭芝鵬（芝莞）など鄭一族十七人を福建省から呼び寄せた。

鄭芝龍たちが台湾に移り住んだころ、オランダ人もまた澎湖島から台湾に移った。
すでに述べたとおり、前年の八月から澎湖本島に拠点を置いたオランダ艦隊は、一年近く明軍と対峙していたが、明軍は白沙島に兵士一万人を集結させ、八月中旬オランダ人に対する本格的な攻撃を開始した。これに対して、兵力で劣るオランダ人は、八月十八日に撤退を決め、澎湖城を破壊したのち、八月二十六日、台湾にむかった。

オランダ人が新たな拠点としたのは、タイオワン――台南市である。前年に仮の砦をつくっていたが、石造りによる本格的な築城を開始し、オランジ（Orange）城と命名した。この城は三年後の一六二七年に「ゼーランディア城」と改称され、城と城壁すべてが完成したのは、一六三三年のことであった。あわせて、商館や住居なども建設された。

原住民からわずかな対価で赤嵌《せきかん》――現在の台南市一帯の土地を買い取り、市街地を整備し、農地を開墾した。ずっと先で述べるが、一六五三年オランダ人はこの地に城塞を築き、「プロビンシア（Provincia）城」と命名して守りを固めた。

オランダの連合東インド会社は、台湾駐在の行政長官として「タイオワン長官」を置くこととし、初代長官としてオランダ艦隊司令官のマルティヌス・ソンク（Dr. Martinus Sonck）を任命した。長官の下には「評議会」が置かれ、また、政務員、税務官、会計長、検察官、法務院長、孤児管理所所長、医院長、工事監督などの役職が置かれた。いずれも、バタビアの総督府に準じた組織であった。

長官となったマルティヌス・ソンクは、タイオワンに出入りして貿易をおこなう中国人と日本人に対して高率の関税を賦課することを布告した。むろん、中国人も日本人も承知するわけがない。オランダ人よりもずっと前から台湾に寄港して貿易をおこなっていたからである。遅れてきたオランダ人にとやかくいわれる筋合いはない。

しかしながら、マルティヌス・ソンクは差し押さえ処分を強行し、商取引を妨害するなど強硬な姿勢を取りつづけた。

このことが、のちに述べる「浜田弥兵衛《やへえ》事件」（タイオワン事件）の引き金になった。

翌年の一六二五年九月のある日、顔思斉は子分たちをつれて、近くの山――諸羅《つうろ》山に猟にでかけた。多くの鳥獣を捕らえ、その夜は山に野宿して盛大な酒盛りをおこなった。ところが、翌日あっけなく死んでしまった。酒の飲み過ぎ説や食中毒説などさまざまな説があるが、死因はよくわかっていない。

カシラが突然死去したため、残された子分たちは大騒ぎになったが、顔思斉の遺骸を嘉義県水上郷南郷村に葬ったのち、誰を後継のカシラに選ぶか協議をつづけた。そして十二月十八日になって、鄭芝龍を後継者にすることで合意が整った。江戸期の『落栗物語』には、

「鄭芝龍はもとよりしたたかな者であるので、顔思斉という者の徒党に加わり、弟の鄭芝虎、芝豹、芝鳳らを伴い、南海にある台湾という大きな島に立てこもったが、ほどなく顔思斉が死んだので、その軍兵らは皆、肝太く、勇猛な鄭芝龍に従い、その家来となった。その弟らもいずれ劣らぬ猛者で、海辺の地を掠奪し、宝を強奪したが、世の騒ぎにまぎれて彼らを抑える人はいなかった」

と書かれている。

年明けの一六二六年一月十八日、鄭芝龍は楊天生を参謀、陳徳と張弘を監軍、陳勲と林翼を督造監守《とくぞうかんしゅ》、楊経と李英を糧餉《りょうしょう》、洪陞を左右謀士にそれぞれ任命した。また、中国本土から集まっていた鄭一族十七人に対して、名前のなかに「芝《し》」の一字を入れるよう指示した。

陳徳と洪陞の二人は、先鋒、援勦《えんそう》、衝鋒、中軍、親軍、護衛、遊哨、監督、哨探、規制頗具《はぐ》など諸隊の役割について定め、これがこののちの軍制の基本となった。

くわえて、この年の八月、李旦が平戸で病死していたが、鄭芝龍はその財産と家来も引き継いだ。

鄭芝龍は、一挙に海賊の大親分になった。

明朝滅亡の予兆

平戸の福松――鄭成功は三歳になり、母おマツと祖父・田川七左衛門らに育まれて、言葉や数も覚え、伸び伸びと育っていた。

父親の鄭芝龍といえば、中国海賊の大親分として、福建省の金門・廈門《アモイ》や広東省の靖海などの中国沿海地域を荒らしまわり、食糧を掠奪し、競争相手を吸収し、その勢力を急激に拡大させていた。『重纂福建通志』巻二六七にも、鄭芝龍が福建省の龍井《りゅうせい》に上陸して漳浦《しょうほ》を侵し、四月には海澄を襲撃したことなどが記されている。明軍の指揮は低下し、訓練も行き届いていないいため、鄭芝龍の軍勢は無人の野を走るような勢いである。百数十隻であった配下の艦船は、見るまに五百隻を超える規模になった。

鄭芝龍の胸のなかに、

――かつての王直のように、海の覇者となるのだ。

という野望が芽生えたのが、おそらくこのころであったろう。

しかしながら、このころの東アジアの海上世界には、かつての王直の時代と異なって、ポルトガル、オランダ、スペイン、日本がしのぎを削っていた。鄭芝龍が海上支配権を独占することは、とうてい不可能であった。しかも、オランダ人はバタビアと平戸にくわえて、タイオワンという新たな拠点を獲得し、ポルトガル人もマカオと長崎を拠点に活発な活動を展開している。

そういったなか、新たなライバルが登場した。

スペイン人である。この年の五月、スペインの艦隊が突然台湾北部にあらわれたのである。

スペイン人はフィリピンのマニラを拠点にしていたが、かねてから北方に進出する意欲を持っていた。このため、フィリピン政庁はデ・アヤラを日本に派遣して貿易の再開を求めたが、幕府はそれを拒絶した。スペインの貿易がキリスト教の布教と一体になっていたからである。

スペイン政庁は台湾への進出を決定した。オランダの台湾進出の情報を入手したのであろう。

五月十一日、アントニオ・カルレニョ・デ・バルデス（Antonio Carreno de Valdes）率いる二隻の軍艦と十二隻の船が、台湾島北端の海岸に接近した。彼らはその地を「Santiago」（中国語では「三朝」あるいは「三貂」）と名づけ、上陸して翌十二日には鶏籠《クエラン》（現在の基隆《キールン》）を占領した。そして、湾の入口にある社寮《しゃりょう》島（現在の和平島）に、サン・サルバドル（San Salvador）城――すなわち「救世主城」を築いた。

こうして、台湾北部はスペイン人、中西部は鄭芝龍をカシラとする中国人、南西部はオランダ人という棲み分けが一応整ったのがこの年――一六二六年であった。

この年にはまた、中国の東北部において勢いを増していた満州・女真族に異変がおきていた。「金（aisin）」を立国し、ハン（汗）に就任していたヌルハチ（奴児哈赤）が八月十一日に六十八歳で病没したのである。

すでに述べたとおり、ヌルハチは一六一九年の「サルフ（薩爾滸）の戦い」によって、明軍に壊滅的な打撃をあたえ、その後遼陽《りょうよう》から瀋陽《しんよう》（一六二五年盛都と改称）に都を移していた。

この年――一六二六年一月十四日、ヌルハチは二十万人の兵を率いて瀋陽を出発し、二十三日に寧遠《ねいえん》の城塞に対する攻撃を開始したが、ポルトガル製の大砲で反撃され、大敗を喫してしまった。ヌルハチの死因は、この「寧遠の戦い」で受けた砲弾の破片による傷が悪化したためであるともいう。

跡を継いだのは、八番目の子のホンタイジである。このとき三十五歳。漢字では「皇太極」と書かれる。八番目の子でありながら、他の競争相手を押しのけて後継者となったことから見ても、並の人物ではない。

この人物が満州・女真族の勢いをさらに強めた。

中国の歴代王朝の滅亡には、共通の法則がある。内政の混乱と異民族の脅威である。内政の混乱は、役人の腐敗から生じる。時に、稀代の悪人が登場する。

このころ、明の朝廷においては、宦官の魏忠賢《ぎちゅうけん》という悪人がいた。魏忠賢はやくざ上がりの男で、賭博に負け、みずから去勢手術をおこなって宦官になり、熹宗《きそう》皇帝の乳母にとり入り、皇帝の信任も受けて、東廠《とうしょう》（秘密警察）の長官に出世していた。その魏忠賢が「東林党《とうりん》」への大弾圧を開始したのである。

「東林党」はいわば良識派・知識人による政治結社というべきもので、民官問わず幅広い支持を得ていた。「東林党」という名称は、顧憲成らによって江蘇省南部の無錫《むしゃく》につくられた「東林書院」に由来する。

その東林党の大物である楊蓮《ようれん》が、魏忠賢に対して二十四の大罪を掲げて弾劾したのである。激怒した魏忠賢は、楊蓮ら六人を逮捕して処刑し、東林党メンバーを次々に摘発した。

良識派が勢力を失うとともに、政権のタガが緩み、官僚の腐敗が横行し、軍規も乱れ、まさに明王朝の滅亡の諸条件が出そろったのが、この年——一六二六年であったともいうことができよう。

海賊・鄭芝龍

一六二七（寛永四）年になった。四歳になった福松——鄭成功がどのような生活を送っていたのか、まったく記録に残っていない。ただし、父の鄭芝龍についてはさまざまな記録が残されており、厦門付近で福建水軍と激しい戦闘をおこなうなど、中国沿岸地域を荒らしまわり、官憲側と激しい武力衝突を繰り返している。

ところが、そういった合間に、鄭芝龍は時おり平戸を訪れているようなのである。記録にはないが、証拠はある。翌年、鄭芝龍とおマツの間に子が生まれているからである。

とすると、四歳になった鄭成功は、海賊王となって意気盛んな鄭芝龍の姿を間近に見ていたわけである。鄭芝龍と幼い福松がどのような言語で意思の疎通をはかったかは不明であるが、日本語と中国語がまじり合うにぎやかな会話であったことはまちがいなかろう。

　しかしながら、鄭芝龍にとって、おマツと福松は唯一無二の存在ではない。海賊の首領となった鄭芝龍は、多忙の合間に中国人の女を妻に迎え、妾もつくり、子もつくっていた。


　鄭芝龍は、美男子で女性によくもてたという。

平戸のおマツはあくまで妾であり、正妻の顔氏のほか陳氏、李氏、黄氏の三人の妾をもち、正確な出生時期などは不明であるが、顔氏との間に、焱《えん》、垚《ぎょう》、鑫《きん》、淼《びょう》という四人の男児をもうけている。

　鄭芝龍は縁起をかついで、木・火・土・金・水を万物の元素と見る「五行説」にしたがって名前をつけているが、もちろんこれらは諱《いみな》であって、焱は渡《と》、垚は恩《おん》、鑫は蔭《いん》、淼は襲《しゅう》という通称をもっていた。

　とはいえ、鄭芝龍は、平戸に残した長男・福松――鄭成功とその母おマツに対して、格別の思いを抱いていた。台湾を根拠に中国沿海域を荒らしまわる海賊の大親分になった鄭芝龍にとって、福松の成長が何よりも楽しみであった。戦いが一息つくと、ひそかに平戸に舞いもどり、父親の顔にもどって、つかの間の家庭生活を楽しんだ。

　一六二八（寛永五）年、五歳になった福松――鄭成功は、父・鄭芝龍が派遣した彭継徳《ぼうけいとく》という中国人の老学者から、中国語の読み書きを学びはじめた。『鄭芝龍大傳』によると、彭継徳は有名な学者ではなかったが、科挙試験の郷士に合格したほどの秀才であったという。立身出世とは無縁の学究肌の人物で、誠実な態度で福松の家庭教師を務めた。

　また、鄭芝龍とおなじく松浦藩の剣術指南・花房権右衛門から剣術を学んだ。五歳の幼児であるから、せいぜい小ぶりの木刀を素振りする程度であったが、花房権右衛門の住まいは、現在の長崎県立猶興館《ゆうこうかん》高校（平戸市岩の上町）のグラウンドにあったから、福松が暮らしている川内からいえば、往復一五キロの道のりである。幼い福松にとって、道場への往復そのものが大きな修行であったろう。

　朴斉家《ぼくせいか》という人物が描いた「延平、髫齢《ちょうれい》にして母に依る図」という絵が残されている。「髫齢」とは幼年という意味で、「延平において、幼い福松が母おマツとともにいる絵」というような意味である。この絵のなかで、福松は洋風家屋の二階で剣を差し、犬を抱いて立っている。一階では母おマツが中国服をまとい、庭先に腰かけて兎《うさぎ》を抱いている。画賛には、

「その緋衣して端坐せる者は芝龍の妻、日本の宗女なり。髪を被れる幼童の刀を佩びて遊戯せる者は成功（福松）なり」

と書かれている。

崔という人物が日本に渡って描いた原画を、朴斉家が延平《えんぺい》――すなわち、福建省の南平《なんぺい》において模写した絵のようであるが、いずれにしても、この絵を見るとおマツと福松の裕福な暮らしぶりが浮かび上がってくる。海賊王にのし上がった鄭芝龍にとって、平戸の妻と子のために豪勢な邸宅を建て、莫大な生活費を送ることなどわけもないことであったろう。

とはいえ、平戸を離れ中国に帰った鄭芝龍は海賊の姿にもどり、血なまぐさい戦闘と掠奪の日々を送っている。この年の『バタビア城日誌』の四月二十九日の条には、

「賊一官 Yquan はジャンク船一千隻を有し、しばしば陸を襲い、陸上二〇マイルまで住民を追い、アモイおよび海澄を占領し、これを破壊し、放火して人を殺したので諸人皆恐れる」

とあり、『平戸オランダ商館日記』の七月一日の条には、「一官の掠奪」によって長崎代官・末次平蔵《へいぞう》の手代・浜田弥兵衛《やへえ》が中国の生糸を入手できないでいることなどが記されている。また、『重纂福建通志』巻二六七によると、鄭芝龍はアモイ（厦門）を襲撃したが、同安知県と海澄知県の連合軍に大敗したことが記されている。

鄭芝龍は船千隻を保有する一大勢力に成長しており、これらの船による激しい海賊行為は、オランダや日本人の貿易にまで大きな影響をあたえていたのである。

浜田弥兵衛事件

この年――一八二八年には、東アジアの海上世界の秩序を大きく揺さぶるような事件が続発している。まず五月、幕府が長崎に入港中のポルトガル船三隻を抑留し、スペインと国交を断絶した。これは、前月の四月にスペイン艦隊がメナム川河口において、長崎商人・高木作右衛門の朱印船を攻撃して捕獲したことに対する報復行為であった。幕府は、スペインに加担するポルトガルに対しても、厳しい措置を強行したのである。ポルトガル側が必死に弁明したため船舶の抑留は解かれたものの、幕府によって三年間日本との貿易が中断され、ポルトガルは甚大な影響を受けた。

六月には、長崎代官・末次平蔵の手代・浜田弥兵衛が、台湾においてオランダ長官ノイツを襲撃するという事件がおきている。「浜田弥兵衛事件」あるいは「タイオワン事件」といわれるものである。

すでに述べたとおり、オランダは台湾に拠点を設けたが、初代タイオワン長官マルティヌス・ソンクは、タイオワンに出入りして貿易をおこなう日本人に対して高率の関税を賦課し、差し押さえ処分を強行するなど強硬な姿勢を取りつづけた。

これに憤激したのが、長崎代官・末次平蔵である。

博多の豪商・末次興善の子で、長崎に移住して朱印船貿易家として安南(ベトナム)や台湾などで貿易をおこない、巨財を築いた人物である。一六一九(元和五)年、長崎代官・村山等安を失脚に追いこみ、そのあとを継いで長崎代官に就任していた。

末次平蔵は、台湾におけるオランダの不当な措置について幕府に訴えた。この訴えによって平戸のオランダ商館に影響が出る恐れが生じたため、バタビア総督府はピーテル・ノイツ(Pieter Nuijts)らを弁明のため日本に派遣した。それに対して、浜田弥兵衛は台湾の北港から現地住民十数人を日本に連行し、彼らにオランダ人の暴政を訴えさせた。

このようなこともあり、来日したオランダ使節は幕府から、

「国王の使節ではなく、単に総督の使節に過ぎない」

などと難癖をつけられ、ことごとく冷淡な応対を受けた。

ノイツらは何の成果も得られぬまま、台湾にもどった。タイオワンの長官となったノイツは、日本における冷遇を根に持った。

このようなとき、浜田弥兵衛率いる二隻の船がタイオワンに入港したのである。浜田弥兵衛はオランダ人の攻撃に備えて、二隻の船を完全武装していた。

ところが、ノイツは軍を派遣して船内の武器を差し押さえ、浜田弥兵衛を二週間にわたり拘束した。拘束を解かれた浜田弥兵衛は、帰国を要請するためにノイツ長官のもとを訪れたが、ノイツは傲慢な態度で拒絶するばかりであった。激怒した浜田弥兵衛は、ノイツに襲いかかり、短刀を突きつけて縛り上げ、抵抗したオランダ人二人を斬り殺した。

浜田弥兵衛は拘束したノイツと交渉をつづけ、ノイツの七歳の息子ラウレンス・ノイツ（Laurens Nuijts）、商務員ピーテル・ムイゼンら五人を人質とし、日本に引き揚げた。ラウレンスはノイツと妻コルネリア・ヤコットとの間に生まれた子であった。

この不手際によりノイツはタイオワン長官を罷免され、四年間バタビアの牢獄に拘禁される羽目になり、ラウレンスは日本で病没している。

この「浜田弥兵衛事件」によって、平戸のオランダ商館はこの年の七月から一六三二年七月までの四年間中断に追いこまれ、オランダ側は甚大な影響を受けることになった。

明への投降

一方、中国東北部においてホンタイジ率いる満州・女真族が虎視眈々《こしたんたん》と中国国境をうかがっていたころ、黄河中流域の陝西《せんせい》省において農民の大暴動が勃発した。

前年から大旱魃がつづき、農民たちは飢えに苦しんでいたが、陝西省に駐屯する政府軍でも給与の未払いなどにより軍規が乱れ、逃亡する兵士が後を絶たなかった。そのような逃亡兵士の一人――王嘉胤《おうかいん》が、農民勢力を束ねることに成功し、陝西省で蜂起したのである。その勢力は山西《さんせい》省全域に拡大していった。

遼寧方面の女真族にくわえ、陝西省・山西方面からの暴動の拡大である。明の王都・北京が、左右から挟み撃ちされる事態が迫っていた。

このようななか、明政府は東南海上で勢力を拡大している鄭芝龍を招撫《しょうぶ》することとした。この方針を受けて、泉州府知事の王猷《おうしゅう》は福建省巡撫の熊文燦《ゆうぶんさん》に鄭芝龍への説得工作を命令した。しかしながら、政府の招きに応じて処刑されてしまった王直の例もあり、鄭芝龍は応じようとしない。

熊文燦は鄭芝龍の警戒心を解くため、さまざまな条件を提示した。鄭芝龍が七歳のときに茘枝《ライチ》をとろうとして石をぶつけてしまった元泉州府知事の蔡善継《さいぜんけい》も、懇切丁寧な書状を鄭芝龍に送った。

ここにいたって、鄭芝龍は明政府に投降したのである。一六二八年七月のことであった。反対する部下も少なくなかったが、鄭芝龍は明政府に帰順する道を選んだ。

投降した鄭芝龍は約束どおり罪を許され、福建省の「海防遊撃《かいぼうゆうげき》」に任じられた。中国東南海域において海賊を討伐する役職である。

辞令を受けた鄭芝龍は、公然と行動することができるようになった。これまでの犯罪行為に対して恩赦を受けたようなものである。これからは他の海賊を合法的に討伐し、自分の勢力をおもう存分拡大することができる。

中国国内での居住も保証されたため、鄭芝龍は故郷の南安県石井村に近い晉江の安平鎮に拠点を置くことを決め、さっそく築城工事に取りかかった。すでに述べたとおり、晉江は泉州のすぐ南にあり、囲頭《いとう》湾の最深部に位置している。防禦に強く、船の出入りにも適している。

鄭芝龍は、明政府への投降を、新たな飛躍にむけた大きなチャンスととらえていた。

翌年の一六二九（寛永六）年、福松——鄭成功六歳のとき、弟が生まれた。祖父の田川七左衛門によって、次《じ》郎左衛門《ろうざえもん》と名づけられた。長男の福松にくらべ完全に和風の名である。田川七左衛門は、

——この次男を田川家の跡取りにせざるを得ないであろう。

と、すでに覚悟していたにちがいない。

田川七左衛門の見込みどおり、次郎左衛門は長じて田川家を継ぎ、名を祖父とおなじ七左衛門に改めている。

弟が生まれたこの年、福松——鄭成功は、幼いながらも文武両道に励んでいる。彭継徳から中国語の読み書きを学び、すでに千字文も習得していた。一度学んだことは、決して忘れない。

——神童ではないか。

と、屋敷に出入りする者たちも驚嘆した。

花房権右衛門から学ぶ剣術も、近ごろでは二本の木刀を握って素振りができるまでに上達していた。むろん六歳の童子であるから腕前のほうはさほどではなかったが、師匠の花房権右衛門を大いに満足させるものであった。往復一五キロの道のりも早足で難なく歩き、風邪ひとつ引かない丈夫な子に育っていた。

飯もたらふく食い、魚でも野菜でも、出されたものは何でも平らげた。オランダ人から入手したチーズやバターなども好んで食べた。

鄭芝龍が何度も手紙を書き送り、

——かならず明国に招くつもりだ。

と伝えたので、おマツは福松に中国的な素養を一刻も早く身につけさせるため、難しい漢字や書画などをみずから教えたという。

鄭芝龍が明政府に招かれ、海防遊撃という役職に任命されたことについても、おマツは知っていた。

――いま安平鎮に城を築いている。この城が完成したら迎えを送る。

と、鄭芝龍は伝えてきたが、乳飲み子をかかえたおマツが渡航できるはずはなく、その場合には福松一人を渡海させなければならないであろう。なかなか覚悟できることではなかったが、おマツは福松と暮らす時間が残り少なくなっていることだけは確実に予感していた。


この年の四月、鄭芝龍は艦隊を率いて、浯州《ごしゆう》――すなわち、金門島にむかった。

金門島は福建省厦門《アモイ》の沖にある小さな島である。むかしから倭寇・海賊の根拠地に利用されてきた。現在、北方の馬祖島とともに中華民国・台湾政府の管轄下に置かれ、全島が地下要塞化していることはよく知られている。

ちなみに、九龍江河口付近に位置するアモイも現在では陸続きとなっているが、この当時は島で、のちに鄭成功が拠点としたところである。もとは「下門」と書かれ、福建省南部の閩南語では「Ē-mûi」とよばれることから、アモイに転じたと考えられている。

晋の時代に晋安郡同安県の地となり、五代・宋以降は泉州に属した。一三八七年に厦門城が築かれていたが、この当時は海賊の巣窟となっていた。アモイの西南にある鼓浪嶼《コロンス》という小島も海賊の根拠地になっている。島の頂上にある日光岩は、海賊の見張台として利用されていた。

『バタビア城日誌』によると、鄭芝龍が金門島にむかったのは、クイツィクという海賊を攻撃するためである。『明史』など中国の文献では、「李魁奇」と記されている。

澎湖島の守備についていた陳衷紀《ちんちゆうき》を襲って殺害するなど、昨年あたりから、クイツィクは目立った動きをしていた。クイツィクはもと鄭芝龍の部下であったが、明政府に降った鄭芝龍から離反していた。陳衷紀もまた平戸以来の鄭芝龍の盟友である。なお、『明史』は、陳衷紀を殺したのは鄭芝龍とする。このあたり、いずれも風聞にもとづく記事であるため、オランダ側の史料と中国側の史料がやや混乱している。

オランダ側の史料によると、澎湖島の陳衷紀を殺害したクイッィクは、トーセイラクというこれまた鄭芝龍のかつての部下とともにアモイを攻撃し、アモイ沖の金門島を占領したという。トーセイラクとは、中国側の文献で「褚採老」と書かれている人物である。

このアモイ・金門島襲撃に関しては、オランダ・中国双方の史料がおなじような内容を記している。

福建省巡憮の熊文燦の出動要請に応じて、鄭芝龍は艦船を率いて晉江を出発した。それぞれの船に政府軍の旗印を掲げ、乗組員は統一した軍服を着て威風堂々たる陣容である。

政府軍としてのはじめての出動であり、鄭芝龍は弟の鄭芝虎と鄭芝豹、従兄弟の鄭芝鵬（莞）らの艦船を先鋒にして、備えには一族の鄭芝彪の艦船を配置するなど、万全の体制を敷いていた。海賊上がりの集団とはおもえぬ威容である。

鄭芝龍は海防遊撃に任じられて以来、専門家を招いて軍律を改め、一般庶民からの略奪を厳しく禁止するなど、寄せ集めの海賊集団を、統制の取れた水軍に転換するための工夫をおこなってきた。

——今回の戦いは、これまでの訓練の成果を試す絶好の機会だ。

鄭芝龍は、風にひらめく政府軍の旗を見て、笑みを浮かべた。

鄭芝龍の艦隊は、金門島にむかって突き進み、クイッィクの水軍をたちまち殲滅した。

このころのオランダ人の記録には、

「一官（鄭芝龍）は沿海における艦隊司令官である」

と書かれている。

海を渡った少年

一六三〇－一六四三年

長崎県立猶興館高校のグラウンドに建つ鄭成功の顕彰碑（平戸市岩の上町）

母との別れ

一六三〇年になった。和暦では寛永七年、明暦では崇禎三年、女真の金暦では天聡四年。少年鄭成功——福松は七歳になった。

この年の夏、福松は母おマツから、

——もうすぐ迎えの船がやってきます。あなたは鄭家を継ぐ身です。一人で海を渡ってお父さんのもとへ行きなさい。

と告げられた。

うすうす予感していたことではあったが、七歳の少年にとってやはりショックは大きい。荷造りをしている母おマツの顔を見ながら、福松は唇を固くかみ締め、涙を流しつづけたという。

おマツはそんな福松からわざと視線を外し、そ知らぬ顔をしていたというが、おマツとしても声を出して泣きたい心境であったろう。夜中に不意に泣き出す福松をあやしながら、

「かならず後を追いかけてくるから、それまでいい子にして我慢しなさい」

といって慰めるしかなかった。

九月になって、迎えの船がやってきた。船団を率いてきたのは、鄭芝龍の五弟・鄭芝豹である。一族の鄭芝燕《しえん》とする説もあり、また鄭芝龍の参謀長の楊耿《ようこう》が交渉役として平戸を訪れ、福松の出国について幕府と数度にわたり交渉したとする説もあるが、鄭芝龍は福松の出国について、さまざまな手を打ったのであろう。

日本を去るにあたって、福松は剣術の師・花房権右衛門のもとへあいさつにいき、花房邸の花園の一角に椎《しい》の木を植えた。福松が椎の苗木を植え終えると、花房権右衛門は、

「これより福松を改め、森《しん》という名を授けよう。この小さな苗木はやがて成長して大樹となろう。おまえも大きくなれ」

と励ました。それに対し、少年鄭成功は涙を浮かべて深々と頭を下げるばかりであったという。

すでに述べたように、花房邸は現在の猶興館《ゆうこうかん》高校のグラウンド内にあり、福松が植えた椎の木は戦後まであったが、それが枯れたため、株分けされた二世の椎の木がいまでは大きく成長している。そばに石碑が建てられており、

「鄭森、往昔壷陽《こよう》にあり、武を講《こう》じ、文を修《おさ》め、鉄腸《てっちょう》を練《ね》る。此の樹当年みずから植うるところ、今に到って蟠欝《はんうつ》して緑蒼々《そうそう》たり。従三位伯爵源詮《あきら》題す」

と刻まれている。

「壷陽」とは平戸のことであり、「従三位伯爵源詮」とは、平戸松浦藩最後の藩主・松浦詮（一八四〇－一九〇八）のことである。

平戸市岩の上町・猶興館高校のグラウンドに立つ椎の木（伊藤征方氏撮影）

九月末、田川福松——改め鄭森は、迎えの船に乗りこんだ。

いったん船が港を離れたら、ふたたびもどることはできない。鄭森が、時間というものが情け容赦なく冷酷に過ぎ去ることを知ったのは、まさにこのときであったろう。

平戸港にたたずむ母の姿はみるみる遠くなり、湾の外に出るやたちまち見えなくなった。このとき、少年鄭成功——鄭森は、「放聲大哭《ほうせいたいこく》」すなわち、声を放って大泣きしたという。

五島列島を通過し、それより東シナ海に入り、西南方向にむけて夜間も航海をつづけた。東シナ海は、深い藍色の海である。三日目には北緯三〇度あたりに達し、西方の海のかなたに中国大陸の影を見ることができたであろう。七日目あたりには東南海上に台湾の山々が見えたはずである。やがて船団はいっせいに舵を西方に切り、台湾海峡を突き進んでいった。

泉州安平鎮は、台湾の対岸——北緯二四度あたりにある。

少年鄭成功を乗せた船は、十日ほどの航海を終え、十月十日に安平鎮の港——囲頭《いとう》湾に入った。船の上から眺めると、陸上にはまったく未知なる世界が広がっていた。中国風の家が立ち並び、通りには大勢の中国人が行き交っている。平戸とはまったく異なる風景である。

数え年の七歳といえば、現在の小学校一年生である。母おマツと二歳の弟・次郎左衛門、祖父・田川七左衛門ら家族・親族と別れ、たった一人で海を渡った少年の不安はこのとき絶頂に達したであろう。

船は入江のなかをゆっくりと進み、やがて安平城の近くの波止場に停泊した。

岸壁で待っていたのは、父・鄭芝龍であった。東南海上の掃討作戦を展開していた鄭芝龍は、部下に指揮をゆだねて安平鎮にもどり、みずから出迎えたのである。

父の姿を見るや、鄭森の顔がぱっと明るくなった。

「よくきた。わが息子よ。大きくなった」

鄭芝龍は大きく両手を広げて出迎えた。鄭森もまた、父親にむかって恭しく低頭した。そんなわが子の姿を見て、鄭芝龍は大いに喜び、

——顔つき、態度いずれを見ても、将来の大器なり。

と確信したという。一説では、森という名は、このとき鄭芝龍が命名したものであるともいう。

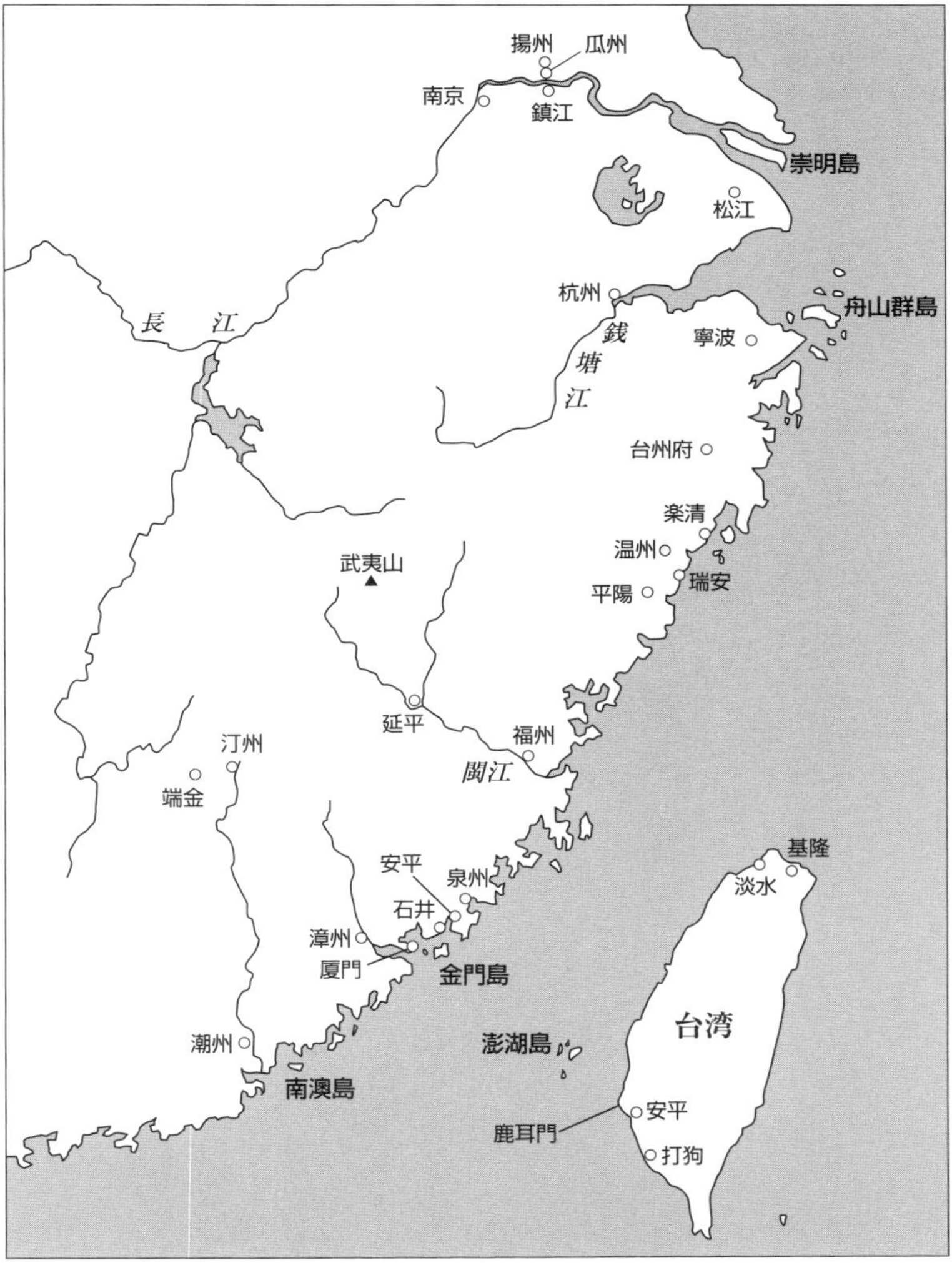

泉州安平鎮および台湾周辺図

鄭芝龍は鄭森を小さなジャンク船に乗せて南安県石井村に直行し、鄭家の先祖を祀る祠に参拝させたのち安平城にもどった。

安平城には、鄭芝龍の一族郎党が住んでいた。正妻の顔氏のほか陳氏、李氏、黄氏の三人の妾と鄭森の腹違いの兄弟——鄭渡《と》（焱《えん》）、鄭恩《おん》（垚《ぎょう》）、鄭蔭《いん》（鑫《きん》）、鄭襲《しゅう》（淼《びょう》）らも住んでいた。

安平城は一辺四キロという広大な城で、四方を囲む城壁の高さは八メートルほどもあったという。西洋の大砲も装備され、城内には鄭氏一族の居館、兵舎、食堂、倉庫、食糧貯蔵庫、武器弾薬庫、練兵場、ドックなどが整備されていた。城壁の外には石づくりの商店が軒を連ね、市場には豊富な食料品が並べられ、近郷近在から多くの人々が集まってくる。

鄭森は、安平城内の居館の一室をあてがわれ、専属の下女・下男がつけられた。

もとより、鄭森は平戸で中国語を学んでいたので、日常の会話に不自由することはない。たちまち中国式の生活に馴れ、年長者のみならず幼い子供たちに対しても、常にへりくだった従順な態度で接したという。

しかしながら、いまだ七歳の少年である。やはり、平戸の母おマツのことが恋しくてならない。夜になると、窓から東の方の空を眺めて深いため息をつき、大粒の涙を流したという。このことを知った叔父の鄭芝豹は、

——母親を想ってめそめそするとは、何と柔弱な子だ。

と、侮蔑して笑ったが、叔父の鄭芝鳳——改め鄭鴻逵《こうき》は、

——母を慕う情の深さを見ても並みではない。鄭家は千里馬《せんりま》を得たのだ。

といって祝杯をあげ、鄭芝龍の友人の王観光《おうかんこう》も、

——あの子は将来偉大な人物になるであろう。

と予言したという。

鄭芝龍は息子に英才教育を施すことにした。目標は、官吏登用試験の「科挙」である。鄭芝龍は大金を投じて有名な学者を招いて家庭教師とした。

少年鄭成功——鄭森の勉学に明け暮れる毎日がはじまった。

最愛の息子を無事迎え入れた鄭芝龍は、喜び勇んで前線に復帰した。

そして、この年の末、鄭芝龍はオランダ人と連携してトーセイラク（褚采老）が立てこもる金門島を急襲して壊滅的な打撃をあたえ、逃げ場をなくしたトーセイラクは海に身を投げて死んだ。

官軍の威光のもと、鄭芝龍は急速にその勢力を拡大させていたが、南シナ海には依然として楊六（楊禄）、楊七（楊策）、鐘六、劉香などの有力海賊が割拠していた。鄭芝龍が完全に制海権を確保するためには、彼らに対する徹底的な掃討作戦を展開する必要があった。

鄭芝龍は台湾に進出したオランダ人とも常に接触を保ち、ときには協力して敵対勢力を攻撃し、オランダ人が敵対勢力と結託しようとした場合には、それを徹底的に妨害した。

とはいっても、官軍の旗を掲げた鄭芝龍の勢力は他を圧倒していた。鄭芝龍を無視して海上を自由に航行することはできなくなっていた。対日貿易についても積極的に推進し、平戸のオランダ貿易が停滞しているなかで、鄭芝龍は長崎・平戸に貿易船を往来させて莫大な利益を上げていた。

流賊の大連合

ホンタイジ率いる中国東北部の満州・女真族は、一六二七年には朝鮮へ出兵するなど、さらにその勢力を増大させていた。

明政府は国家財政が逼迫《ひっぱく》しているため、増税によって軍費を調達するしかなかったが、これがまた内政の混乱を招いた。税金を払えず追いこまれた農民たちは暴動をおこし、逃亡して造反軍——「流賊《りゅうぞく》」にくわわる者も少なくなかった。農民が逃亡すれば田畑が荒れ、食糧が不足する。各地で飢饉も頻発した。

満州族の勢力増大が、めぐりめぐって流賊の増加を引きおこしていたのである。

流賊のなかで最も勢力を増してきたのは、すでに述べたように王嘉胤《おうかいん》の集団である。高迎祥《こうげいしょう》、張献忠《ちょうけんちゅう》、馬守《ばしゅ》応《おう》、羅汝才《らじょさい》などの勇猛な幹部がいた。

一六三一年六月、王嘉胤集団は、陝西省北端の府谷《ふこく》県を功略した。山西省に接し、現在の内蒙古自治区の境界にも近い。この知らせを受けた明政府は、洪承疇《こうしょうちゅう》を総司令官に任命し、討伐軍を派遣した。

王嘉胤集団は三万人を超える大軍であったが、いわば烏合《うごう》の衆《しゅう》で組織力が弱く、圧倒的な明の大軍に撃破された。糧道を断たれた王嘉胤は脱出をはかったものの、政府軍に追撃されて討ち死にしてしまった。

王嘉胤が死去したのち、高迎祥が指揮を取り、政府軍の包囲網からかろうじて逃れ、集団を立て直し、他の流賊集団にもよびかけて山西省に集結した。集まったのは、三十六の流賊集団でその総数は二十万人にのぼった。ここで、死亡した王嘉胤に代わって、王自用《おうじよう》が頭目に選ばれた。

このとき、のちに歴史を大きく動かすことになる李自成《りじせい》が、高迎祥の傘下にくわわっていた。李自成は、陝西省延安府米脂《べいし》県（延安市）の貧農出身である。

延安といえば、毛沢東らの共産軍がいわゆる「長征《ちょうせい》」ののちに共産党の本拠地を置いたことでよく知られている。現在でも、毛沢東、朱徳、周恩来らが居住した洞窟が保存され、「鳳凰山麓革命旧址《ほうおうさんろくかくめいきゅうし》」として顕彰されている。

李自成は、本名は李鴻基《りこうき》といい、少年のころは牧童をしていたという。成人したのち駅夫（宿場人足）となっていたが、明政府が財政難により駅站制を廃止したため、失業してしまった。一時期軍隊に入ったが、ろくな手当てをもらえなかったため逃亡し、たまたま妻が高迎祥の姪であったことから、高迎祥を頼ったのである。

李自成は高迎祥の部下になるや、たちまち頭角をあらわし、幹部に引き立てられた。高迎祥は「闖《ちん》王」を自称し、李自成は「闖将」と名乗った。「闖」は「獰猛《どうもう》」というような意味である。

いずれにせよ、山西省における流賊集団の大連合は、画期的な事件であったといえよう。これまでの反乱軍はそれぞれ単独で活動していたため、政府軍に対抗することはできなかったが、今後は組織力と戦略によって真正面から対抗することができる。

陸上とは異なり、海上では、いわば明政府お抱え海賊になった鄭芝龍の躍進がつづいている。前述したように福建省、広東省、海南島などの南シナ海一帯には、海賊が割拠していたが、鄭芝龍の船団は次々と戦果を上げ、安平城には戦利品・財貨が連日のように送られてきた。

オランダ人の書いた『バタビア城日誌』などにも、鄭芝龍の活躍ぶりが記されている。

「一官がその事務を処理するため、当地（バタビア）に派遣したロテア（老爹）がジャンク船で当地を出発した」（『バタビア城日誌』一六三一年七月の条）

「商務員へデオン・バウエンスらがハーレムス湾付近でマニラにむかう中国のジャンク船に遭遇し、一七〇〇レアルを徴発したが、中国人らはチンチェウの川に着いてこの処置を訴えたので、一官はチンチェウで取引をおこなっている商務員の活動を禁止した。わがオランダ人が前記金額を中国人に還付する約束をしたところ、ふたたび貿易が許された」（『バタビア城日誌』一八三一年十一月の条）

鄭芝龍は、絶頂期にむかって突進していた。

第一次鎖国令と日蘭貿易

一方、徳川幕府は、一六三三（寛永十）年二月二十八日、いわゆる「第一次鎖国令」を発した。要約すると、次の三点である。

一、「日本人の海外往来の禁止」

これは奉書を持ったいわゆる奉書船以外の海外渡航を禁止するものである。違反者は死罪とされ、外国在住の日本人の帰国も原則禁止された。

二、「キリシタンの取り締まり」

これは伴天連（バテレン）——すなわち、外国人宣教師を取り締まるものである。この時点では、キリスト教自体を禁止するものではなかった。

三、「外国船との貿易規制」

これは外国との取引を商人に限定し、かつ五カ所商人（江戸・京都・大坂・堺・長崎）に集中し、統制するものである。

内憂外患にさらされ危機に直面している中国に対し、三代将軍・徳川家光のもと磐石の国家体制を構築した日本は、対外政策においても国家統制を強めようとしていた。

一方、「浜田弥兵衛事件」（タイオワン事件）によって平戸のオランダ商館が閉鎖状態に追いこまれ、オランダ東インド会社の経営に甚大な影響が出ていた。この事態を打開すべく、オランダ東インド総督ヤックス・スペックス（Jacques Specx）は、ウィリアム・ヤンセン（Willem Janssen）を特使として日本に派遣した。

一六三〇（寛永七）年十月二十一日、ヤンセン特使はケンファーレン号に乗って平戸の川内浦に到着した。少年鄭成功——鄭森が平戸を去った翌月のことである。

この当時のオランダ商館長は、コルネリス・ファン・ナイエンロード（Cornelis van Neijenroode）という。しかしながら、長期間にわたる軟禁により、心身ともに疲れきっていて、使い物にならない。

ヤンセン特使は、平戸の領主・松浦隆信《たかのぶ》（宗陽）に直接面会して、情報収拾をおこなった。松浦氏もまた、オランダ貿易の再開を切望しており、ヤンセン特使にさまざまな情報を提供した。このなかで、松浦隆信が、

――去る六月、長崎代官・末次平蔵殿が江戸で死去されたが、重病の平蔵殿があれこれ不穏なうわごとを申されるので、閣老によって毒殺されたという。

と、思いがけない情報を伝えた。

末次平蔵といえば、今回の事態を招いた張本人といっていい。どういうわけか、オランダ人を憎んでいた。

――末次平蔵殿の死によって、幕府の態度も変わるのではないか。

松浦隆信とヤンセン特使はそのような見通しで一致した。

十二月、ヤンセン特使は江戸に上ることを許された。これは大きな前進であった。ヤンセン特使は平戸を出発し、途中京都に立ち寄り、翌年の一六三一（寛永八）年三月に江戸に到着した。そして、五月二十一日に開かれた閣老会議に出席を許されたのである。

この席でヤンセン特使は、

「オランダ人人質の早期釈放を要望いたします。末次平蔵殿の申し立ては虚偽でありますが、長官ノイツに不手際があったことは認めます。これについては深く陳謝申し上げます」

と弁明したうえで、

「いずれにしろ、迅速な解決とオランダ商館の再開を強く要望いたします」

と平身低頭していった。

七月二十一日には、末次平蔵の跡取りの末次末蔵が閣老会議に召喚され、

「オランダ人との紛争は亡父のみに関係することで、私とは何の関係もありません」

と証言したので、

――早期決着が近いのではないか。

と、ヤンセン特使は小躍りして喜んだが、それもつかの間のことで、幕府からは何の音沙汰もない。

秋が過ぎ、冬になっても、幕府から何の知らせも届かなかった。ヤンセン特使は、寒い冬を江戸で過ごす羽目

になった。年が明け、一六三二（寛永九）年一月になると、前将軍・徳川秀忠が死去したため、ヤンセン特使は見向きもされなくなった。

このようなとき、バタビアの東インド総督スペックスは、思い切った決断を下した。事件を引きおこしたオランダ側の責任者——前タイオワン長官ノイツを日本に送還したのである。これが決定打になった。その年の十一月十二日、ヤンセン特使はふたたび閣老会議に招かれ、

「総督が大きな誠意を見せたことに満足している。タイオワンでの過失を大目に見て、オランダ人を許し、出帆を希望しているオランダ人の出国も許可する」

との将軍・家光の言葉を伝えられ、あわせて平戸オランダ商館の再開も許された。

ヤンセン特使にとって、待ちに待った瞬間であった。畳に頭をこすりつけるようにして礼をいい、その場を退出したのちも、各方面に贈答品を配り、あいさつまわりをおこなった。

翌年の一六三三年五月、新たに平戸オランダ商館長に赴任したピーテル・ファン・サンテン（Pieter van Santen）は、江戸に上って将軍・家光に拝謁した。これが前例となり、こののちオランダ商館長の江戸参府が定例化した。

貿易再開にこぎつけたオランダとしては、この利権を二度と失うわけにはいかなかった。

——とにかく、貿易の利を上げればいい。

将軍に拝謁するときは日本人とおなじく膝行して進むなど、日本式の礼儀作法にも従順に従い、幕閣や役人に対しても常に慎み深く接した。むろん、キリスト教については関心のそぶりも見せない。

この卑屈ともいえる礼の限りを尽くした態度が高く評価され、こののち二百数十年間、西洋諸国のなかでオランダだけが日本との貿易を継続することになった。

制海権をめぐる戦い

一六三四年、和暦では寛永十一年、明暦では崇禎七年、女真の金暦では天聡八年。

少年鄭成功——鄭森は十一歳になった。平戸から中国に渡って、四年目を迎えたわけである。

家庭教師について勉学にいそしむ毎日がつづいている。『論語』、『詩経』のみならず、『孫子』、『呉子』、『司馬法』などの兵法書も学び、知識の領域を急激に広げている。鄭森の記憶力は並外れており、一度読んだ書物はたちまちそらんじたという。

この年、家庭教師が「灑掃応対《れいそうおうたい》」あるいは「酒掃応対《しゅそうおうたい》」という題で作詩を命じたところ、鄭森はさして考える風でもなく、

湯武《とうぶ》之《の》征誅《せいちゅう》　一灑掃《れいそう》也
堯舜《ぎょうしゅん》之《の》揖譲《ゆうじょう》　一応対也

という文章を一気に書き上げた。

——殷《いん》の湯王が夏を討ち滅ぼし、周《しゅう》の武王が殷を討ち滅ぼしたのは、天下第一の大掃除である。堯舜の禅譲《ぜんじょう》は、天下第一の応対である。

という意味である。故事を踏まえたこの文章を見た家庭教師は、

「年少にもかかわらず、十分な政治意識と歴史認識、国家社会への洞察力を有しており、その気概まことに非凡なり」

と激賞したという。確かに、いまの小学校四年生で書ける文章ではない。

また、鄭森の機知と合理性の発露をはっきりとしめす逸話も残されている。伴野朗氏の『南海の風雲児・鄭成功』によれば、このころ安平鎮では、太陽が西に沈むころ、ドラや太鼓を打ち鳴らす習慣があったという。町はずれの小高い丘に牛が寝そべっており、日没前におこさないと災いをもたらすと信じられていた。もとより迷信であるが、勉学中の鄭森はドラや太鼓の音がうるさくて仕方がない。

そこで鄭森は、村人たちに、丘の上に塔を建てることを提案した。

「夕方になれば、塔の影が鞭の形になって射《さ》し、音を立てなくても牛は目をさますでしょう」

毎日の苦行から解放される村人たちは、喜んで丘の上に塔を建てたという。

安平城において鄭森が勉学している間も、父・鄭芝龍の制海権をめぐる戦いはつづいている。『バタビア城日誌』には、

「大小のジャンク船数百艘を率いてチンチェウの川に滞在し、海賊がかつてしたことのないような破壊をおこなった。海賊ヤングラウ（Janglauw）は北へ逃れ、一官（鄭芝龍）は勢力を張るために福州におもむいた」

「一官はヤングラウと福州の川付近で戦い、部下三千人を殺し、彼を南方に追い払った」

などとあるように、このころ海賊ヤングラウ殲滅《せんめつ》作戦に没頭していた。

ヤングラウという人物について、中村隆志氏は『バタビア城日誌』（東洋文庫）のなかで、

「一六三〇年代前半、華南沿岸に台頭してきた海寇であろう」

とされ、「楊六《ようろく》」あるいは「楊禄《ようろく》」に比定されている。

鄭芝龍は、海上をイタチのように逃げまわるヤングラウを追跡しつつ、その背後で支援をつづけるオランダ人に接近をこころみた。

オランダは中国に対して、自由貿易——中国沿海地域での自由な取引を求め、中国本土における安全な寄港地を求めていたが、中国側からは黙殺されていた。

澎鼓島を撤退して以来、台湾島を拠点としていたオランダは、バタビア（ジャカルタ）、日本の平戸にくわえて、中国本土に拠点を構えれば、アジア地域における最も効果的な貿易ネットワークを構築することができると考えていた。ポルトガルはマカオに確固たる拠点を維持しており、ポルトガルとの競争に勝つためにも、中国本土に安全な貿易拠点を獲得する必要があった。

しかしながら、明政府としては海禁政策そのものを放棄したわけではなかった。ポルトガルに対するマカオの提供は、あくまで恩恵的・例外的措置であり、それを拡大して、オランダ側に対して中国沿岸への自由な寄港や貿易拠点・居住区の設置などを許可するつもりはなかった。

そもそも、満州・女真族への対応や内政の混乱、官僚の腐敗が横行し、末期的症状を呈しているこの時期の明政府には、そのような高度な政治判断を下す能力はすでに備わっていなかったのである。

そういうことで、オランダと中国の間は膠着状態がつづいていたが、オランダとしては手をこまねいているわけにはいかない。中国沿岸部をしばしば襲撃して、中国側に圧力をかけつづけていたのである。

むろん、鄭芝龍もまた、基本的に自由貿易主義者ではあるが、それよりも現状のままで自分一人が中国貿易の窓口になり、台湾やバタビアなどに出向いてオランダとの取引を独占したほうが、はるかにうま味がある。鄭芝龍はオランダに対して、

——自由貿易の推進について協力を惜しまない。

という姿勢をしめしながら接近し、

——ただし、自由貿易が実現するまでの間は、この鄭芝龍と取引されたい。

という要望を繰り返しオランダ側に伝えたが、オランダ側としては、中国がオランダに寄港地を提供して自由貿易を認めるかどうかが問題であり、明政府のいわば御用商人である鄭芝龍との相対貿易の継続については、それほどの関心はなかった。

『バタビア城日誌』の一六三四年二月一日の条には、

「長官ブットマンスは前年の十二月十二日に二隻のジャンク船を中国沿岸に派遣し、一官（鄭芝龍）の艦隊を恐れて南方に逃亡したヤングラウを沿岸において捜索し、あらゆる方法をもちいて彼を勧誘激励してふたたびわれらと力を合わせて中国を襲撃させようとおもった」

とあり、オランダ側はあくまで鄭芝龍および明政府と敵対している海賊のヤングラウを探し出し、オランダ側の手先として利用しようとしていた。

それでも鄭芝龍はあきらめない。

おなじく、『バタビア城日誌』の一六三四年二月一日の条には、

「わが艦隊が中国沿岸を去った後、中国の小型ジャンク船数隻が砂糖などの商品を積み、また一官（鄭芝龍）その他大官の書簡を携えてタイオワンにやってきた。『アモイの商人ビンジョクとガンベアを商品とともにタイオワンに派遣したい。中国と和を結べば、ほしい商品を大量にタイオワンに送ろう』ということであった」

とあるように、鄭芝龍はあくまでオランダとの直接取引を要望し、さらには明政府への働きかけを確約するなど、執拗《しつよう》にオランダ側を口説いている。これが功を奏し、オランダ側も鄭芝龍をいったんは信用しかけたようである。

『バタビア城日誌』の二月十九日の条には、

「中国人は熱心に講和を希望し、互いのわだかまりを捨て、国務会議員の承認を得て、自由な貿易を許すことは疑いない。中国人の一致した情報によれば、一官（鄭芝龍）自身もあらゆる手段を尽くして、和平および貿易を許可するよう軍部およびその他大官にすすめたという。一官はこの道を開こうとして、商品を積んだジャンク船二隻に、総督らに宛てた書簡を託して当地バタビアに派遣したばかりでなく、台湾にいる中国商人ハンブグアンという者を介して、ひそかにタイオワン長官プットマンスに、和平および自由貿易を中国に要請するならば、希望が叶うであろうと告げた」

とあり、オランダ側も鄭芝龍に書簡を返したが、『バタビア城日誌』四月四日の条に、

「ハンブワンというタイオワンの中国商人が近日生糸、絹織物、磁器その他中国商品を積んでチンチェウの川より来る予定である。同人は前に述べたように長官ハンス・ブットマンスの勧告により、従来のいっさいの紛争を調停し、自由なる中国貿易を促進するため中国におもむき、同長官の書簡を大官一官に届けたが、なんの返答もなし」

とあるとおり、今度は鄭芝龍の側に何らかの支障が生じたらしく、鄭芝龍はオランダ側に回答を出すことができなかった。

鄭芝龍側に生じた支障とは、おそらくヤングラウとの戦いに忙殺されていたためであろう。おなじく『バタビア城日誌』には、

「南方に退去した海賊ヤングラウはペドラ・ブランカおよびローフェルス湾の付近にとどまり、同所において大ジャンク船三十隻を捕獲したのみならず、奇計をもちいてヤンクシウという町を功略し、少なからざる戦利品を得、また一官の武将の一人として軍船多数を率いて追跡してきたアンボーイ（Amboij）と二回戦い、二回とも勝利を得、アンボーイを敗走させ、ふたたび大艦隊を編成した」

とある。アンボーイは、鄭芝龍配下の部将であった。この記事により、鄭芝龍が海上権を制覇する過程で、時には手痛い敗戦を経験していたことがわかる。

鄭芝龍が中国における寄港地の確保と自由貿易のため明政府に働きかけをおこなうと約束したにもかかわらず、明政府からは何の反応もないため、オランダ側は鄭芝龍に対して疑念を抱きはじめた。

タイオワン長官ハンス・ブットマンは、四月二十九日と五月十四日の二度にわたってヤングラウ宛てに書簡を出し、

「もし中国貿易が拒絶されたときは、一官（鄭芝龍）の兵力および中国から身の安全を保障し、一官に代わる

地位をあたえよう。中国と条約を締結した場合にも、一官の残虐な攻撃から守り、われらのもとに居住してもいいし、ふたたび海上において冒険をしても構わない」

「一官などに総督らの明確な意向を伝え、きたるべき南季節風の時期には、われわれの要求を達成すべく、かつてないほどの大兵力で中国の沿岸に進攻し、海賊と合同して新たに中国と戦いを開き、戦争のいっさいの災害と影響をもって苦しめ、われらの希望を完全に達成させる決意であることを告げねばならない」

と並々ならぬ決意をしめしている。

もとより、鄭芝龍は、オランダ側の要請に応じて、一応広東省政府を通じて中央政府に持ち上げているが、中国各地における農民暴動の頻発と満州・女真族の攻勢の前に明朝はほとんど統治能力を失っており、オランダ貿易の公認などがまともに議論されるはずもなかった。

また、あわよくばオランダ貿易を独占しようと狙っている鄭芝龍としても、所轄官庁への要望活動に身が入るはずもなかった。賄賂を配ることもなく、省の役人たちと形ばかりの協議をおこなったところで、話が進むわけがなかった。

このようなことで、オランダ人の後押しを受けたヤングラウがふたたび勢力を盛り返し、さらには劉香《りゅうこう》率いる海賊が勢力を増大させてきたのである。劉香は福建省の海澄出身で、文献によっては劉香老とも書かれている人物である。無頼の徒を集めて勢力を伸ばし、浙江省や福建省、広東省にいたる沿海部をしばしば襲撃していた。

一六三二年四月には、鄭芝龍の根拠地ともいえる福建省南安・同安・海澄諸県を襲撃したが、鄭芝龍は劉香の軍を追撃し、福州の連江《れんこう》県で激しい戦闘のうえ勝利をおさめたという記録が残されている。

この戦いで敗れたものの、劉香はたちまち体勢を立て直し、その年の九月には数千人の部下と船一七〇隻を率いて福建省の閩安《びんあん》県を襲撃している。この襲撃の際、劉香は多くの住民を殺戮し、家屋に放火して金品を略奪している。

十一月には、劉香は一万の大軍と百隻の船を率いて浙江省沿岸にあらわれ、寧波を攻略し、そのまま内陸部に

突き進んで昌国城《しょうこく》と石浦城《せきほ》を攻略した。この襲撃に驚愕した浙江省巡撫・羅汝元《らじょげん》は、政府に急使を派遣し、

「浙江省の寧波・台州・温州の三府にことごとく海寇が出没しております。しかも近日劉香老が台州《たいしゅう》府の健跳《けんちょう》を突破し、また温州府の黄華《こうか》・盤石《ばんせき》を攻め、温州府城に迫っております」

と報告している。

鄭芝龍は劉香一味を殲滅するため大軍を率いてしばしば出撃したが、そのたびに劉香はイタチのように逃げ失せ、一六三三年の秋から翌年にかけて詔安県《しょうあん》と長楽県《ちょうらく》を襲撃している。

鄭芝龍がやっとのことで勝利をおさめたのは、一六三五年のことである。福建省漳浦《しょうほ》の赤湖《せきこ》における戦いで、弟の鄭芝虎《しこ》と従兄弟の鄭芝鵠《しこく》が戦死するなど多大な犠牲を払いつつも、ついに劉香を討ち果たしたのである。

ちなみに、ヤングラウもこの時期前後に記録から消えているから、これまた鄭芝龍に殲滅されたのであろう。

鄭芝龍の夢

この赤湖の戦いがおこなわれた一六三五年といえば、和暦では寛永十二年。日本が鎖国体制をさらに強化した年である。この年の五月、第三次鎖国令を発し、外国船の入港・貿易を長崎に限定し、日本人の海外渡航と海外からの日本人の帰国を全面的に禁止した。

翌年には、第四次鎖国令を発し、ポルトガル人の海外追放を命じた。その妻子・養父母にいたるまでことごとく海外追放するもので、もちろんキリスト教弾圧を徹底しようとするものであった。出島に集められたポルトガル人約三百名は、九月までにマカオへ追放された。

出島はもともとポルトガル人を収容するためにつくられた施設であったが、このようなことで無用のものとなってしまった。大金を投じて出島築造を請け負った二十五人の長崎商人は、ポルトガル貿易の利も失い、ポルトガル人から受け取るはずであった借地借家料年額銀八十貫も失ってしまった。このため、

――平戸のオランダ商館を長崎に移転するしか生き残る策はない。

と、長崎商人たちは長崎奉行や幕閣への働きかけをおこなった。

一六三七（寛永十四）年には、「島原の乱」が勃発している。キリスト教を極度に警戒していた幕府にとっては、衝撃の大事件である。諸藩に命じて翌年の二月に鎮圧した幕府は第五次鎖国令を発して、ポルトガル人の来航を全面的に禁止した。


このように、日本が鎖国政策を強力に推し進めていた時期、少年鄭成功――鄭森は、安平城のなかで勉学にいそしむ毎日を送っていた。

海賊王となった父・鄭芝龍にとって、鄭森の学問の進歩が最大の喜びであった。鄭森はいまでは中国語を自在に操り、万巻の書をそらんじる勢いであった。馬術・弓術・剣法・拳法など武芸全般にも優れ、身長も伸び、堂々たる威丈夫に育ちつつあった。

ただ、笑顔の少ない少年であった。ときに見せる深い憂いの色は、平戸の母おマツを想ってのことにちがいなかった。そして、正月にはしめ縄を飾るなど、鄭森は日本式の習慣に異常にこだわった。

鄭芝龍も、母親のおマツと引き離したことにやや後ろめたい気持ちを抱いていた。

――いずれかならずおマツを呼び寄せる。

鄭芝龍は何度も鄭森に告げたが、鄭森は、

「父上のご厚情には感謝申し上げます」

と無表情に答えるばかりであった。母親と会うまでは父親の言といえども信用できないとおもっているにちがいなかった。それでも鄭芝龍は、

――かならずおマツを呼び寄せる。

と、何度も鄭森に告げた。鄭家の総領となるべき鄭森を、鄭芝龍はこよなく愛していた。

鄭芝龍は、日本が鎖国政策を強化していることをもちろんよく知っており、おマツを呼び寄せることについて若干懸念も抱いてはいたが、

――西洋人が追放されてしまえば、平戸・長崎貿易を独り占めすることができる。

と、そちらのほうを大いに期待していた。中国人を除外する日本の鎖国政策は、そういう面ではむしろ望ましい政策であった。

――いずれ大船団を編成して、日本との貿易を拡大するのだ。

鄭芝龍はそう決意していた。

「自由に海を往来して、海外との貿易をおこなうことができる時代がやってくる。それを鄭家の家業として、子々孫々まで伝えるのだ」

鄭芝龍は夢見るような表情で、鄭森にそういった。

一六三八年、鄭森は十五歳で科挙の予備試験を受け、南安県学の「生員《せいいん》」――学生に選ばれた。応募者も多く、競争率もきわめて高い試験であるが、鄭森はそれを難なく突破した。科挙の「郷試」の受験資格を獲得したのである。

鄭芝龍が狂喜したことはいうまでもない。大いに気をよくした鄭芝龍は、追い風に乗ったような勢いで海を飛びまわった。商品を満載した「鄭氏船《ていしせん》」は、東南アジア、フィリピン、台湾、日本などを往来し、年間一千万両もの利益を生み出した。

一六四〇年八月には、中国沿岸に侵入したオランダ船を撃退した功績により、明政府から「都督《ととく》」(福建総兵《そうへい》)に任命され、鄭芝龍は「飛虹《ひこう》将軍」と称するようになった。海上を通過する船舶から通行税を徴収して莫大な利益を稼ぎ、安平城におびただしい金銀財宝を蓄えた。

そのような多忙な状況にあっても、鄭芝龍は鄭森への心配りを忘れない。鄭森が十七歳を迎えると、鄭芝龍は、

――色欲は勉学の妨げとなる。嫁をもらえ。

と一方的に宣言した。

鄭芝龍は、かねて顔見知りであった明政府の高官・礼部侍郎《れいぶじろう》の董颺光《とうようこう》と相談し、その弟で雷廉道《らいれんどう》知事をしている董容先《ようせん》の娘・董係明《けいめい》を相手に選んだ。董一族は福建省の名門で、鄭家にとっては申し分のない家柄である。

一六四一年、鄭森十八歳のとき、その董係明と結婚した。一六二三年九月二十四日生まれであるから、鄭森よりも一歳年長であった。

鄭芝龍が官界との結びつきを強化しようとしたこの縁組を見ると、鄭芝龍は鄭森に対して官僚としての出世を願っていたようにもおもえる。確かに、危険きわまりない海の荒仕事よりも、官吏の道ははるかに安全で安定している。

このころの鄭森は、父の選んだ道を唯々《いい》諾々《だくだく》と受け入れる親孝行の好青年であった。

ただし、そのような鄭芝龍の願いとは裏腹に、アジアにはかつてない激動の時代が訪れようとしていた。

鄭森が結婚した一六四一年一月、東南アジア方面では、オランダによる大規模な攻撃を受けて、ポルトガル領マラッカ（マレーシア）が陥落し、オランダに占領された。日本から追放されたポルトガルにとって、壊滅的な打撃であった。中国領のマカオは保持していたが、アジア貿易の主導権はオランダに奪われてしまった。

アジアの海は、オランダと鄭芝龍の二大勢力によって支配されることになった。そういう意味では、西洋諸国が互いにしのぎを削っていた時期にくらべれば、海上の秩序という面では簡明になったといえる。

鄭芝龍はオランダ人の貪欲さには大いに敵愾心《てきがいしん》をもっていたが、これまでの交渉を通じてさまざまな交渉ルートを保持しており、対日貿易の維持については利害が完全に一致していた。厳しい鎖国体制に移行しつつある日本側も、中国・オランダ貿易については例外的に存続する意向のようであり、対日貿易の円滑な推進をはかるためにはオランダと連携して動く必要があった。

しかも、この年の四月には、平戸のオランダ商館が徳川幕府によって長崎出島への移転を命じられていた。三十年にわたってオランダ貿易の拠点であった平戸にとっては、死刑宣告を受けたようなものである。平戸のオランダ通詞や貿易関係業者、役人たちもいっせいに長崎へ移転したので、平戸の町はすっかりさびれ、百年前の漁村の姿に落ちぶれてしまった。

鄭芝龍もまた、一六四一年から五年間で約二十回、計四十隻の貿易船を長崎へ派遣し、生糸や陶磁器などの中国商品と引き替えに莫大な日本銀を手に入れることができた。オランダ人と異なり、中国人は長崎の住民にまじって居住することを許されたから、鄭芝龍は信用の置ける部下を長崎に駐在させ、鄭家の貿易業務に従事させた。対日貿易に関しては、オランダとの共存路線が軌道に乗りはじめた。

李自成の乱

一方で、中国北方の動乱は不気味な広がりを見せつつあった。

鄭森が結婚した一六四一年一月には、李自成が河南省の洛陽を陥れている。洛陽は、東周、東漢、西晋、北魏、後唐など歴代の王朝が都を置いた歴史的な町である。

この地には、先帝である万暦《ばんれき》帝の子、福王・朱常洵《しゅじょうしゅん》が領主として居住していた。福王は万暦帝に寵愛され、莫大な財産を分けあたえられて贅沢三昧の生活を送っていた。それだけに、人民の怨嗟《えんさ》の声は強い。

李自成もそのあたりのことを十分に心得ていた。はじめから福王を標的にして総攻撃を開始した。怒涛のごとく洛陽に攻め寄せ、たちまち守備兵を打ち破った。そして、城外に逃れた福王を執拗に追跡し、迎恩寺《げいおんじ》に潜んでいた福王を斬殺したのち、その遺体を洛陽に持ち帰らせた。李自成は遺体を切り刻ませて鹿の肉と混ぜ、「福禄《ふくろく》酒《しゅ》」と称してみずから食い、兵士にも分けあたえた。王宮に積まれていた金銀財宝は残らず人民に分けあたえ、そののち王宮に火を放った。

反乱軍の一方の旗頭・張献忠《ちょうけんちゅう》もまた、ほぼおなじ時期に襄陽《じょうよう》を陥落し、襄王・朱翊銘《しゅいくめい》を殺害している。

李自成はその後も進撃をつづけ、十一月には南陽を陥して唐王・朱聿鏌《いつばく》を殺害し、翌年の九月には黄河を決壊させて開封《かいほう》を攻め落とし、その二カ月後には汝寧《じょねい》を功略している。

一六四三年——明暦では崇禎十六年の一月、李自成は承天を陥し、襄陽を襄京《じょうけい》と改名して都とし、宮殿を造営して新順《しんじゅん》王と名乗り、配下の牛金星らに命じて政府らしい組織を整えさせた。

北京の紫禁城にいた崇禎《すうてい》帝は、このような事態に直面して、その無能をさらけ出すように、すべての責任を大臣や将軍に押しつけ、総督、巡撫、将軍など要職にある者を次々に処刑した。このため、人心は離れ、士気は急激に低下していった。身の安全をはかり、逃亡をくわだて、あるいは反乱軍に内通する者も少なくなかった。

このように、李自成が絶頂期にむかって突き進み、明朝の威光が急激に衰えを見せはじめた一六四三年、満州・女真族の皇帝ホンタイジが病没した。

部族会議が招集され、まず兄のダイシャン（代善）が議長となって会議を進め、ホンタイジの長男ホーゲ（豪格）を後継者に推薦したが、ホーゲが固辞して退席したため、ダイシャンも退席せざるをえなくなった。

代わってホンタイジの弟ドルゴン（多爾袞）が議長を務め、ホンタイジの次男フリン（福臨）を推薦した。フリン——すなわち、のちの順治《じゅんち》帝は、この当時六歳の少年である。ドルゴンは、弟のドドと二人で摂政を務めることを条件にフリンを推薦した。

ドルゴンの実力はすでに満州・女真族のなかで群を抜いており、この提案に対してあからさまに反対できる者はいなかったが、兄弟二人による補佐という点についてはさすがに異議が出され、従兄弟のジルガラン（済爾哈朗）にさしかえられたのち、全会一致で可決された。

こうして摂政王ドルゴンが誕生した。このとき三十二歳。

満州・女真族の新しいリーダーの登場であった。

明朝の滅亡

一六四二－一六四六年

南京・明孝陵の石像路。明孝陵は明の太祖・洪武帝と后妃の陵墓

南京遊学

一六四二年、鄭森十九歳のとき、福建省の省都・福州でおこなわれた科挙の試験——郷試に挑戦した。もとより、一度受験したくらいで通る試験ではない。鄭森もまた勝負にならない感じで不合格となったが、このとき文人帽をかぶり、青い儒服を着て福州の街中を歩いていると、一人の易者（相人《そうじん》）から声をかけられた。その易者は、金陵《きんりょう》といった。

「あなたには傑物非凡の骨相が出ている。大きな知恵と遠大なる計略を持てば、人の上に立つでありましょう。科挙などに頼る必要はありません」

鄭森は苦笑いを浮かべてその場を立ち去ったが、その後の鄭森の運命は、まさしく金陵の予言どおりとなった。翌年の一六四三年十月二日には長男の錦《きん》——のちの鄭経《けい》が誕生した。

一六四四年一月、二十一歳のとき、鄭森は父・鄭芝龍に命じられて南京に遊学することになった。鄭森は妻の董氏と二歳になった長男に別れを告げ、鄭家の持ち船に乗って安平城を出発した。そのまま上海あたりまで北上し、長江をさかのぼっていった。

南京は、長江中流域に位置している。南京は古い時代から栄えた町であり、「建鄴《けんぎょう》」あるいは「建康《けんこう》」とよばれ、三国時代の西暦二一一年に孫権が拠点とし、二二九年には呉《ご》の都となり、四世紀の東晋から宋・斉・梁・陳のいわゆる「南朝」の都とされた。これら六国は「六朝《りくちょう》」とよばれ、独特の貴族文化・江南文化を生みだした。しかしながら、隋によって徹底的に破壊され、一時衰退したが、唐代末に呉・南唐の首都として復興整備され、宋・元の時代にも地方首都として整備がおこなわれた。

やがて明が建国され、初代洪武帝《こうぶ》（朱元璋《しゅげんしょう》）によって首都とされ、「応天府《おうてんふ》」と称され、大規模な整備が進められた。第三代永楽帝のとき都が北京に移されたため、以後南京と呼称され、副都とされたものの、中国を代表する大都市としての偉容はいささかも衰えていない。

はじめて南京の町を見た鄭森は、圧倒されるおもいがしたはずである。

ここには国立大学に相当する「国子監《こくしかん》」がある。「太学《たいがく》」ともよばれている。首都・北京にも太学はあるが、南京の国士監は、名実ともに中国最高の太学であった。鄭森はこの南京太学に入学し、礼部尚書（文部大臣）の銭謙益《せんけんえき》の弟子となった。

銭謙益は一五八二年生まれであるから、このとき六十三歳。字《あざな》は受之《じゅし》といい、牧斎《ぼくさい》と号した。詩人、文章家として名を馳せ、この当時、南京太学の祭酒《さいしゅ》――すなわち校長も兼務していた。

入門を許されたとき、鄭森が「剣門に遊ぶ」、「桃源澗《とうげんかん》に遊ぶ」などの詩を献じると、銭謙益は、

「声調はよく通り、世俗に染まらず、若くしてこれを得るは、まこと天才なり」

と絶賛し、

「君は国家を支える棟梁、大樹となるであろう」

といって、鄭森に「大木」という号を贈ったという。応天府丞の瞿式耜《くしきし》もまた、鄭森の風貌を見て、

「かならず大器となるであろう」

と予言したという。

鄭森は、青い儒服を身にまとい、南京の街中を闊歩《かっぽ》した。国士監の学生は、あらゆる人々から崇敬の眼で迎えられる。

父・鄭芝龍が手配した広大な屋敷に居住し、莫大な送金を受けて、鄭森は優雅な学生生活を送りはじめた。安泰の世であったならば、鄭森は大木のようにまっすぐ伸びて、科挙試験に合格し、高級官僚の道を歩いたはずで

ある。鄭芝龍は、そのような道を期待していた。

ただし、時代がそれを許さなかった。鄭森が南京に出てきたこの年に、北京の明王朝が崩壊したのである。

北京陥落

李自成の軍勢は、歩兵四十万、騎兵四十万の大軍にふくらんでいた。

鄭森が南京に遊学したこの年の一月、李自成は大軍を率いて陝西《せんせい》省の西安に移動した。古くは長安とよばれ、周、秦、漢、隋、唐の都が置かれた歴史的な都市である。李自成もまた長安と改めた。

二月、李自成はこの地において「大順国」の建国を宣言し、年号を「永昌」と定め、皇帝に就任した。農民を主体とする反乱軍が、公然と建国宣言をおこなったのである。

崇禎《すうてい》帝は臣下を集めて対応を協議したが、意見がまとまらない。このころ、明軍の主力は北方の満州・女真族の侵入に備えて山海関《さんかいかん》方面にあり、北京の防備は手薄であった。このことを知った李自成は大軍を率いて黄河を渡り、山西省から北上して太原《たいげん》・代州《だいしゅう》を功略し、北京にむけて進攻したのである。

三月十八日、李自成軍は北京に入城し、紫禁城を包囲した。崇禎帝は死を覚悟し、太子、永王、定王の三人の皇子に平民の服を着せて脱出させ、翌日未明、二人の皇女をわが手にかけたあと、宦官らをともなって景山《けいざん》（煤《ばい》山《ざん》）に登り、

「朕の屍《しかばね》は賊の分け裂くにまかせるが、わが百姓万民は一人たりとも傷つけることなかれ」

と、白い布に遺言を残した。そののち、崇禎帝は首をくくって自害した。

ここに、洪武帝の建国以来二七六年つづいた明朝が滅びた。北京を制圧した李自成はあらためて皇位につき、紫禁城に居を構え、即位式の準備をおこない、官制を整え、銅銭を鋳造するなど、新王朝の創設のための作業に入った。

明政府の多くの高官たちが土下座して李自成を迎え、猟官運動に走りまわった。そのあさましさに嫌悪感を抱いた李自成は、配下の武将・劉宗敏《りゆうそうびん》に身柄を預けて、残虐な拷問をおこなわせて死に至らしめ、その数は八百人にものぼったという。

このような情勢の前に、山海関に駐屯していた明軍の司令官・呉三桂《ごさんけい》は徹底抗戦の構えをとったため、李自成は大軍を率いて討伐にむかった。

ここで呉三桂は、おもいきった手を打った。手持ちの兵ではとうてい勝ち目がないと考え、満州・女真族に支援を求めたのである。いわば、狼を駆除するのに、虎を招いた。

呉三桂の要請に応じて、摂政王ドルゴンは大軍を動かし、四月二十三日に楽々と山海関に入った。そこで呉三桂と会見したドルゴンは辮髪《べんぱつ》（剃髪《ていはつ》）を要求した。頭頂を剃る辮髪は、満州・女真族の風習である。

——辮髪をすれば降伏した者と見なす。辮髪をしない者は反逆者として断固処刑する。

ドルゴンの強硬な要求に対して、呉三桂はそれを受け入れるほかはなかった。

出撃した呉三桂の軍は、李自成軍二十万との戦闘を開始した。戦況を見守っていたドルゴンは、おりからの烈風雷鳴に乗じて、騎馬兵を主力とした怒涛の進撃を開始した。驚愕した李自成は、たちまち戦意喪失し、真っ先に遁走をくわだてた。

北京まで逃げ帰った李自成は、呉三桂の家族三十余人を処刑させ、四月二十九日に紫禁城の武英殿で即位式を挙行した。しかしながら、北京に接近しつつある呉三桂とドルゴンの連合軍と戦っても勝ち目はない。慌しく即位式を終えた李自成は、紫禁城にあった金銀を溶かして車に積みこみ、紫禁城を焼き払い、翌三十日、西安方面に逃れていった。

李自成の天下は四十日で終わり、摂政王ドルゴン率いる満州軍が、五月一日、北京に無血入城を果たした。

李自成軍が北京に入城し、崇禎帝が自殺したとの衝撃のニュースは中国全土に伝播していった。南京にも四月に届いたが、

――李自成軍の流言ではないのか。

と、世論も「疑信相半ば」という状態であった。しかしながら、四月中旬になると、北京からの逃亡者が続々と南京に到着し、北京が陥落して崇禎帝が自死したことはまちがいないということがわかった。

治安が一気に悪化した。治安が悪化すると悪党どもが元気を出す。デマも飛び交い、掠奪や暴動なども頻発するようになった。各地で自警団が組織されたが、自警団同士の武力闘争が勃発するなど、不穏な空気が高まってきた。

首都・北京において不測の事態が生じたときは、副都・南京がその機能を補完しなければならない。南京の高官たちにとって、最も重要で緊急の課題は、後継皇帝の選任であった。北京とはまったく連絡がとれず、北京の皇族たちの動静を把握することができない。このため、南京に滞在している皇族のなかから選ぶしかなかった。

当時、南京には福王・由崧《ゆうしょう》と潞王《ろおう》・常淓《じょうほう》の二人の皇族が滞在していた。福王は第十四代万暦《ばんれき》帝の孫にあたり、潞王はその前の第十三代隆慶《りゅうけい》帝の孫にあたる。

血縁からいえば福王であるが、「貪欲、淫乱、酒乱、不孝、虐下《ぎゃくか》（部下を虐《しいた》げる）、不読書」な性格であるため、皇帝になりうるはずのない人物であった。資質という点では潞王のほうがはるかに優れている。鄭森の師である銭謙益らの良識派は当然のことながら潞王を選ぶべしと主張したが、馬士英《ばしえい》と阮大鋮《げんたいせい》らの有力者は福王を推した。暗愚な皇帝の下で、甘い汁を吸おうという魂胆であったろう。

五月三日、福王はまず「監国《かんこく》」に就任した。国政を監督する職である。そして、崇禎帝の死を正式に発表した。

このころの南京の人々にとって、最も大きな関心事は、危難に際しての北京の役人たちの行動であった。皇帝に忠誠を貫いたのか、裏切ったのか。北京にいた役人たちのリストが作成され、裏切り者と記された役人たちの屋敷が暴徒の標的となった。

――先祖代々にわたり皇室の厚恩を頂戴しながら裏切り、賊軍に投降するとは何ごとだ。財物を略奪され、祖先の位牌を叩き壊された家もあった。

そのようななか、北京が満州・女真族によって占領されたという情報がもたらされ、さらに治安が悪化し、放火・殺人・強盗・略奪・報復・弱者凌辱・強姦などが横行した。

――満州・女真族が進撃してくるらしい。

というような風説も流れ、南京から避難していく住民も少なくなかった。

馬士英は、このような混乱に乗じて福王を皇帝に就任させることを決断した。五月十五日、福王は皇帝の座につき、年号を「弘光《こうこう》」と改めた。即位した福王がまずやったのは、愚かにも歌劇団の女優や芸伎の選抜であった。馬士英らの取り巻きも、政敵の追い落としに血眼になった。

七月から八月にかけて北京で裏切り行為を働いた役人たちを検挙し、また反乱勢力の魏《ぎ》忠賢《ちゅうけん》一派への追及をおこない、そのついでに福王政権に反対する南京の有力者たちを検挙・拘禁したのである。主従そろって、明朝の衰退に拍車をかけた。

このころ、鄭森は鬱々《うつうつ》とした気持ちで、毎日のように南京の街中を歩きまわっていた。多忙をきわめる師の銭謙益とも疎遠になっていた。一度会ったとき、銭謙益が馬士英との政争について愚痴をこぼしたので、

「一刀両断に斬り捨てればいいではありませんか」

と進言したところ、銭謙益はおびえたような目で鄭森を見て、

「野蛮な倭人のようなことを口にすべきではない」

と答えたので、それきり会うこともなくなった。

また、崇禎帝を悼む集会――「哭廟《こくびょう》の儀式」に出席し、明政府を裏切った役人たちを激しく糾弾する名だたる学者たちの演説を聞いても、鄭森は違和感を覚えただけであった。

——従逆の官僚を処罰するよりも、満州・女真族が南下する前に体制を固めるほうが先決ではないのか。国が破滅に直面しているのに、何を議論しているのだ。武装を強化し、国を治めて、異民族を掃討することこそ、国家の経略というものではないか。

とはいえ、科挙をめざしている学生の身分では、何の発言力もない。鬱屈《うつくつ》たる気分に襲われ、勉学にも集中できなくなっていた。

父・鄭芝龍は何度も福建に帰国するよう命じる手紙を送ってきたが、南京から離れる気はなかった。激動する歴史の現場から離れるつもりはなかった。やがて、父が屈強な男たちを派遣したため身の安全は確保されたが、鄭森は、

——しょせん、おのれは籠《かご》のなかの鳥か。

と、父に庇護《ひご》されたわが身を嫌悪したほどである。

屋敷にいても何もすることがなく、外に出ても行くあてもない。街中をうろつきまわることしかできなかった。父の帰国を催促する手紙だけが頻繁に届けられた。

——父の命令にどうして従わないのか。

父は手紙のなかで、激しく恫喝するようになっていた。それでも、鄭森は日が暮れるまで南京の街中を歩きまわった。

この年の五月一日、摂政王ドルゴン率いる満州軍は北京に入城を果たしたが、六歳のフリン——順治帝は、八月二十日に瀋陽《しんよう》（盛京）を出発し、九月十九日に北京に入った。そして、十月一日には即位の式をおこなった。中国皇帝に就任したことを、天下に知らしめたのである。

そして、西方に逃げた李自成と、四川省を拠点とする張献忠、それに南京に樹立された福王政権の殲滅《せんめつ》をはかるため、討伐遠征軍を編成した。

李自成と張献忠に対する西征軍の総帥には英親王アジゲ（阿済格）が任命され、呉三桂らの漢人の武将が従った。アジゲは摂政王ドルゴンの実兄である。南京政権に対する南征軍の総帥にはドド（多鐸）が任命され、これまた孔有徳《こうゆうとく》らの漢人の武将が従った。ドドは摂政王ドルゴンの実弟である。明政府の高官であった洪承疇《こうしょうちゅう》は、北京新政権の兵部尚書《へいぶしょうしょ》――国防省として摂政王ドルゴンとともに北京にとどまり、作戦の総指揮をとった。

北京を出発したドド軍は、十一月には山東省を平定し、さらに南下をつづけた。

めざすは南京である。

帰郷

一六四五年になった。和暦では正保二年、清暦では順治二年。南京で樹立された福王政権によれば弘光元年であるが、『明史』においては正式の年号とは見られていない。

青年鄭成功――鄭森は、騒然とした南京で二十二歳の新年を迎えた。鄭森もまた、満州・女真の軍勢が猛烈な勢いで南下していることを知っていた。

このような国家の大事にあって、世々国家の恩を受けた臣下は死を賭して戦うべきである。にもかかわらず、汲々と保身に走り、政敵を追い落とすことにのみ血眼になっている。

――何と浅ましいことだ。

新政権に対する南京市民の不信感をしめすように、馬車に荷物を乗せて避難する人々の数が目立って増えてきた。なかには、僧侶の姿になって落ち延びていく者もいた。

――これ以上南京にとどまっても、意味はない。

ついに鄭森は決断した。友人知人に別れを告げ、昨年末から長江河岸に停泊しつづけていた迎えの船に乗りこんだ。出迎えたのは、従兄弟の鄭彩《さい》である。小柄ではあるが、頭が切れ、鄭芝龍の信任厚い人物であった。

「やっと決心されたか」

鄭彩は笑顔で鄭森を出迎えた。

「飛虹将軍は大層ご立腹でござる」

「待たせたな」

鄭森も笑顔で答えた。

「父はどんなご様子だ」

「もちろん、きたるべき決戦に備え、安平城の防備を固め、数千人の兵を雇い、大量の鉄砲と大砲を製造しつづけておられる。また、ルソンや日本に船団を派遣し、大量の金銀と物資を集めておられる」

「そうか」

海賊上がりの父親が、異民族を迎え撃ち、国に忠誠を尽くそうとしている。南京新政権の連中とはまったくちがう。

——やはり、父だ。

このときばかりは、父を誇らしくおもった。

「南京は遅かれ早かれ陥ちるだろう。そのときは、海を守るわれら鄭一族の出番だ」

「おもしろいことになりそうだ」

従兄は不敵な笑顔を見せたが、鄭森は次第に遠ざかる南京の方角を食い入るように見つめていた。

福建省に帰り、安平城で鄭芝龍に会うと、意外にも上機嫌で鄭森を迎え、おもいがけないことを伝えた。

「喜べ。おマツを呼び寄せる手はずが調ったぞ」

平戸の母おマツが中国にやってくるという。

「長崎奉行に満州族の蜂起の件を伝え、日本の支援を求めたが、ことのついでにおマツの件を申し入れたのだ。

長崎奉行は善処を約束した。おマツもすでに長崎で待機している。幕府の許可が下りしだいこちらにむかう」

『長崎オランダ商館日記』の二月十二日（西暦では三月九日）の条には、

「おもな船は一官（鄭芝龍）一党のもので、彼は長崎奉行の保護を願い、一子を生んだその夫人を日本から迎える許可を得たと通詞が語った」

と書かれているが、鄭芝龍はそれ以前に、その確実な情報を入手していたらしい。

七歳で別れて十五年たったいま、平戸の記憶はおぼろげになっていたが、母親の姿だけは鮮明である。

「残念だが、弟の次郎左衛門はくることはできない。平戸の田川家を継がねばならない」

弟の次郎左衛門も、すでに十七歳になっている。ただし、一歳の赤ん坊のときに別れたので、いま会っても見分けがつかないであろう。

「わしは約束したことはかならず守る。おまえはまだ若く、経験も浅い。鄭一族の次の総領になるためには、まだまだ学ぶべきことが多い」

そういいながら、鄭芝龍が椅子から立ち上がって、鄭森に近寄ってきた。

「南京で孤立したらどうするつもりだったのだ。帰ってこいといったら、ただちに帰ってこい。父の命令にはかならず従え」

鄭芝龍は目をむいてそういった。

『揚州十日記』

満州のドド軍百万人は、怒涛のような勢いで南下をつづけていた。前年の十一月には山東省を制圧し、黄河に沿って徐州、宿遷《しゅくせん》、泗陽《しよう》を経て、黄河と淮河《わいが》が合流する方面に進撃し、四月十四日には白洋河《はくようか》を功略し、淮北と淮南を制圧した。

次なる目標は、揚州《ようしゅう》である。

すでに述べたように、揚州は江蘇省の中央部、長江の北側に位置し、隋の第二代皇帝・煬帝がこの地に大運河を開き、豪壮な離宮を造営し、唐代には国際都市として栄えた町である。南北を結ぶ運河によって商工業が集積し、中国における流通の一大拠点であった。

揚州を守っていたのは、南京政権の兵部尚書・史可法《しかほう》である。ドドは攻撃に移る前に、三回にわたり使者を派遣して降伏を勧めたが、史可法はそれらをことごとく拒絶した。怒ったドドは、ついに総攻撃を開始した。七日間の戦闘ののち四月二十四日に揚州は陥落し、みずから首を刎ねようとして重傷を負った史可法は捕らえられたのち死去した。

揚州に入城した清軍は、残虐の限りを尽くした。このときの模様が『揚州十日記《ようしゅうじゅうじつき》』に記録されている。著者は王秀楚《おうしゅうそ》という人物である。揚州在住の知識人であったということ以外はまったく不明の人物である。五歳の男児の父親であったことから、二十代後半の若者であったろう。

清朝時代にひそかに出版されたこの『揚州十日記』は、江戸時代に日本に伝えられ、明治時代に日本に留学した中国人学生によってその存在が知られることになった。その中国人学生はそれを書き写し、中国に持ち帰り、やがて中国で出版されて、清朝に対する抵抗運動を鼓舞した。

日本では、現在平凡社の「東洋文庫」および「中国古典文学大系」におさめられている。

『揚州十日記』は、清軍の総攻撃によって揚州が陥落した四月二十四日から筆がおこされている。

翌日の二十五日、王秀楚は近所の人々から王師（清軍）に恭順の意をしめすために出迎えようと誘われ、服装をあらためて待機していたが、そのうちに虐殺がはじまったことを知る。

長兄がやってきて、「表通りは血の海だ」と告げたため、王秀楚は長兄とともに次兄の家に逃れていくと、そこに妊娠九カ月の身重の妻と五歳の息子の彭児《ぼうじ》がすでに避難していた。日が暮れると、殺戮《さつりく》はさらに激しくなった。

「大勢の兵士が人を殺している声が聞こえてくる。門外の泣き叫ぶ声が耳をつんざき、生きた心地もなかった」

と、王秀楚は書いている。その夜は、清軍の放火によって揚州のいたるところで火災も発生した。

四月二十六日、清軍は、

――おとなしく出てきた者は決して殺さない。

と布告したため、隠れていた多くの市民が姿をあらわした。屋根の上に隠れていた王秀楚らも、五、六十名ほどの集団のなかにくわわり、三人の満州兵に連行されていった。その途中、友人の妾の一人は抱いていた女の子を泥のなかに捨てさせられた。少しでも遅れた者は、鞭で叩かれ、ただちに殺された。

「どこにもかしこにも幼児が馬に蹴られ、人の足に踏まれて、はらわたは泥にまみれ、その泣き声は広野に満ちていた」

と、王秀楚は書いている。

満州兵は、情け容赦なく殺戮した。

やがて、王秀楚らは商人の家につれていかれ、男と女が分けられ、女たちは衣服を剝ぎ取られて裸にされたのち、新しい衣服に着替えさせられて酒盛りの相手をさせられた。

男たちは別の広間に集められ、やがて一人ずつ刀で斬り殺された。恐怖に駆られた王秀楚はその場から逃れ、裏門の錠前を壊して脱走することができたが、通りは満州の兵でいっぱいである。そこで隣の喬氏の屋敷にもぐりこみ、寝台の上の天井に身を隠した。すると、隣の家から弟と次兄が殺される声が聞こえてきた。天井の下では多くの男たちが殺され、女たちが犯された。

夜になってその家を抜け出し、長兄の家へいくと、兄嫁と長兄、妻と息子がそこに隠れていた。この夜もまたあちこちで火災がおこり、畑のなかには死骸が積み重なり、父が子をよび、夫が妻を探していた。乳飲み子の泣く声が、草原からも、谷間からも聞こえてきた。

「その悲惨なことはまことに聞くに忍びなかった」

と、王秀楚は書き記している。

二十七日、妻が隠れ家にしている墓地の柩《ひつぎ》の裏にいき、親子三人で隠れたが、近くで百人以上の者が殺され、

「女子供はただわあわあ泣くばかり、その泣き叫ぶ声が大地をゆるがすほどであった」

午後になって、死骸は山のように積まれ、殺戮はますます激しくなった。

二十八日、柩の裏に隠れていると、十数人の兵卒が大声を上げてやってきた。揚州の顔見知りの男が手引きをしていた。あわれみを乞い、金を差し出すと彼らは見逃してくれた。

直後に一人の赤い服を着た若い清兵がやってきて、妻を犯そうとしたが、妻は大地に突っ伏したまま決しておき上がらなかった。するとその若者は一人の幼女と一人の男児をつれた若い婦人を捕らえ、母親に食べ物をねだった男児を一撃で殺害した。

その間に王秀楚は妻とともにわら小屋に逃れ、妻は大勢の女たちと体に血を塗り、糞で髪をかため、顔に炭を塗ってわらの中に隠れた。

五月一日、大家や富豪の屋敷は残らず略奪をかぶり、女の子は十余歳からつれ去られて、ほとんど一人も残らなかった。五月二日、道・州・府・県に官吏を置き、「安民（人民よ安心せよ）」と布告した。

火葬に付した死骸の数は、帳簿に記載された分だけでも八十万以上。井戸に落ちたり、河に身を投げたり、焼け死んだり、首をくくって死んだ人はこの数に入っていない。拉致されて行方不明になった者もこの数には入っていない。

五月三日、食糧を放出するとの告示があったので、王秀楚は決口門（東門）へ米をもらいにいった。山のように積んであった数千俵の米がまたたく間になくなった。

最後に王秀楚は、

「思えば、私がはじめこの難に遭ったとき、兄弟嫂甥、妻子とも合わせて八人であったのが、今生き残ったの

は妻と子の三人だけである。四月二十五日から五月五日までの十日間に、われとわが身に経験したこと、われとわが目に見えたこと、とりとめもなく書きつけること以上のとおりである。遠方の風聞はいっさい記さなかった。この先、幸いに太平の世に生まれ、平穏無事の日々を楽しんで、みずから修養反省に努めず、ひたすら物を粗末に扱う人々は、これを読んで懼《おそ》れ戒めるところがあればと願う次第である」

と書いている。

母との再会

おマツが長崎を出発したのは、四月七日（西暦では五月十六日）のことである。

『長崎オランダ商館日記』には、

「マンダリン一官（鄭芝龍）の妾は本日長崎からシナに出発した。随員は二度とふたたび帰国できないという条件であったので、誰も希望せず、彼女は単身であった」

と書かれている。おマツは悲壮な決意で日本に別れを告げたのである。

四月下旬、泉州安平鎮において鄭森は母おマツと十五年ぶりに再会した。

「福松か！」

鄭森を見るなり、おマツはそう叫んだ。

「母上！」

鄭森も絶対に忘れることのない日本語で叫んだ。あとは言葉にならない。二人は抱き合って再会を喜んだ。

鄭森が妻の董係明《とうけいめい》と四歳になった息子の錦《きん》（のちの鄭経《けい》）を引き合わせると、おマツは錦を抱きしめ、

「福松にうり二つです。あのときの福松です」

と涙を流して喜んだ。

鄭芝龍の母・黄氏や正妻の顔氏、妾たちも顔を見せた。おマツは、まず黄氏にむかって日本式に深々と頭を下げた。黄氏はおマツを手招きし、その手をしっかりと握って歓迎の意をあらわした。おマツは正妻の顔氏に対してもおなじように深々と頭を下げ、日本語であいさつをすると、顔氏もまた笑顔で大きくうなずいた。

おマツは、陳氏、李氏、黄氏らの三人の妾とはたちまち親しくなり、鄭森の四人の異母弟――鄭渡《と》、鄭恩《おん》、鄭蔭《いん》、鄭襲《しゅう》らとも丁重にあいさつを交わした。

その夜は、鄭一族が勢ぞろいして盛大な歓迎会が開かれたが、宴の途中で鄭芝龍は一人退席した。鎮江《ちんこう》を守っていた弟の鄭鴻逵《こうき》からさしむけられた使者が到着したからである。使者の話によると、清軍が揚州を攻め滅ぼしたのち、鎮江にむかって進撃を開始したという。

鄭芝龍は、清軍の予想を超えた進軍速度に驚愕した。万が一鎮江が陥落すれば、南京も危うくなるであろう。南京が陥ちれば、明朝の滅亡が決定的になってしまう。海上の覇権を維持するためにも、最善の策を見つけなければならなかった。

――どのような方策でこの危機を乗り越えるか。

鄭芝龍は、脳髄をふり絞るようにして考えつづけた。

新帝擁立

揚州で大虐殺をおこなった百万の清軍は、さらに南下し、長江の北岸に集結した。南岸には要衝の鎮江があり、そこを破れば西方の南京までは指呼の間である。

鎮江には明軍とともに、鄭芝龍の弟の鄭鴻逵や鄭彩などが率いる水軍が鎮江湾の守備を固めていた。南京政権から鄭鴻逵は「鎮海将軍」――すなわち海軍司令官、鄭彩は「総兵」の役職に任じられていた。

ところが、清軍は対岸から空の筏を流して注意を引きつけ、その隙に霧にまぎれて別場所から難なく長江を渡ってしまったのである。陸から大軍に攻められたらひとたまりもない。たちまち鎮江は陥落し、鄭鴻逵らは船を放棄して辛うじて陸上に逃れ、杭州をめざして落ちのびていった。

鎮江を功略した清軍は、南京にむかって怒涛の進撃を開始した。

南京が陥落したのは、五月十五日のことである。福王・弘光帝はじめ、側近の馬士英らは一戦も交えずに逃亡した。清軍が南京に入城したとき、一般市民はもとより、政府の役人や学者らもこぞって清軍を出迎え、歓迎の意をあらわした。そのなかには、鄭森の師である銭謙益も含まれていた。

五月二十五日、南京から逃れた福王・弘光帝は蕪湖《ぶこ》で捕らえられて南京につれもどされ、北京に送還されたのち処刑された。杭州に逃れていた潞王も、みずから清軍に投降した。明の皇統に連なる者たちは、全国に指名手配を受け、清軍から追いつめられて、ほとんど絶滅寸前となった。

南京を功略した清軍は、江蘇省・浙江省・福建省へも侵攻してくるにちがいなかった。

——どうすべきか。

鄭芝龍は懸命に考えるが、妙案は浮かばない。手持ちの兵だけで清軍に対抗できるはずもない。

さすがの鄭芝龍も途方に暮れていると、そこへおもいもかけぬ朗報がもたらされた。弟の鄭鴻逵からである。

——鎮江を逃れて杭州にむかっているとき、嘉興《かこう》において南京から逃れてきた唐王・聿鍵《いつけん》と遭遇いたした。鄭彩や鄭升《しょう》、江美鼇《こうびこう》などと身辺警護にあたり、福州に到着したが、唐王はわれら鄭一族の庇護を求めておられる。

その知らせを受けた鄭芝龍は、

——神のご加護か。

と狂喜し、ただちに軍船を率いて福州にむかった。

唐王・聿鍵とは、明王朝の初代皇帝・洪武帝の二十三子唐王・朱桱《しゅけい》の八世の孫である。したがって皇帝との血縁は薄く、安泰の世であればもちろん皇帝の座を継ぐべき血縁ではない。

――ではあるものの、清軍に対するためには、この人物を擁立するしか道はない。鄭芝龍はやっとのことで光明を見出した。

福州に到着した鄭芝龍はただちに唐王の謁見を受け、福建省巡撫の張肯堂《ちょうこうどう》や南京から逃れてきた礼部《れいぶ》尚書《しょうしょ》の黄道周《こうどうしゅう》、巡按御史の張春枝《ちょうしゅんし》、都察院の何階《かかい》などと政権樹立のための協議をおこなった。

そして、唐王を擁立し、反清勢力の結集をはかることで合意し、唐王は閏六月七日に監国に就任したが、鄭芝龍の進言により閏六月十五日には、皇帝に即位して隆武《りゅうぶ》帝と名乗った。福州は天興府《てんこうふ》とされて福京《ふくきょう》と改められ、七月から隆武という元号に改められた。とはいえ、法的にも血統的にも、正当性の疑わしい自称政権である。明王朝の血を受け継いだ者はほかにもいた。紹興《しょうこう》には魯王《ろおう》・以海《いかい》という皇族が避難しており、初代皇帝・洪武帝の十子の魯王・以海朱檀《しゅだん》の九世の孫で、福州で即位した隆武帝とほぼおなじような血筋であった。兵部右侍郎・張国維《ちょうこくい》らは紹興で魯王を擁立し、閏六月二十八日に監国に就任させた。

福州と紹興に、二つの自称政権が樹立されたのである。

七月八日、清は中国の全男子に辮髪令を布告した。前年北京を占領した当時は、敵味方を識別するため、兵士のみを対象に辮髪令を発していた。しかしながら、南京を占領し、自信を深めた清朝は、すべての中国人に対して、

――髪を留める者は頭を留めず。頭を留める者は髪を留めず。

と、布告したのである。

この辮髪の強制によって、それまで清軍に対して従順であった一般民衆までもが中国各地で蜂起した。

隆武帝を擁した「福州政権」は、もちろん政府としての実態をほとんど備えていない。当面は、鄭芝龍の資金力と兵力だけが頼りといっていい。

このため、隆武帝は鄭芝龍を「平国《へいこく》侯」に、弟の鄭鴻逵を「定国《ていこく》侯」に任じるとともに、弟の鄭芝豹に「澄《ちょう》済《さい》伯」、甥の鄭彩に「永勝《えいしょう》伯」、その配下の洪旭《こうきょく》に「忠臣《ちゅうしん》伯」、林習山に「忠定《ちゅうてい》伯」、施天福《してんぷく》に「武毅《ぶき》伯」、林察《りんさつ》に「輔明《ほめい》侯」という官爵をあたえるなど、鄭一族に対して優遇措置をおこなった。

しかしながら、鄭芝龍はもともと海賊上がりの男である。隆武帝や文官たちは、鄭芝龍を頼りとおもう半面、うとましさも感じはじめていた。

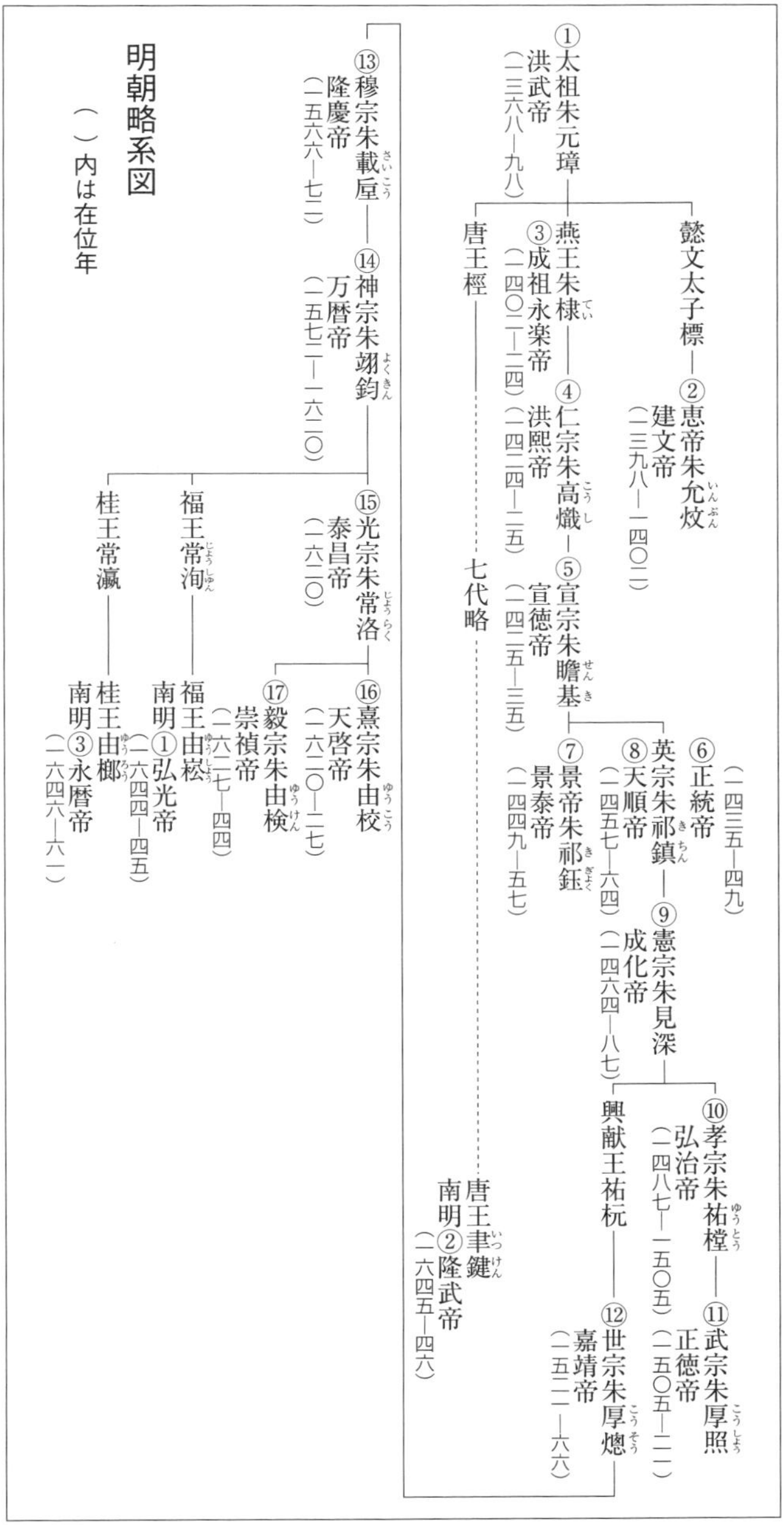

明朝略系図
（ ）内は在位年

国姓を賜る

そのころ、鄭森は十五年ぶりに再会した母おマツと安平城で暮らし、日の経つのも忘れるほどであったが、八月になって父・鄭芝龍から呼び出しを受け、やむなく母と別れて福州にむかった。

福州に到着したのは、八月十七日のことである。

鄭芝龍は、府知事の役所を宿舎にしていた。鄭森が役所を訪れると、鄭芝龍は、

「待っていたぞ。さっそく皇帝に会いにいこう」

と、友人にでも会いにいくような軽い口調でそういった。

前後を物々しい警備兵に守られて、馬車に乗って王宮にむかった。その途中、鄭芝龍は、

「肇基《ちようき》が国姓を賜った」

と、笑いながらいった。

明の初代皇帝・洪武《こうぶ》帝の本名は朱元璋《しゆげんしよう》という。このため、「朱」という姓は「国姓」とされていた。その由緒ある「国姓」を従兄弟の鄭肇基が下賜されたという。肇基というのは、鄭芝龍の弟・鄭鴻逵の子である。耀《よう》ともいった。

「おまえも、もらえるだろうよ」

鄭芝龍が笑っていった。

王宮に到着すると、ただちに隆武帝への謁見を許された。隆武帝は一六〇二年生まれであるから、このとき四十四歳。二十二歳の鄭森は、いつものように青い儒服を着ている。

謁見の間において鄭芝龍が鄭森を紹介すると、隆武帝はしばらく鄭森を見つめたあと席を立って、ゆっくりと鄭森に近づいてきた。そして、鄭森の顔をまじまじと見たのち、

「惜哉、我真恨没有女児可嫁給（娘がいないのが残念である。もし娘がいれば、そのほうに娶《めと》わせようものを）」

といったのである。隆武帝はさらに、

「婿にできないのは残念であるが、その代わり朕の姓を授けよう」

と、鄭森の背中に手をまわし、

「卿可尽忠吾家、勿忘故国（卿よ、わが家に忠義を尽くし、故国を忘れることなかれ）」

とつづけた。夏琳の『閩海紀要』には、

「惜朕無一女配卿、卿当尽忠吾家、無相忘也（朕に嫁がせる娘がいないのが残念である。卿よ、わが家に忠義を尽くすことを忘れることなかれ）」

と書かれている。隆武帝はさらにつづけていった。

「国姓を名乗り、明王朝の再興にむけて尽力いたせば、かならずや成功いたそう。名は成功といたせ」

皇帝の「朱」という姓のみならず、「成功」という名まで下賜しようというのである。

鄭森は日中混血のゆえか、眉目秀麗《びもくしゅうれい》、しかも聡明、怜悧で、実に魅力的な若者であったといわれている。隆武帝は一目で鄭森が気に入ったらしい。

やがて鄭森の緊張も解け、隆武帝のさまざまな問いかけに対しても、力みなく答えることができるようになった。このときの鄭成功の様子について、周宗賢の『逆子孤軍 鄭成功』には、

「その相貌は非凡、隆武帝に答えて流れるがごとし」

と書かれている。

こうして、「国姓爺・鄭成功」が誕生した。

「爺」というのは、老人という意味ではなく、「殿」あるいは「様」とでもいうような尊称である。

なお、近松門左衛門の『国性爺合戦』の「性」は、もちろん「姓」の誤りである。この作品がフィクションであることをしめすため、近松門左衛門はあえて「性」をもちいたともいわれている。

鄭森――あらため鄭成功が隆武帝との初対面を終えて、感激の面持ちで宿舎にもどると、父の鄭芝龍が、

「満州の兵はすでに中国全土をほぼ制圧し、数百万の兵を擁している。それにひきかえ、わが鄭家の戦力は四万。隆武帝の下、明朝を復興するにはあまりに兵力が少ない。国内各地の勢力を束ねるのも大事だが、日本から兵を招くことができれば一挙に挽回できるだろう。徳川幕府はすでに安定し、日本国内での戦いも終わり、強大な兵力を温存している。この兵力を味方にできれば、満州兵なぞ恐れるに足らぬ。日本に援軍を要請したいとおもう」

といった。

「おっしゃるとおりでございます。国内で兵を整えようとしても時間がかかります。即応できるのは、日本の兵しかありません。援軍を求めるべきだとおもいます。まして私は半分日本人です。わたしが要請すれば、人情に厚い日本人は無視することはできないでしょう」

国姓を下賜された鄭成功は、ある意味では皇帝直属の臣下である。父に対して、はじめて堂々と自分の意見を述べた。

鄭芝龍はむっとした顔を浮かべた。鄭芝龍にとって必要なのは、父親に対して従順な息子である。これからの鄭一族には大きな試練が待っている。

「われら鄭一族は、貿易の利を失うわけにはいかぬ」

と、「鄭一族」という言葉に力を入れていった。

――皇帝を支えるのも、鄭一族のため。

鄭一族を滅ぼしてまで皇帝に仕えるつもりはなかった。海上貿易の利権を温存し、鄭一族が無事にこの危機を乗り越えることができればそれでよかった。

――皇帝に仕えるのはそのためなのだ。

忠義のための忠義ではない。この激動の世を渡るには、その状況を見極め、次々に手を打たなければならない。一途な忠義心は、場合によっては身を滅ぼす要因ともなる。

鄭芝龍はそのあたりの機微について、いずれ成功にゆっくり話して聞かせるつもりであった。


一六四六年になった。和暦では正保三年、清暦では順治三年。明暦では隆武二年ということになろうが、もちろん『明史』では正式の年号とは認められていない。

国姓爺・鄭成功は二十三歳になった。国姓爺を賜ったことを契機に、字を明儼《めいげん》にあらためた。

北京にいた摂政王ドルゴンは、副都・南京を占領したのち、いよいよ福建省や浙江省など江南地方への討伐軍の派遣を決定した。

その総督には、もと明軍の将軍で福建省出身の内閣大学士・洪承疇《こうしょうちゅう》が任命された。広東方面軍を率いるのは右副都御史の呉惟華《ごいか》、江西方面軍を率いるのは兵部右侍郎の黄熙允《こうきいん》、湖広方面軍を率いるのは江禹緒《こううしょ》、雲貴方面軍を率いるのは丁之竜《ていしりゅう》という、いずれも明朝に仕えた漢族の軍人たちであった。摂政王ドルゴンは、漢族でもって漢族を制しようとしていた。

これに対し、福州の隆武帝もまた江南方面への進出を考えていた。

――福建、浙江、江西の省境にある仙霞関《せんかかん》には数百名の守備兵しかいない。すみやかに増派して守備を固め、江南地方に進撃して満州軍を迎え討たなければならない。

と、兵部尚書の張肯堂や大学士の黄道周らに強い調子で主張しつづけるが、隆武政権の最大の実力者である鄭芝龍は、

「武器も食糧も兵員も不足しており、いましばらくのご猶予を賜りたい」

と答えるばかりであった。『明史』にも、

「権力は鄭芝龍にあり、聿鍵《いつけん》（隆武帝）は何もできなかった」

と、書かれている。

憤懣やるかたない隆武帝は、しばしば鄭成功を呼び出した。父親の鄭芝龍は無骨で学問もないが、鄭成功は学問もあり、話がよく合い、気も合う。さすがに父親の悪口を口にするわけにはいかないが、江南地方への進出を熱い口調で何度も訴えた。それに対し、鄭成功は、

「明朝廷の再興のためならば、命も惜しむところではありません」

と、叩けば響く鐘のように応じ、治兵《ちへい》・籌餉《ちゆうしよう》・精器《せいき》の三事を陳奏するなど、その忠誠心は深まるばかりである。「治兵」とは兵を整えること、「籌餉」とは兵糧を調達すること、「精器」とは武器を調《ととの》えることである。鄭成功はこれまで学んだ兵法を隆武帝に説く。

もちろん二人の熱い交流は鄭芝龍の耳にも届いてくるが、いまはそれどころではない。とにかく、政権を維持するための資金を調達し、中国各地から集ってきた二十万人の兵を養わなければならない。福州の住民に重税をかけ、東南アジアや台湾、日本に貿易船を派遣しているが、あちこちで問題が噴出していた。

重税の賦課に対して住民らが反発して騒ぎが生じ、海上では海賊船が横行するようになった。貿易に関しても、細かいところまで目が行き届かなくなり、以前ほどの荒稼ぎができなくなっていた。

そのようななかで、隆武帝は江南への進出を念仏のように唱えるばかりである。息子の鄭成功までおなじことをいう。

——この苦労知らずめ。

鄭芝龍は何もかも放り投げたい気分になった。

反清復明

一六四六―一六四九年

アモイからコロンス島を望む（是澤清一氏撮影）

二股作戦

福州において隆武帝を擁立した鄭芝龍は、政権を維持し、二十万人の兵隊たちに毎日飯を食わせるために、おびただしい財貨を調達しなければならない。武器弾薬もそろえなければならない。にもかかわらず、米や鉄、鉛などの相場は急激に暴騰して、資金繰りが逼迫してきた。また、マカオから台湾海域にかけて多くの海賊船が横行するようになり、貿易利潤そのものも低下してきた。

鄭芝龍はやっきになって経営を立て直そうとするが、隆武帝は江南への進出を念仏のように唱え、息子の鄭成功までそれに同調して鄭芝龍にしばしば意見を具申するようになった。

――現実を見よ。

と叫びたくなるが、仕事に追われて議論する暇もない。

無視されたとおもったのか、隆武帝は鄭芝龍へのあてつけのように、鄭成功を宮殿に呼び寄せる。

年が改まり、一六四六年（清暦では順治三年、和暦では正保三年）になると、隆武帝は鄭成功を「忠孝《ちゅうこう》伯」に任じ、あわせて「御前営内都督《ごぜんえいないととく》」に任命して「尚方剣《しょうほうけん》」を授け、「駙馬《ふば》」という待遇をあたえ、さらには「招討《しょうとう》大将軍」の印綬を授けた。

「忠孝伯」とは、もちろん皇帝に忠誠を尽くす伯爵という意味で、「伯」とは、「公」、「侯」に次ぐ第三順位の爵位である。「御前営内都督」といえば、皇帝直属の親衛隊長あるいは近衛隊長というような意味である。「尚方剣」とは、朝廷においてつくられた下賜・贈呈用の格式ある刀剣である。「駙馬」とは、皇帝の娘婿に対する処遇である。「招討大将軍」といえば、軍司令官に相当するであろう。隆武帝の鄭成功に対する入れこみようは、尋常ではない。ここにいたって、鄭芝龍は鄭成功をしばらく引き離すこととした。

「父母への孝は、人の基本である」

鄭成功を呼びだした鄭芝龍は、まずそういった。

「はるばる海を渡ってきたおマツは、さぞかし心細い思いをしているであろう。皇帝からこのような破格の処遇を受けたことを、おまえの口から直接伝えたら、おマツも喜ぶにちがいない」

一瞬、不審な表情を浮かべた鄭成功ではあったが、母に会いたい一心ですぐにそれを受け入れ、隆武帝の許可を得て、福州から船に乗って安平にむかった。

「一カ月は休暇をとっていいぞ」

鄭芝龍は、にこやかな笑顔で鄭成功を見送った。一カ月の間に打てるだけの手を打つ算段であった。

まずおこなったのは、日本に対する支援要請である。鄭芝龍は長崎代官あての書類をしたため、使者を派遣した。

次におこなったのは、清軍との接触である。これこそが鄭成功を遠ざけた最大の理由であった。鄭芝龍は招撫江南経略の洪承疇《こうしょうちゅう》と招撫福建御史の黄熙胤《こうきいん》に密使を派遣した。洪承疇と黄熙胤は、いずれも清軍に降った晉江出身の漢人で、鄭芝龍とはいわば同郷の人物であった。

鄭芝龍自身、明朝に投降して身の安泰をはかった前例もある。清軍と交渉して、従来どおりの権益が保証されれば、一族の命運を賭けてまで戦う必要はない。

日本の江戸幕府の支援が先か、清軍との交渉が先か。いずれであっても、鄭一族は生きのびることができる。

そのように考えた鄭芝龍の二股作戦であった。

したがって、隆武帝が建寧《けんねい》への遠征を決定したときも、強いて反対することはしなかった。

――もし、うまくいけばそれでよし。選択の幅が広くなるだけだ。

空しい遠征

一月下旬、隆武帝は二十万の大軍を率いて、福州を出発した。むろん、鄭芝龍以下の一族の兵は福州に居座ったままである。浙江省方面にむかった弟の鄭鴻逵と甥の鄭彩も、福建省の境界あたりに駐屯したまま、それ以上軍を動かそうとしなかった。

福州から建寧までは約三〇〇キロ。閩江《びんこう》をさかのぼり、建渓《けんけい》沿いに南平《なんぺい》（延平《えんぺい》）、順昌《じゅんしょう》、将楽《しょうらく》を経なければならない。隆武帝は勇ましく出陣したものの、たちまち兵糧不足に陥った。

二月、やっとのことで南平に到着すると、隆武帝は、

「これより建寧にむかい、さらに湖南省の汀州《ていしゅう》（長沙《ちょうさ》）にむかう」

といいはじめた。

建寧から汀州へいくには、長汀《ちょうてい》、瑞金《ずいきん》を経由し、険しい山道を越えて、六〇〇キロも歩かなければならない。ずっとのちに、中国共産党もこのあたりを拠点にしたほどの峻厳な地形である。

くわえて、汀州が最終目標地点ではない。

「汀州に到達したのち、さらに西にむかって進み、そこで反清勢力の結集をはかるのだ」

と、隆武帝は遠大な構想を熱っぽく語った。

しかしながら、付き従った兵は福建省出身の者が多い。故郷から遠く離れ、ろくな食糧も配給されず、兵士たちに不平不満が鬱積《うっせき》してきた。士気が低下し、指揮命令系統が乱れ、上司の命令が行き届かなくなった。

かろうじて建寧に到達したものの、二十万の大軍はそこで動かなくなった。隆武帝がいくら命令を下しても、兵は動こうとしない。

遅ればせながら、鄭芝龍もまた兵を率いて建寧にやってきたが、さまざまな妨害工作をおこなって、進軍を阻止した。そのようなときに、一カ月の休暇を終えた鄭成功が手兵を率いて建寧にやってきた。

「何だ、おまえまでここにきたのか。福州におればよかったではないか」

鄭芝龍は、皮肉まじりにいったが、鄭成功は、

「臣として帝のもとに馳せ参じるのは、当然の務めでございます」

と、真剣な面持ちでいうばかりである。

――親の心の読めぬばか者め。

と危うく怒鳴りつけたいような気になったが、隆武帝への忠誠心に心を満たされ、目を輝かせているわが息子を見ると、いつもの癖でつい甘やかしてしまう。

――一度、きちんと意思の疎通をはかるべきであった。

と、鄭芝龍が臍《ほぞ》を噛むのは、ずっとあとのことである。

ともあれ、大事な跡取りを隆武帝にとりこまれてはならない。また、清軍との秘密交渉を察知されてはならない。鄭芝龍は、ふたたび息子を遠ざけることとした。

「成功よ。仙霞嶺《せんかれい》という場所を知っているか」

「もちろん存じております」

「福建と浙江の境界にある仙霞嶺を鄭彩が守っている。清軍の南下を防ぐ要害の地であるが、鄭彩だけでは不安がある。鄭鴻逵にも守備にくわわるように使者を出したが、おまえにもそこの支援に出向いてもらいたい」

鄭芝龍はやんわりとそういった。

一瞬怪訝《けげん》な表情を浮かべた鄭成功ではあったが、仙霞嶺の戦略上の重要性については鄭成功も十分に理解している。すぐにそれを受け入れ、ふたたび隆武帝の許可を得て仙霞嶺にむかった。

——仙霞嶺を守る兵は数万。

と、鄭芝龍は豪語したが、実際に配置された守備兵は、鄭鴻逵・鄭彩の兵と鄭成功の兵とあわせても数千人にすぎない。鄭芝龍は、清軍と本気で戦う意思はなかった。鄭鴻逵と鄭彩へは、清軍があらわれたときは、鄭成功を引きつれて撤退するようにひそかに指令を出していた。

隆武帝の死

清の南征軍を率いるのは、ポロ（博洛）という人物である。清軍総司令官ドドの甥にあたる。

ポロは大軍を率いて杭州を出発し、紹興をめざした。目的は、紹興で樹立された魯王政権の殲滅である。

六月、ポロは総攻撃を開始し、またたく間に紹興を攻め落とした。魯王はかろうじて船で海上に逃れ、舟山群島に隠れようとしたが、舟山を守っていた黄斌卿《こうひんけい》に上陸を拒絶されて、南方海上に逃れていった。黄斌卿は鄭芝龍と親しく、隆武政権から官爵をもらっていたのである。

魯王らはアモイでも上陸できず、最終的に南澳島《なんおう》に逃れた。

魯王逃亡の知らせを受けて、鄭芝龍は、

「わたしが掃討してまいりましょう」

と、隆武帝から離れる口実に利用し、鄭一族の拠点である安平城に舞いもどってしまった。ついに、隆武帝を見放したのである。

この前後の秘密交渉において、鄭芝龍は清軍の洪承疇と黄熙胤から、

——投降されるならば、見返りに「閩粤総督《びんえつ》」の職が授けられるであろう。

との回答を得ていたのである。「閩」は福建省、「粤」は広東省のことである。

鄭芝龍の心は、清軍への投降に傾いていた。であれば、無用の消耗は避けなければならない。仙霞嶺へ急使を

派遣し、撤退して安平城に帰参するよう命じた。

仙霞嶺では、まさに清軍が姿をあらわしたころであった。鄭成功もまた、初陣に備えて、決死の覚悟を固めていた。そこへ鄭芝龍からの突然の撤退命令である。

鄭鴻逵と鄭彩の兵は、ただちに撤退を開始した。鄭成功は躊躇《ちゅうちょ》したが、手持ちの兵で清の大軍を防ぐことは、とうてい不可能である。やむなく撤退に転じたものの、どうにも釈然としない。忠誠を誓った隆武帝に会わせる顔もない。情けない思いで南平（延平）に撤退していった。

無事に南平にたどり着いたものの、隆武帝の姿はなかった。仙霞嶺敗北の報を受け、八月二十一日に軍を率いて汀州にむかったという。

「とにかく安平にもどり、今後の対応を協議しよう」

鄭鴻逵はそういい、ただちに船を手配した。鄭成功は、

――隆武帝に合流すべきです。

と主張したが、鄭鴻逵と鄭彩の強硬な反対を受けた。

「二十万の大軍が帝をお守りしているではないか。われら数千人がくわわったとて、たいしたことはあるまい。それよりも安平城にもどって総力を結集し、海上から清軍に対抗することのほうが隆武帝にとって大きな力となるではないか」

やむなく、鄭成功は鄭鴻逵らとともに、船に分乗して閩江を下り、福州に出たが、清軍の接近を前にした福州はすでに大混乱に陥り、無法地帯と化していた。

「この地で有志を集めて防衛軍を編成しようとおもったが、これでは無理だ。やはり、このまま船で安平にむかったほうがいい」

鄭鴻逵の判断に従い、鄭成功もまた福州から安平にむかった。

一方、隆武帝は大軍を率いて南平を出発したものの、数日でその大軍は消失してしまった。清軍の猛攻撃を受ける前に、自然解散という形になったのである。もともと戦闘意欲に欠けた集団であった。食糧も日当も支給されず、「反清復明」というスローガンをまともに信じている者はいなかった。実際に戦闘がおこなわれれば、無益な犠牲者を出すだけである。自然解散に追いこまれたのもやむをえない。

夢も希望も打ち砕かれた隆武帝は、妻と少人数の側近に守られて、八月二十八日に汀州にたどり着いたものの、清軍の猛追を受けて街中を逃げ惑ったうえ、関帝廟《かんていびょう》において、ついに捕らえられてしまった。

そのまま福州に連行され、市場で処刑された。『明史』には、

「聿鍵死於福州（聿鍵は福州において死す）」

と書かれている。享年四十五。絶食して死んだとする説もある。

妻の曾氏は、護送される途中、隙を見て九瀧渓《くりゅうけい》という川に身を投じて死んだという。

こうして、隆武政権は滅亡し、福建省の省都である福州も、あっけなく清軍の支配下に落ちた。

これが一六四六年八月のことである。

福州陥落の報が江戸に伝わったのは十月十七日。長崎に入港した中国船によってもたらされた。

幕府は、昨年の暮れからはじまった隆武帝と鄭芝龍からの救援要請――いわゆる「日本乞師《きっし》」に対して、水戸、尾張、紀伊の御三家とも協議を重ね、当面出兵要請には応じないとの結論に達していたが、将軍・家光自身しばしば出兵に意欲的な意向を漏らし、御三家をはじめ幕臣、諸大名のなかにも出兵論がくすぶりつづけていた。京都所司代の板倉重宗《しげむね》や九州柳川藩の立花忠茂《ただしげ》など、本気で出兵計画を進める強硬派もいた。

このような状況にかんがみ、幕府はさまざまな情報を収集し、戦局の推移を慎重に見守りながら、あらゆる可能性を模索していた。

そのようなときに、福州陥落の報がもたらされたのである。鄭芝龍が清軍に降伏したとの誤報もまじっていた。

この情報を受けた幕府は、あらためて救援を拒絶することで一決し、諸大名にも申し伝えた。

父子の激突

鄭芝龍は、日本のこの最終結論も予想していた。

鄭芝龍は、安平城に鄭一族および幹部一同を呼び集め、今後の方針を明らかにすることにした。集められた鄭一族のなかには、むろん仙霞嶺から帰還した鄭成功もまじっていた。

この会議の場で、鄭芝龍は、

「清に降る」

とはじめて胸の内を明かした。

「閩粤総督という内示もすでに届いている」

鄭芝龍は胸をそらした。

「隆武帝を奉《たてまつ》り、明朝を復興しようとしたが、時流には逆らえぬ。隆武帝もすでに亡くなられ、紹興の魯王も南方に逃れて隠れたままである。西方の李自成も討ち取られたと聞く。清の圧倒的な勢いの前に、もはやいかんともし難い。日本に援軍を求めたが、まったく返答はない。明朝を復興することは不可能である。この時流のなかで、鄭一族が生き延びるには、清に投降するしか道はない。幸い一族の安泰も保証するとの確約も得ている。清軍の招きに応じて福州に出向こうとおもっている。ご一同、それでよろしいか」

最後は、威嚇するように大きな声を上げた。

「父上、お待ちください」

すっくと立ち上がったのは、鄭成功である。

「お言葉を返すようでございますが、一言申し上げます。閩粤の地は北方にくらべれば騎兵の展開が難しく、険しい高地に敵をおびき寄せ、伏兵でもって防禦いたせば、清軍百万が攻め寄せてきても恐れるには足りません。古来、虎は山を離れず、魚は淵を離れずと申します。虎は山を離れれば威を失い、魚は淵を離れれば死んでしまいます。どうか慎重にお考えください」

鄭成功は父親にむかって反論した。

「生意気なことをいうな」

鄭芝龍は鄭成功を一喝したが、鄭鴻逵、鄭芝豹、鄭彩らの幹部連は、意外にも鄭成功に温かいまなざしを送っている。

「父上、お願いいたします」

鄭成功は床に跪き、頭をこすりつけるようにしていった。

「どうかお考えを改めてください。もう一度慎重にお考えください」

鄭成功は涙を流し、声を震わせた。隆武帝に先立たれ、父が清軍に投降すれば、何を頼りに生きていけばいいのか。

「鄭一族の総力を結集して清軍に当たれば、かならず勝機があるはずです」

そのとき、鄭鴻逵が、

「わしからもお願いする」

といって立ち上がり、

「清に降伏するくらいなら、命を賭けて戦いたい。そうさせてほしい」

といったので、座がどよめいた。

「おまえまでわしに逆らうのか」

鄭芝龍は、わなわなと唇を震わせ、奥に引っこんでしまった。

「兄をあれだけ怒らせたら、息子とはいえおまえの身が危うい」

鄭鴻逵がいった。

「浯州《ごしゆう》（金門島）に一時避難したほうがいい。すぐに発て」

涙をぬぐった鄭成功は、

「わかりました」

ときっぱりといって立ち上がった。

この当時、母のおマツは泉州城にいたので別れを告げることはできない。妻の董氏と長男の錦（鄭経）をつれ、洪政《こうせい》・陳輝《ちんき》・楊才《ようさい》・張進《ちょうしん》・郭泰《かくたい》・余寛《よかん》・林習山《りんしゅうざん》・柯宸枢《かしんすう》・杜輝《とき》ら九十余人の同志とともに安平城を出て金門島に渡った。

息子の鄭成功に泣いて諌められたものの、鄭芝龍の投降の意思は固く、鄭成功が金門島に去ったことを聞いても、

「親の心のわからぬ愚か者め」

とののしっただけであった。

金門島に着いた鄭成功は、鄭芝龍に書状を出し、そのなかで、

「古来、父は子に忠をもって教え、二心をもって教えるとは聞いたことがありません。いまわが父は子の言を聞かず、危難を迎えようとしておられます。どうかもう一度お考えください」

と訴えたが、鄭芝龍の決意は変わらない。

数日後、鄭芝龍は周継武《しゅうけいぶ》以下五百人の兵を率いて、安平城を出発し、福州にむかった。福州には、清の南征軍司令官のポロ（博洛）が滞在していた。

鄭芝龍は、ポロと直接交渉をおこなうつもりであった。もちろん、清軍の招撫江南経略・洪承疇《こうしょうちゅう》と招撫福建御史・黄熙胤《こうきいん》の了解を取りつけている。

すでに降伏文書も送付しているため、福州への旅は平穏そのものであった。烏龍江《ウーロン》の河岸では、ポロから派遣された使者が、わざわざ出迎えたほどである。

上機嫌で旅をつづけ、やがて福州に到着した。ただちに清軍本部に案内され、大広間で歓迎宴がはじまった。ポロは鄭芝龍の手をとらんばかりにして席まで案内し、にこやかな顔で歓迎の辞を述べ、宴会は深夜までつづいた。二日目もまた宴会が開かれ、鄭芝龍はすっかりいい気分になった。

三日目も宴会である。さすがに鄭芝龍は疲れ、宴会の途中で酔っ払って寝てしまった。目が覚めると、何やらようすがおかしい。輿に乗せられていた。

窓を開けて、

「どこへむかうのか」

と大声を上げたが、護衛の男たちは蔑むような笑いを浮かべて、

「北京へいくのさ」

とぶっきらぼうに答えた。

――騙されたか。

鄭芝龍は顔をゆがめた。鄭芝龍はこのとき四十三歳。北京で彼を待つのは、牢獄か死であろう。

――虎は山を離れず、魚は淵を離れずと申します。虎は山を離れれば威を失い、魚は淵を離れれば死んでしまいます。

と泣いて引き止めた鄭成功の言葉が浮かんだ。

――残念無念。

鄭芝龍はがっくりとうなだれた。

母の死

鄭芝龍を捕らえた清軍は、十一月三十日、安平城に奇襲攻撃をかけた。不意をつかれた安平城はたちまち破れた。城を守っていた鄭芝豹は、かろうじて海に逃れた。

不運なことに、このとき鄭成功の母おマツは、泉州城から安平城に帰っていた。おマツは逃げ遅れて、短剣を手にして身を守ったが、獰猛《どうもう》な清兵相手ではどうにもならない。おマツは、短剣でみずからを刺して死んだ。江日昇の『台湾外志』には、

「翁氏（おマツ）、毅然として剣を抜き、肝を割いて死す」

とある。

おマツの生年はよくわかっていないが、石原道博氏の『国姓爺』（吉川弘文館）や何世忠・謝進炎氏編著の『鄭成功傳奇性的一生』（世峰出版社）などによれば、享年四十五。鄭芝龍より一歳年上であった。

近松門左衛門の『国性爺合戦』では、

「娘の剣を追っ取って、のんど（咽喉）にガハと突き立つる。人々『これは』と立ち騒げば『アア寄るまい、寄るまい』とはったとにらみ、『……甘輝、国性爺、母や娘の最期をも必ず嘆くな、悲しむな。韃靼《だったん》王は面々が母の敵、妻の敵と思へば討つに力あり。気をたるませぬ母の慈悲。この遺言を忘るるな。父一官がおはすれば、親に事は欠くまいぞ。母は死して諫めをなし、父は永らへ教訓せば、世に不足なき大将軍。浮世の思ひ出これまで』と、肝のたばねを一えぐり切りさばき、……親子手を取り引き寄せて、国性爺が出で立ちを見上げ、見下ろし、嬉しげに、笑顔を娑婆の形見にて、一度に息は絶えにけり」

と、和藤内《わとうない》――すなわち、鄭成功の面前で壮絶な自害を遂げた母の心情が生き生きと描かれている。近松門左衛門は、史実を大胆にデフォルメしてこの浄瑠璃劇をつくったが、母親の死に関しては、自決説をとっているわ

けである。

しかしながら、中国の文献では清兵に凌辱《りょうじょく》を受けたのち、首をくくって死んだとする説が少なくない。周宗賢の『逆子孤軍 鄭成功』には、「淫辱殉難《いんじょくじゅんなん》」と書かれており、毛佩琦の『鄭成功評伝』にも、「被淫自縊而死（淫《いん》せられて自ら縊《くび》れて死す）」と書かれている。石原道博氏の前掲書においては、

「田川氏の最期については、その場所と方法について異説がある。たとえば、安平鎮ではなくて泉州城（安平鎮の北六十華里）とするのは、泉州城と安平城とを混同したものであろう。また、泉州城楼にのぼって自害し、下を流れる川に身をおどらせて死んだといい、清兵はこれをみて、『女子でさえこういう最期をとげるのだから、日本人の勇気は本当におそろしい』と歎賞したという。この伝聞は、大和なでしこの典型として、日本人のあいだにも評判になったが、これと反対の異聞もある。たとえば、清兵のために姦せられ、首をくくって死んだとか、それをしった成功が、その汚れを洗いきよめて葬ったとか、いろいろある。辱められて死んだという説は、いまの中国においても信じられている」

と書かれている。いずれにしろ、非業の最期を遂げたことに変わりはない。

おマツが長崎から中国にやってきたのが前年の四月下旬であったから、中国で暮らした期間はわずか一年七カ月に過ぎない。おマツもまた時代の犠牲者であったが、唯一の慰めは、鄭成功の母として歴史にその名を残したことであるかもしれない。


翌日の十二月一日、鄭成功は安平城へ救援に駆けつけたが、清軍はすでに撤収したあとであった。城内は無残に荒らされ、おびただしい死体が転がっていた。弟の鄭渡《と》と鄭蔭《いん》は、清軍に拉致されたという。

鄭成功は安平城のなかを突き進み、そして母の無残な姿を見つけた。

この瞬間に、鄭成功の心のなかで、何かが大きく弾けた。表情が一変し、眉はつり上がり、野獣のような声で叫んだ。持っていた日本刀でおマツの腹を切り裂き、清兵によって汚された内臓を取り出して水で洗い清めた。

鄭成功は異様な狂気を漂わせていた。鄭成功はおマツの遺体を抱きかかえて立ち上がり、鄭一族の故郷・南安県に運び、墓に埋葬した。

そののち、近くの孔子廟にむかった。孔子廟に着くや、それまで着ていた青い儒服を荒々しく脱ぎ捨てた。それは亡き隆武帝から下賜されたものであった。そして、「連環鎖子甲《れんかんさしこう》」——すなわち、鎖かたびらの鎧を身につけ、兜をかぶった。

「昔は儒子となり、いまは孤臣となる。今日より儒服を脱ぎ捨て、戎服《じゆうふく》（軍服）を纏《まと》う」

といって、儒服に火をつけた。その両眼には、憤怒の炎が燃えていた。

鄭成功を身ごもったとき、おマツは赤い龍が天から降る夢を見た。鄭成功が生まれた日、平戸の村人たちは大きな火柱が天に駆け昇るのを見た。そしていま、鄭成功は龍のごとき人間に変身したのである。

軍服に身を固めた鄭成功は、天にむかって剣を掲げ、九十余人の同志にむかって、

「清に反撃し、明朝を復興する」

と、大きな声で宣言した。

鄭成功が儒服を燃やし、「反清復明」を誓った福建省泉州南安県の豊州には、現在「鄭成功焚青衣處《ふんせいいしよ》」と刻まれた石碑が建てられている。

やがて鄭成功は、安平から船出し、金門島にむかったが、その船には、

「殺父報国《さつふほうこく》」

と大書した旗が掲げられていた。「父を殺して国に報いる」という意味である。

——父は裏切り、母は殺された。母が死んだのは、父の裏切りのせいだ。

と、鄭成功は思いつめていた。

このころ、金門島には叔父の鄭鴻逵の主力部隊が駐屯し、アモイには従兄の鄭彩と鄭聯《れん》の主力部隊が駐屯して

いた。鄭成功の手持ちの兵力は、わずか九十余名にすぎない。

——どうするか。

と、しばらく考えた鄭成功は、やがて顔を上げ、

「南澳島《なんおう》にむかう」

と、きっぱりといった。

——そこで兵を募って訓練し、その兵を率いて反転北上するのだ。

「反清復明」を誓った鄭成功には、いささかの迷いもない。すばやい結論とすばやい行動が、こののちの鄭成功の大きな特徴となった。

一方、清軍によって捕らえられた鄭芝龍は、その年の暮れに北京に到着していた。

——牢獄か処刑か。

そのいずれで処遇されるのか、それが当面の大きな問題であった。

北京に到着し、牢獄に収監されたが、役人たちの対応は懇切丁寧であった。毎日の食事も申し分なく、頼めば酒の差し入れも受けることができた。紙や硯などの日用品も支給され、衣服や下着も清潔なものがあたえられた。

——処刑されることはなさそうだ。とりあえず命は永らえることができたか。

やっと安心した鄭芝龍は、今後の作戦についてじっくりと構想を練りはじめた。

南澳島とコロンス島

鄭成功は、金門島から南澳島にむかった。

九十余名の同志のなかには、洪政《こうせい》、陳輝《ちんき》、楊才《ようさい》、張俊《ちようしゆん》、郭泰《かくたい》、余寛《よかん》、林習山《りんしゆうざん》、柯宸枢《かしんすう》、楊朝《ようちよう》、杜輝《とき》など、の

ちの鄭軍団の幹部となる面々がくわわっていた。

南澳島は、広東省の東方海上にある面積一二八平方キロの小さな島である。日本でいえば、壱岐とおなじような大きさの島である。「澳」は「深く入りこんだ湾」というような意味であり、その名のとおり、この島には良港が多い。

一五七六（万暦四）年、明政府は福建省南部から広東省および台湾方面の海域を取り締まるため、南澳島に「南澳副総兵」を置き、深澳《しんおう》、降澳《こうおう》、雲澳《うんおう》、青澳《せいおう》の四つの港にそれぞれ城塞を築かせた。このうち、深澳には、現在でも初代南澳副総兵の晏継芳《あんけいほう》が創建したといわれる「深澳天后宮《しんおうてんこうぐう》」や城壁など多くの遺跡が残されている。

この島は、東南アジア諸国と貿易をおこなう鄭一族の重要な寄港地でもあった。鄭芝龍もしばしばこの島を訪れていた。深澳の石亭街には、一五九四（崇禎十六）年に饒平《ぎょうへい》県知県の万邦俊《ばんほうしゅん》が鄭芝龍のために建てたといわれる「鄭芝龍坊」も残されている。

鄭芝龍は、南澳島に数千人の直属の兵を常駐させていた。鄭成功はそこに目をつけたのである。鄭芝龍によって任命された責任者の岳進《がくしん》が最近死去していたため、指揮者も不在となっていた。

鄭成功は、南澳島に到着するや、島に残っていた男たちを集め、

「残念ながら、父・鄭芝龍は清軍に投降したが、わたしは清軍に対して徹底抗戦を貫く覚悟である。先帝より忠孝伯・招討大将軍に任じられながら、そのご恩に報いることのできなかった罪臣ではあるが、この罪をわが命でもってあがないたいと考えている。十二月一日には祖廟において太祖に明国の復興と夷族の殲滅をお誓い申し上げた。どうかわが意に応じてほしい。今後はわたしの指揮に従ってほしい。私を助けてほしい」

と、こぶしを振り上げて呼びかけた。

鄭成功の呼びかけに応じて、広東省の有力者や広東省方面に逃れていた明朝の遺臣なども南澳島に集まってきた。そのなかには、曾桜《そうおう》、盧若騰《ろじゃくとう》、葉羽雲《ようよううん》など、のちに鄭成功を補佐することになる人材も含まれていた。

こうして、鄭成功は五千人程度の自前の兵を持つことができた。

「この程度の兵力ではどうにもならぬが、徹底的に訓練し、船団を編成し、貿易で富を稼ぎながら、時機を見て動くこととしたい」

鄭成功は、洪政と陳輝を「左右先鋒」、楊才と張俊を「親衛鎮」、郭泰と余寛を「左右衛鎮」、林習山を「楼船鎮」、柯宸枢と楊朝を「参軍」、杜輝を「総協理」にそれぞれ任命した。この軍制が、のちの鄭氏軍団の基本になった。

鄭成功は先頭に立って兵卒の訓練をおこない、

「一人が十人を殺せば、五万人の兵力となる。一人ひとりが最強の兵士になれ。無敵の軍団になるのだ」

と叱咤激励した。そして訓練が終わったあとは、幹部連とともに島の娘たちをはべらせて夜遅くまで酒盛りをして気炎を上げた。

鄭成功は、学を志す青白き青年から、戦いと酒と女を好む猛将に変身していた。聖人君子の世界から解き放たれ、酒を飲んだあとはかならず女を抱いた。

鄭成功は、心のなかで父を忌み嫌いつつ、その行動では海賊王・鄭芝龍をなぞっていたのである。


このあとの鄭成功の動きはめまぐるしい。

翌年の一六四七年四月、鄭成功は「福州城主の弟」なる者を日本へ派遣して支援を求め、ついでに武器弾薬などを調達させるとともに、兵士の訓練にひと区切りをつけ、南澳島を出発し、五月アモイ・金門にもどった。

すでに述べたとおり、この当時金門は叔父の鄭鴻逵が拠点としていた。アモイは従兄の鄭彩・鄭聯《れん》が拠点としていた。

このため、鄭成功は鼓浪嶼——コロンス島を拠点とすることにした。アモイ島西南にある岩だらけの小さな島(約二平方キロ)である。島の南西部に二つの岩があり、海水の浸食によって穴が生じ、波が打ち寄せると太鼓のような音が響くことから、その岩は「鼓浪石《ころうせき》」とよばれるようになり、それが島の名前になった。

鄭成功は、この島で最も高い海抜九〇メートルの「日光岩」あたりに城塞を築いた。日光岩はもともと「晃岩」とよばれていたが、鄭成功は、

――この場所から見た景色は、日本の日光山にも優る。

といって、「晃」の字を日と光の二つに分けて「日光」とあらためたという。

ちなみに、現在、日光岩北麓に「厦門《アモイ》市鄭成功紀念館」が建てられ、多くの史料や写真、当時の武器、貨幣、模型などが展示されている。また、アモイを望む岩頭には、鄭成功の巨大な白い塑像が立てられている。

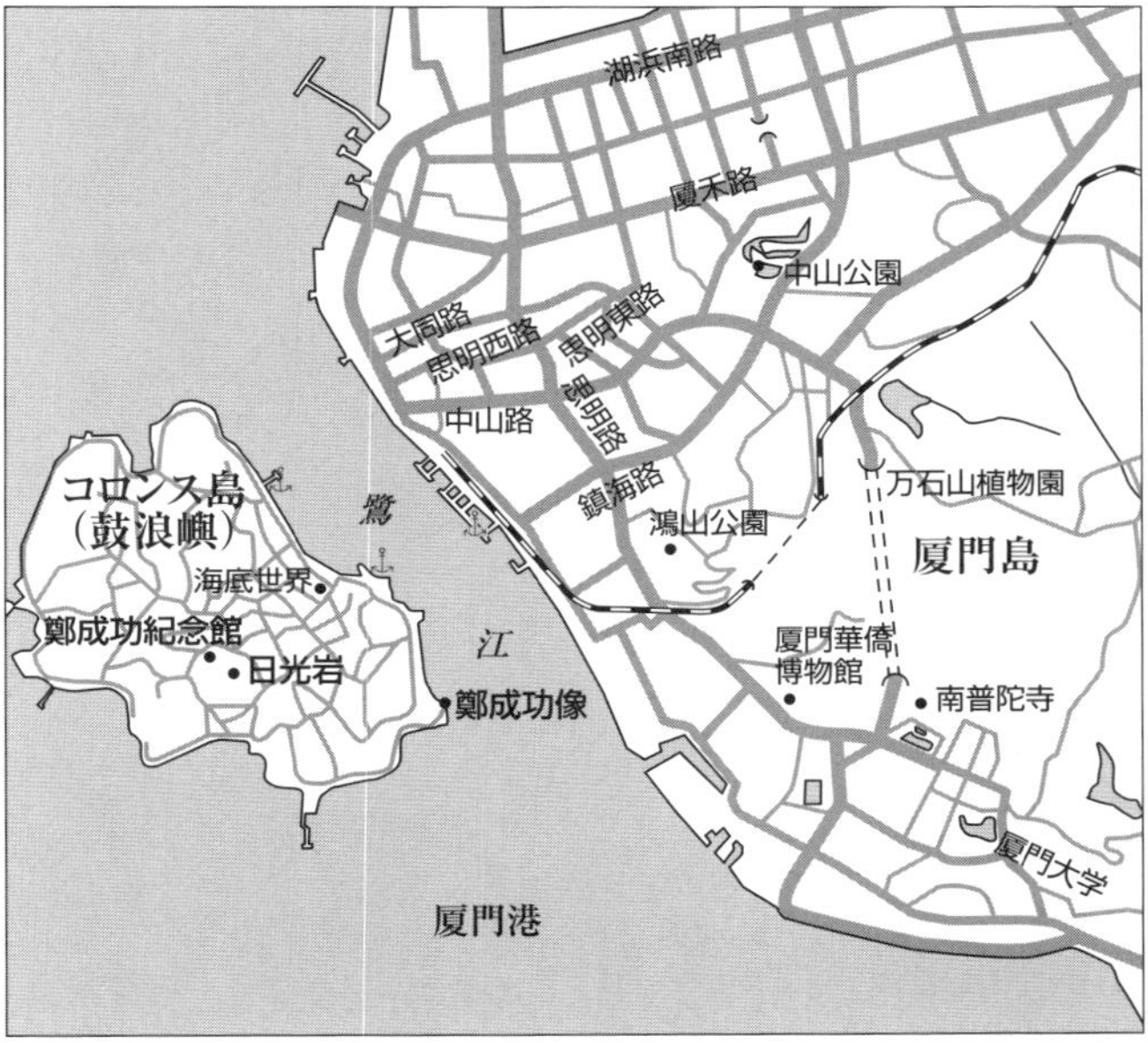

アモイ・コロンス島略図

鼓浪嶼《コロンス》に足場を固めた鄭成功は、鄭鴻逵に面会を求め、鄭一族の故郷である泉州地方の奪還を主張した。鄭鴻逵は鄭成功の熱意に心動かされ、ともに軍を動かすことに同意した。

鄭成功は泉州の桃花山《とうかざん》に進撃し、清軍提督・趙国《ちょうこく》祚《そ》率いる騎馬隊五百騎・歩兵千人と対戦した。実質的な初陣にもかかわらず、鄭成功の指揮は水際立っていた。鄭成功は張進と楊才の主力軍を正面から突撃させるとともに、鄭鴻逵配下の林順の部隊に側面攻撃を命じた。戦いがはじまるや、清軍はたちまち崩れ、先を争って泉州城に逃れた。

清軍を追撃した鄭軍は泉州城を包囲したが、漳州から王進率いる清の援軍が進撃してきたので、やむなく包囲を解き、鄭鴻逵は安平へ、鄭成功は金門へ退却し

た。

泉州城を奪取することはできなかったものの、鄭成功らによる本格的な軍事行動は清朝に大きな衝撃をあたえた。鄭一族の総領であった鄭芝龍を北京に連行して拘禁したにもかかわらず、鄭一族が清への徹底抗戦の姿勢を明確にしたからである。

鄭成功らの反撃を聞き知った鄭芝龍は、

――大清の朝廷はわが息子によって苦しむことになろう。

と、清の役人たちに感想を述べたという。

鄭成功が勢いを増せば増すほど、人質としての値打ちが上がる。

――これでますます処刑される可能性は低くなったか。

北京で軟禁状態に置かれていた鄭芝龍は、大きな光明を見出したおもいであった。

すっかり安堵した鄭芝龍は、ゆったりと象棋《シャンチー》でも指すような表情で、さまざまな可能性について考えはじめた。


泉州からの帰途、鄭成功は安平の町に立ち寄った。鄭成功にとって、安平は少年時代をすごしたなつかしい町であり、母の死んだ哀しみの町でもある。

鄭成功らが安平に入ると、おもいもかけず住民たちが歓呼の声で出迎えた。そのなかには、のちに鄭成功の片腕となる海澄出身の甘輝《かんき》のほか、もと浙江巡撫の盧若騰《ろじやくとう》、進士の葉翼雲《ようよくうん》、漳浦《しようほ》の藍登《らんと》、南安の施郎《しろう》、施顕《しけん》、施《し》貴《き》の三兄弟もまじっていた。

鄭成功は彼らを仲間に迎え入れて、金門島に引き揚げた。

翌年の一六四八年三月、ふたたび鄭成功は行動をおこした。海上に逃れて舟山群島などに潜んでいた魯王・以海が福建省に進攻し、建寧《けんねい》などを攻撃したため、鄭成功はそれに呼応して、同安《どうあん》に奇襲攻撃をおこなったのである。

同安はアモイ・金門の内陸部にある町で、明代には泉州府に属し、現在はアモイ地区に属する。

鄭成功は、楼船鎮の林習山と右衝鎮の甘輝らとともに、天頭山において清軍を撃破した。泉州府の守備隊長の官廉朗《かんれんろう》と同安知県の張效齢《ちょうこうれい》は、城を捨てて遁走した。清朝の支配地をはじめて武力で奪還したのである。鄭成功らは住民らの歓呼のなか、隊列を整え、威風堂々と同安城に入城した。鄭成功の名が、一躍天下に轟いた。

鄭成功は、同安の町に入る際、配下の兵卒に対して一切の略奪、婦女子への凌辱を禁止し、これに違背した者は断罪に処すとの通達をおこなった。

同安の知県としてアモイ出身の葉翼雲を任命し、民生の安定に重点を置いた。このため、住民たちは鄭軍に対して全面的な協力を惜しまなかった。この方式を中国各地に広めていけば、やがて大きな力となって清朝の支配から脱却できるはずであった。

ところが、その年の八月、清軍が同安に攻め寄せてきた。清軍の総督は、陳錦《ちんきん》という人物である。清軍は四方を固めたうえで猛攻をくわえた。鄭成功に守備を託された邱縉《きゆうしん》と林荘猷《りんそうゆう》は、

「勤王を奉じ、国姓爺より託された城である。命がけで守ろう」

と、兵卒を励まして懸命に防戦に努めたが、圧倒的な清軍の攻撃によって撃破された。同安の町になだれこんだ清軍は、葉翼雲知県以下市民五万人余を虐殺した。清軍は徹底的な殺戮をおこなって、他への見せしめにしたのである。

清軍の攻撃がはじまったとき、鄭成功は浙江省の銅山（東山）に滞在して兵卒の訓練をおこなっていた。知らせを受けた鄭成功は、船団を編成して救援にむかったが、折悪しく北風の逆風である。金門島に到着したときには、同安は陥落していた。

同安の陥落と住民五万人の虐殺を知った鄭成功は、身を震わせ、その場に座りこみ、声を出して泣いた。

人目もはばからず号泣する鄭成功の姿に、鄭軍の幹部以下一兵卒にいたるまで、すべての者が心を打たれたという。

永暦帝政権の樹立

同安を清軍に奪還され、おびただしい犠牲者を出した鄭成功は、早急に体勢を立て直さなければならなかった。

そのようなとき、おもいがけぬ朗報が飛びこんできた。広東省の肇慶《ちょうけい》において、もと広西巡撫で応天府丞の瞿《く》式耜《しきし》らが、明の神宗万暦帝の孫の桂《けい》王を監国に擁立したというのである。

桂王の名は由榔《ゆうろう》といい、梧州《ごしゅう》（広西壮族自治区）に逃れていたが、隆武帝が清軍に殺されたため、瞿式耜らは使者を派遣して広東省に招いたという。

桂王は皇統にも近いうえに、英明とのことであり、鄭成功はさっそく江于燦《こうかんさん》と黄高《こうこう》を使者として派遣した。

桂王は鄭成功の使者を丁重に遇するとともに、江于燦と黄高の帰国に際し、鄭成功あてに詔書を発し、特使として太監・劉玉《りゅうぎょく》を派遣した。桂王の詔書は、鄭成功を「威遠侯」に封ずるとともに、鄭成功の配下の洪政を「忠振伯」、張進を「忠匡伯」、林習山を「忠定伯」、陳輝を「忠靖伯」に封じるものであった。鄭成功は隆武帝から授封された「伯爵」――忠孝伯から、「侯爵」に昇進したのである。

桂王は十月十四日に監国に就任したが、翌月の十一月十八日には皇帝に就任し、「永暦帝」と号し、翌年から「永暦」に改元することを宣言した。

監国から皇帝への慌しい動きは、広州において亡き隆武帝の弟唐王・聿𨮁《いつえつ》が蘇観生《そかんせい》らによって擁立されたからであった。唐王は十一月一日に監国につき、十一月五日には皇帝に就任し、「紹武《しょうぶ》帝」と号し、翌年から「紹武」に改元することを宣言した。

蘇観生は、桂王を擁立したグループの一人、丁魁楚《かいそ》と仲が悪く、ライバル心を燃やして唐王を擁立したといわれている。舟山群島を拠点とする魯王も監国を自称したままである。明朝復興勢力の内部抗争が、この期に及んでもつづけられている。

しかしながら、桂王・永暦帝政権が樹立されるや、雲林、貴州、広東、広西、江西、湖南、四川の七省が呼応し、鄭成功もまた桂王政権を支える決意を固めた。

日本に救援を求めることを「日本乞師《きっし》」という。父・鄭芝龍とおなじく、鄭成功もまた日本に支援を求めた。この年の十月には、「援兵を請う」という一書を長崎へ送っている。そのなかで、鄭成功は、

——いま艱難のとき、貴国われを憐れみ、数万の兵を貸していただけるなら、これほど嬉しいことはありません。

——甥の礼をもって使節を派遣し、日本へよしみを通じたいと切望しており、日出ずる国に生まれたことを誇りにおもい、日本国を愛慕しております。

と、訴えている。

この年の十月には、鄭彩もまた日本へ「商船を通ぜんことを求む」の一書を送り、

——わが国は貴国と唇と歯の関係にあり、本藩（鄭成功）と貴国は親戚の関係にあります。

と、訴えている。

鄭成功はこの年から一六六〇年までの間に、三回にわたりこのような救援要請をおこなった。

幕府は鄭成功らの要請に直接応じることはなかったが、明朝復興にむけた動きを基本的に支持しており、長崎の商人たちが鄭成功との貿易取引を優先し、武器・弾薬を提供していることや日本人傭兵の出国を黙認しつづけた。

鄭成功の出身地である平戸の人々も、鄭成功を積極的に支援したらしく、平戸の田中六蔵という鍛冶職人がアモイに渡り、鄭軍のために日本刀をつくったと伝えられている。

年が明け、一六四九年となった。鄭成功二十六歳。この年から清軍の本格的な反撃がはじまった。

それに対して、鄭成功は銅山で兵を募って兵力をさらに増強し、楊才、柯宸枢、黄廷、張英らに命じて漳浦《しょうほ》方面への攻撃をおこなわせた。たちまち漳浦は陥落し、守備隊長の王起俸《おうきほう》が投降してきた。王起俸は満州人ではなく、漢人である。鄭成功は投降した王起俸を「都督同知」に任命し、「管北標将」とした。

鄭成功の活躍は、永暦帝政権にとっても大きな希望であった。

七月、永暦帝は鄭成功を、「威遠侯」にくわえ「漳国公」に封じて、大きな期待をしめした。

十月には、福建省の雲霄《うんしょう》を攻撃した。まず楊才と施郎の弟・施顕率いる前衛部隊が、城を出て攻撃してきた清軍の張国柱《ちょうこくちゅう》の部隊を打ち破り、その間に鄭成功率いる本隊は雲霄城に攻め入って姚国泰《ようこくたい》以下の守備隊を壊滅させた。

雲霄を功略した鄭軍は、次の目標である詔安《しょうあん》にむかって進攻したが、その途中の盤陀嶺《ばんだれい》において、柯宸枢率いる前衛部隊が清の大軍と遭遇して全滅してしまったのである。この戦いで柯宸枢とその弟・柯宸梅《かしんばい》も壮烈な戦死を遂げた。

この結果、せっかく奪取した雲霄が清軍に奪還されてしまった。

それでも、鄭成功の戦意は衰えない。十一月には、鄭成功はみずから兵を率いて広東省の潮州を功略して糧粟一万余石を得、翌年までに潮陽と掲陽の地を相次いで奪取した。

王国の夢

一六五〇―一六五四年

現在のアモイ市内（是澤清一氏撮影）

鄭家軍団を掌握

一六五〇年（清暦では順治七年、和暦では慶安三年）、鄭成功は二十七歳になった。

前年の清軍の大攻勢によって、江西省と湖南省が奪還され、永暦帝政権の何騰蛟《かとうこう》、金声桓《きんせいかん》、李成棟《りせいとう》らの武将が相次いで討ち死にし、鄭成功もまた柯宸枢《かしんすう》・柯宸梅《かしんばい》兄弟を失うなど大きな痛手を受けた。年が明けても清軍の進撃は緩むことなく、広東方面に迫ってきた。

永暦帝らは肇慶《ちょうけい》を放棄し、梧州方面へ逃れ、さらには潯州《しんしゅう》から南寧《なんねい》への避難を余儀なくされた。

しかしながら、鄭成功の戦意はいささかも衰えることはなく、一月には潮陽を功略して知県の常翼風《じょうよくふう》を投降させ、洪旭に潮陽の守備にあたらせたのち、楊才に和平城を攻撃させ、鄭成功みずからは有員山《ゆういんさん》と和尚《かしょう》の二つの砦を攻撃し、これを攻め落とした。

四月には叔父の鄭鴻逵の軍とともに掲陽を攻撃した。鄭成功はこのとき「霊熕砲《れいこうほう》」（大砲）で砲撃して城壁を粉砕し、たちまち城を攻め落とした。その直後、潮州から清軍の赫尚久《かくしょうきゅう》が騎兵数千人を率いて応援に駆けつけたが、鄭成功らはそれを迎撃してたちまち敗走させた。

六月には潮州へ三方面から進撃し、城に立てこもった清軍を三カ月にわたり包囲したが、夏になり、暑さのために病気に苦しむ兵卒が続出し、清軍の応援部隊からもしばしば攻撃を受けたため、やむなく鄭成功は包囲を解いて潮陽に引き揚げた。

このように、手持ちの兵五千名を駆使して各地で戦いを繰り広げるが、清軍との戦いにくわえて、三呉壩《さんごは》の呉《ご》六奇《ろくき》、黄崗《こうこう》の黄如海《こうじょかい》、南洋《なんよう》の許龍《きょりゅう》、澄海《ちょうかい》の楊広《ようこう》、海山《かいざん》の朱堯《しゅぎょう》、潮陽《ちょうよう》の張礼《ちょうさつ》、碣蘇利《けつそり》などの土豪勢力との小競り合いも頻発するようになり、支配地域の拡大をはかることができない。安定的に制圧しているのは泉州と漳州に限られ、清軍の主力を真正面から撃破する戦力にはほど遠い状況であった。

——このままでは、百年たっても清軍をうち破ることはできない。

鄭成功は、あせる気持ちを抑えきれなくなった。

金門島には叔父の鄭鴻逵の部隊二万人が駐屯し、アモイには従兄の鄭彩と鄭聯の部隊四万人が駐屯している。あわせて六万の兵力である。もとはといえば、父・鄭芝龍直属の軍団である。本来ならば、鄭家の跡取りである鄭成功の持ち物であった。

——これを取りもどせば、一挙に活路が開けるであろう。

戦いに明け暮れる毎日を送りながら、鄭成功はそのことばかりを考えるようになった。

そのようなとき、叔父の鄭芝鵬《しほう》——あらため、鄭芝莞《しかん》が潮陽にいた鄭成功を訪ねてきて、

「アモイをとったらどうだ」

とすすめたのである。

「鄭彩と鄭聯は戦いを避け、安逸を貪り、住民から過酷な税を徴収して私産を蓄えている。このようなばか者どもは粛正すべきだ」

それを聞いた鄭成功は決断を下し、八月に鼓浪嶼《コロンス》に渡った。

鄭成功は、鄭聯を宴会に招くなど十分に油断させたのち、腹心の杜輝に命じて、人目につかないところで殺害させた。現在、アモイ市の万石植物園内には、「鄭成功殺鄭聯処」と刻まれた石碑が建てられている。

鄭彩はこのときアモイにいなかったが、異変を知って南海に逃れ、のちに降伏して鄭成功の傘下に入った。

鄭聯の暗殺は、儒学を信奉する者にとっては、最も罪の重い「親族殺し」であろう。しかしながら、清への強い敵愾心に支配され、戦場で多くの血を見てきた鄭成功にとっては、儒学の道はすでに遠い過去のものになって

いる。「反清復明」という崇高な目的のためには、やむをえない手段であった。

鄭成功のクーデーターに対して、金門島にいた叔父の鄭鴻逵はそれを追認する姿勢をしめした。アモイ軍四万の兵を掌握した鄭成功に太刀打ちできるはずはなく、鄭成功の支配下に入る道を選んだ。

こうして、鄭成功は鄭家のすべての軍団を掌握した。

国姓爺・鄭成功時代の本格的な幕開けである。

北京の順治帝

この年の暮れ、清朝の実質的支配者であった摂政王ドルゴンが、狩猟中の事故で三十九歳の若さで死去した。ホンタイジの死後、六歳で即位した順治帝を補佐し、満州・女真族を統率して、中国に攻め入り、清朝の政権基盤の強化に邁進した。前年には同腹の弟で、征南軍の将軍を務めたドドも死去していた。

ドルゴンの死によって、それまで抑圧されていた反ドルゴン勢力の不満が一気に噴き出した。その筆頭が、ほかならぬ順治帝であった。十三歳になった順治帝は、摂政の死後、政治の実権を掌握した。

順治帝は、幼いころから漢人の学者に学び、中国文化の影響を色濃く受けていた。ドルゴンは順治帝にとって叔父にあたる。順治帝はドルゴンの兄ホンタイジの子である。ドルゴンはホンタイジの死後、ホンタイジの妻――したがって順治帝の母の庄妃を妻に迎えた。兄嫁を妻に迎えることは、満州・女真族やモンゴルの風習ではごく当たり前のことであるが、中国文化に傾倒していた順治帝にとっては、野蛮きわまりない恥ずべき行為であった。

――中国において、皇太后が再婚した例はない。

このこともあって、順治帝はドルゴンに大逆などの罪があったとして、生前の爵位をすべて剝奪し、宗室からの除名を命じた。ドルゴンの死によって、少数民族が中国を支配したときの宿命ともいえる政権内部の漢化がはじまったのである。

順治帝は、広東省で桂王・永暦帝政権が樹立され、福建省の沿岸部を中心に鄭成功が強力な反政府活動をおこなっていることや、父親の鄭芝龍が北京に軟禁されていることも知っていた。順治帝は、中国全土に対する支配を確立するため、徹底した軍事活動は従来どおり実施するものの、鄭成功に対しては、当面「招撫《しょうぶ》」を第一義に対処することとした。

このことによって、北京に軟禁されていた鄭芝龍の待遇が大きく改善された。邸宅を下賜され、相応の生活費も支給され、行動の自由も大幅に認められた。

——どうやら、清朝が鄭一族を高値で買い取ろうとしているらしい。ますます人質としての値が上がったか。そろそろ売りごろかもしれぬ。

鄭芝龍は商売人らしくそろばんを弾いたが、息子の鄭成功がそのことを理解できるかどうか、まったく自信がない。

——あいつは頭が固いからな。

——鄭一族の繁栄こそが最も重要である。そのためには、船を乗り換えるくらいの臨機応変さが必要なのだ。沈没する船に乗ったまま、ともに海に沈むことはないのだ。

そうはおもうが、はたしてこの気持ちが成功に伝わるかどうか。

——学問をさせたのが仇《あだ》になったか。

後悔するばかりでは能がない。とにかく成功と連絡をとらなければならない。

そう考えた鄭芝龍は、屋敷に出入りする役人に、

「息子と連絡をとりたいとおもう」

と告げた。

「父親として息子に降伏をすすめたい」

それを聞いた役人は、

「それはいいことです。さっそく上司に持ち上げてみましょう」

と、軽く答えて立ち去った。

――いずれにしろ、息子を説得している間は、生き永らえることができる。

鄭芝龍は鼻歌でも歌うような感じで、日課となった散策に出かけた。

アモイ陥落

鄭成功が鄭家のすべての軍団を掌握した直後の十一月、平南《へいなん》王の尚可喜《しょうかき》と靖南《せいなん》王の耿精忠《こうせいちゅう》率いる数万の清軍が広州を攻撃した。追いつめられた永暦帝は、黄文を使者として鄭成功のもとへ派遣し、支援を要請した。

「数万の満州兵が江西および湖南の地を犯し、広東にも迫っております。永暦帝は肇慶から梧州、潯州、南寧と各地を転々とされ、安住の地もござらぬ。南下して勤王に努められたい」

と、黄文は切々と訴えた。

もとより鄭成功に異存はない。鄭一族の支配権を完全に掌握した鄭成功は、自信に満ちあふれていた。閏十一月、鄭成功は幹部を集めて、

「軍を率いて出征する。各鎮官はただちに装備を整え、各船にも申し伝えよ」

と命令を下した。

金門・アモイの守備を叔父の鄭芝莞《しかん》に委ね、百余隻の船団を編成してアモイを出発し、広東にむかった。十二月には潮陽に到着したが、潮陽を守っていた郝尚久《かくしょうきゅう》はすでに清軍に投降し、潮陽の町は無法地帯と化していた。

――広州方面の清の主力軍を撃破するには、かなり時間がかかりそうだ。

長期戦になれば、留守にしているアモイが心配である。清の大軍に不意打ちを食らえば、凡庸な鄭芝莞では心

もとない。鄭成功は、叔父の鄭鴻逵をアモイに帰還させることにした。

「勤王のためわたしは残るが、アモイ・金門の防衛をお願いしたい」

そののち鄭成功は、永暦帝政権の重鎮である西寧王《せいねい》・李定国《りていこく》の要請に応じ、南澳島《なんおう》にむかった。

南澳島といえば、五年前に兵五千人を集めてはじめて旗揚げした記念すべき島である。鄭成功はなつかしい南澳島に上陸し、この島で一五六一年の正月を迎えた。

一月四日、鄭成功は陳豹《ちんひょう》という人物と会見した。永暦帝から忠勇侯に任じられていたが、広州から逃れて南澳島に潜んでいた。陳豹は実直な人柄らしく、鄭成功に対して忌憚のない意見を述べた。

「清の大軍に攻められ、広州をかろうじて逃れましたが、桂王とはその後連絡がとれません。清の大軍を打ち破ることは容易ではありません。それよりもアモイが重要でございましょう。いったんアモイにもどられ、防備を固められたほうがよろしいとおもいます」

勤王を旗印に不退転の決意で南下した鄭成功ではあったが、陳豹の言葉を聞いてさすがに不安になってきた。

さらには、その翌日、一人の部下が面会を求めてきた。施郎という人物である。弟の施顕、施貴とともに鄭成功に仕えている。

「陳豹どのの昨日の言はもっともでございます。わたしも昨晩不吉な夢を見ました。アモイにもどるべきです」

それに対して、鄭成功は、

「このまま引き返せば名がすたる。いったん口に出したことを破るわけにはいかぬ」

と強がりをいったが、二日つづけておなじことをいわれるとやはり不安になる。

「そこまでいうなら、おまえたちだけでアモイへ帰れ」

とぶっきらぼうに答えた。

鄭成功は、かねてから施郎の分をわきまえぬ態度を腹に据えかねていた。左先鋒の職をあたえていたが、本人は参謀にでもなったつもりで、鄭成功の方針にしばしば異論を唱える。「勤王南下」の基本方針に対しても批判

しつづけている。鄭成功は、

「ただし、アモイに帰るに際しては、蘇茂《そも》を左先鋒とし、おぬしは副将とする」

と、告げた。それを聞いた施郎は顔色を変えて抗議したが、鄭成功は、

「これは将としての申し渡しである。撤回するつもりはない」

と突っぱねた。怒ったまま施郎は退席し、アモイにむかって船出していった。

鄭成功はそれを見届け、一月二十七日に特別護将の蕭拱辰《しょうきょくしん》、沈奇《ちんき》などを引きつれて南澳島を出発し、広州へむかった。多くの兵をアモイに帰還させてしまったので、清軍と総力戦で戦うわけにはいかない。慎重に偵察をつづけながら、ゆっくりと南下していった。

二月二十五日早朝には白沙湖《はくさこ》海上に到達したが、そこで突然天候が崩れ、猛烈な暴風雨に襲われた。やむなく、船団を鹽州《こしゅう》港に入港させたが、鄭成功の乗った艦船だけ舵が利かなくなり、港に入ることができず、荒れ狂う海上で何度も転覆しそうになった。

危うく遭難をまぬがれたものの、鄭成功は、

――やはり、不吉な航海ではないのか。

というおもいが強くなってきた。しかしながら、いまさら引き返すわけもいかず、天候が回復したのを見はからって、船団を整え、ふたたび南下を開始した。

三月十日には香港東北の大星所《たいせいしょ》（広東省恵東県南端）に到着し、上陸して食糧を調達したうえで、龍盤嶺《りゅうばんれい》などの清軍の軍事拠点を攻撃し、恵州から派遣されてきた応援部隊などを撃破して大量の糧食を確保することができた。

ところが、三月二十二日、アモイからの急使が到着し、驚くべき情報をもたらした。清軍の攻撃を受けて、アモイが陥落したというのである。

「何を!」

鄭成功は、大きな声を上げ、顔面蒼白となった。

アモイを襲ったのは、福建巡撫の張学聖《ちょうがくせい》と提督の馬得功《ばとくこう》、漳州鎮の王邦俊《おうほうしゅん》らの軍勢であった。彼らは、鄭成功が大船団を編成して南征したとの情報をキャッチしていた。

――アモイ島に蓄えられた財宝は莫大だ。鄭成功がいない間に奪おうではないか。

それだけの動機であった。

二月になって、提督の馬得功は数十人の兵を先兵としてアモイに上陸させた。ところが、鄭軍の兵卒は、満州兵の突然の出現に驚愕し、戦意を喪失して逃げ惑った。そののち、提督の馬得功率いる軍勢がやすやすとアモイに上陸した。一方で、福建巡撫の張学聖らは、大軍を金門島周辺に展開したうえで、金門島を守る鄭芝豹に対し、

――北京の鄭芝龍の命を守りたければ動くな。

と脅迫して、動きを封じた。

アモイの守備隊長に任じられていた鄭芝莞は、清兵の奇襲上陸の第一報を受けるや、驚愕したまま戦闘命令を出すことを忘失し、慌てふためいて私産を船に積みこみ、アモイからの遁走をくわだてた。参謀格の阮引《げんいん》もうろたえるばかりで、指示一つ出すことができない。指揮官を失った鄭軍は、混乱の極みに達した。

アモイには、鄭成功の妻・董係明と長男の錦（経）もいた。異変を知った董夫人は、おマツの位牌を懐に入れ、九歳の息子の手を引いて海岸へ走り、舟に飛び乗って海に逃れた。

島を占領した馬得功らは、金銀財宝を探しまわった。

ちょうどこのとき、鄭鴻逵の船団がアモイ沖に到着したのである。アモイが占領されたことを知った鄭鴻逵は、アモイを包囲し、馬得功に投降を呼びかけた。

進退窮まった馬提功は、鄭鴻逵に密書を届けさせ、安平城の平国太夫人（黄氏・鄭芝豹の実母で、鄭芝龍の義母）や鄭鴻逵の家族の身の安全と引き替えに、島からの安全な脱出を求めた。やむなく、鄭鴻逵は馬提功らをひ

そかに脱走させた。

馬提功がアモイから持ち去った黄金は九十万両、珠宝は数百鎰《いつ》、米粟は数十万石に達したといわれている。鄭成功は、身内の怠慢と不手際によって、壊滅的な打撃を受けたのである。

粛　正

鄭成功がアモイに帰還したのは、馬得功らが逃げ去った三日後の四月一日のことである。

清軍が去ったあとのアモイ島は、異様な静寂に包まれていた。清軍の奇襲攻撃にまともに反撃できなかったことを恥じているのか、鄭軍の守備兵たちは一様に放心したような表情を浮かべていた。

総責任者の鄭芝莞は自分の財産だけを船に積みこんで遁走し、鄭鴻逵は家族の命を優先して馬得功の逃走を黙認した。鄭一族の重鎮らによる恥ずべき行為である。

四月十日、鄭成功は幹部一同を集めて、軍法会議を開いた。鄭成功は、まず今度の戦いで功労のあった者の名を挙げた。

「施郎に銀二百両、陳勳および鄭文星にも各二百両を授与する」

アモイを占領していた清軍とまともに戦ったのは彼らだけであった。とりわけ、施郎は清軍の掃討と治安回復において、水際立った手腕を発揮した。

そののち、鄭芝莞のほうを見やった。すでに結論は出している。鄭成功が目配せすると、衛兵らが鄭芝莞を鄭成功の前まで引きずってきた。

「まことに許しがたい行為である」

鄭成功は、隆武帝から授けられた尚方剣《しょうほうけん》を抜き放った。

「それは厳しすぎはしませんか」

と、先ほど恩賞を受けたばかりの施郎が異議を唱えた。

「島に侵入したのは馬提功であり、財物を奪ったのも馬提功です。罪は馬提功にあります。奪われたのは鄭家の私産ではありませんか。鄭家内部の問題であり、この勤王軍の軍法会議にはなじまないのではありませんか」

「ここはおまえの意見を聞く場ではない」

鄭成功は唇を震わせながらそういい、そのまま鄭芝莞のほうへ歩み寄っていった。

「わしは叔父ではないか。やめてくれ」

そう叫ぶ鄭芝莞の首筋めがけて、鄭成功は力をこめて剣を振り下ろした。

たちまち鄭芝莞は絶命した。自分の席にもどった鄭成功は、つづけて参謀格の阮引を出頭させ、死罪を申し渡し、ただちに斬首させた。

その間、施郎は冷ややかな目で鄭成功を見つめていた。

鄭芝莞の首は三日間さらされ、そのすべての財産が没収された。

儒学を尊ぶ中国においては、親族殺しは最も重い罪である。従兄の鄭聯の暗殺につづく二人目の親族殺しである。後世、鄭成功に対して、

――権威を乱用して、小過を赦さず。

――法をもちいること峻厳にして、しばしば誅殺す。

などと批判する見解も少なくない。鄭成功の性格と行動のなかに、そのような批判を招く要因があったことは確かである。しかしながら、組織を引き締めるには、時として荒療治が必要なことはいうまでもない。この場合も、『閩海紀要』に、

「諸将股栗《こりつ》し、兵勢また振るう」

と書かれているとおり、鄭成功の断固たる処分によって、鄭軍の士気が一気に高まった。

なお、もう一人の叔父・鄭鴻逵は、みずから金門島を出て対岸の白沙《はくさ》で謹慎し、鄭成功に詫び状を送り、その管轄する軍の譲渡を申し出ていた。鄭鴻逵は、幼いときから事あるごとに引き立ててくれた恩人でもあった。兵卒の信奉厚い鄭鴻逵を処刑すれば、軍の動揺を招くであろう。鄭芝莞の処分によって、すでに軍の士気は高まっている。鄭鴻逵の兵二万を獲得し、合わせて六万の兵力を掌握することができた。

――このあたりでよしとすべきか。

鄭成功は、鄭鴻逵に対しては寛大な処分にとどめた。

強大な軍事力を獲得し、その独裁権を確立した鄭成功は、公然と反抗的な態度を見せるようになった施郎を排除することにした。

施郎が、鄭成功の意向を無視して曾徳《そうとく》という人物を処刑したためともいわれるが、理由は何でもよかったはずである。鄭成功は施郎とともに、その弟の施顕および施貴、父親の施大宣《したいせん》を逮捕し、林習山《りんしゅうざん》の部隊に監禁させた。

そのうえで、清軍に対する攻撃を再開した。

永寧、崇武両県に出兵して攻撃し、さらに海澄を攻撃した。これに対し、王邦俊率いる清軍五千人が救援に駆けつけたが、鄭成功は、甘輝《かんき》、万礼《まんれい》、柯鵬《かほう》らの部隊をおとりに使っておびき寄せ、黄山、蘇茂、林勝らが率いる伏兵とともに総攻撃をかけて撃破し、馬や食糧などおびただしい戦利品を得てアモイに帰還した。

ところが、その間に施郎が、単身アモイから脱走していたのである。激怒した鄭成功は、弟の施顕、施貴と父親の施大宣を処刑させ、施郎の行方を追跡させた。

脱走した施郎は安平にむかい、鄭芝豹のもとに隠れていたが、親と兄弟が処刑されたことを知るや、

「かならずこの怨みを晴らしてやる」

と言い残して、泉州府城に駆けこみ、清軍に投降した。清軍は、鄭成功軍の内部事情に精通した施郎の投降を

歓迎し、「同安副将」という職に任命するなど大いに優遇した。

こののち、施郎は施琅と名を改め、鄭成功への怨念を燃やしつづけた。ずっとのちの鄭成功の孫の鄭克塽《こくそう》の時代に、清軍を率いて台湾に進攻し、鄭氏政権を滅亡させた人物こそ、施琅であった。鄭成功自身、

——必ずや後患を胎《たい》す。

と、施郎が何らかの災いをもたらすことを危惧していたようであるが、その予感がそのような形で的中したわけである。

それはともかくとして、施郎——あらため施琅の寝返りによって、鄭軍の軍事機密が清軍に漏れたことは明らかであり、対応策を検討する必要に迫られた。

幸いなことに、この時期、父・鄭芝龍のかつての部下であり、清軍に降っていた黄興《こうこう》と黄梧《こうご》がふたたび鄭軍に復帰するなど、多くの人材がアモイに集まってきた。

さらには、浙江地方に勢力をもっていた魯王の集団が、清軍に攻められて舟山群島の拠点を失い、武将張名振《ちょうめいしん》・周崔之《しゅうさいし》・阮駿《げんしゅん》らとともにアモイの鄭成功を頼って逃れてきた。鄭成功は隆武帝から明皇室の「朱」という姓を下賜されている。したがって、魯王——すなわち朱以海とは同姓であり、形のうえでは同族である。鄭成功は、魯王の来訪を歓迎し、礼を尽くしてもてなした。

鄭成功はこれらの合流軍も含め、軍編成の大幅な見直しをおこない、六月に仁・義・礼・智・信の五軍に分け、八月には、英兵・奇兵・遊兵・殿兵・正兵の五軍をくわえて十軍とし、さらには陳啓《ちんけい》に命じて軍の装備を大幅に増強した。

七月になって、永暦帝が劉九皋《きゆうこう》を派遣して救援を求めてきた。

今回の要請に対しても鄭成功はただちに応じ、船団を編成して広東にむかったが、福建省をすぎ、広東省沿海に入ったあたりで、ふたたび暴風雨に遭遇した。潮陽の港に避難したが、船舶の被害が予想以上に大きく、やむ

なく金門島に引き返した。鄭成功は、

――勤王南下のたびに暴風雨に襲われる。

と、配下の者たちに苦笑いを浮かべながら愚痴をいったが、内心では、

――これは天意かもしれぬ。

ともおもいはじめていた。

九月には、漳浦に進軍した。六万人の兵卒を養うためには、攻撃を繰り返して糧食を奪わなければならない。今度の戦いにおいても、清軍の王邦俊が騎兵数千人を率いて立ちむかってきたが、鄭成功は前回の戦いと同様、伏兵を忍ばせ、王秀奇や林勝の部隊を先鋒として猛攻撃をかけたため、たまらず清軍は遁走した。鄭成功は、龍井まで追撃して多くの清兵を討ち取った。清軍の投降者は数百人にのぼり、王邦俊はわずかな兵とともに逃げ去った。

鄭成功に完膚なきまでに叩かれた王邦俊は、支援部隊の派遣を要請した。これを受けて、清軍は福建巡撫の楊《よう》名皋《めいこう》以下数千名の歩兵と騎兵を派遣し、王邦俊と共同して鄭成功軍にあたらせることとした。

十一月、鄭成功の軍とこれらの清軍が小盈嶺《しょうえいれい》で激突した。鵲烏《しゃくう》山の麓に黄廷《こうてい》の部隊を、東辺嶺《とうへんれい》には康明《こうめい》の部隊をそれぞれ伏兵として配置し、要所には甘輝《かんき》や黄山《こうざん》、陳壎《ちんくん》の部隊を配置して、鄭成功率いる本軍は山頂に旗を掲げて布陣していた。鄭成功は、清軍が三方面から攻撃することを読みきっていた。

楊名皋率いる清軍は、鄭成功の予想どおり、三方面から攻撃を開始したが、鄭軍の反撃によって清軍はたちまち総崩れとなった。鄭成功の本軍の背後を狙った清軍の奇襲攻撃も、甘輝らに阻まれ頓挫した。

鄭成功は、敗走する清軍に対して全軍あげての追撃を命じた。逃げ惑う清軍の兵士を次々に討ち取り、楊名皋も馬厝《まそ》港で討ち取った。

鄭成功は勢いに乗じてそのまま漳浦城に兵を進めると、清軍の守備隊長の陳堯策《ちんぎょうさく》はたちまち降伏し、知県の范進《はんしん》以下の役人たちも城門の前でひざまずいて出迎えた。鄭成功は降伏した陳堯策をそのまま守備隊長に任命し、

駐屯部隊を配置してアモイに引き揚げた。

この「小盈嶺の戦い」は、鄭成功の軍事的才能を大いに天下に知らしめた。

意気揚々とアモイに引き揚げた鄭成功は、十二月には、参軍・馮澄世《ひょうちょうせい》の献策を受け、使者を日本に派遣し、鉛と銅の補給を幕府に要請した。

日本では、この年の四月、三代将軍・徳川家光が逝去し、四代将軍に徳川家綱《いえつな》が就任していた。家光の代、幕府は軍隊の派遣については拒絶していたが、軍事物資の取引には快く応じていた。清軍が勢いを増し、中国全土を支配下に置けば、かつての元寇のように日本に災いをもたらす可能性がある。このような観点から、家綱の代になっても、幕府は鄭成功に貿易を通じた支援をおこなうこととした。

鄭成功が派遣した船――「国姓爺船」は、大量の鉛と銅を積みこんで無事帰還した。鄭成功はそれらを材料に、大砲、冑などの兵器類や永暦銭を鋳造した。

王国の夢

一六五二年になった。清暦では順治九年、和暦では慶安五年にあたる。鄭成功は二十九歳になった。

この年、鄭成功は大きな転機を迎える。これまで「反清復明」をスローガンに、明朝の復活のために全力をあげて清軍と戦ってきたが、局地的な戦いには勝利しても、なかなか支配地域の拡大につながらない。いくら戦ってもきりがない。漢族の兵卒を前線に派遣し、満州・女真族は背後に隠れて彼らを操るばかりである。このままでは、物量に勝る清軍によって、長期にわたる消耗戦に引きずりこまれてしまうにちがいなかった。

――それではどうするか。

と、鄭成功なりに考えを進めていたところに、正月早々、周全斌《しゅうぜんひん》という人物と出会ったのである。

一月二日、海澄を占領したとき、周全斌という役人が鄭軍に降伏し、鄭成功に会見を求めてきたのである。

『台湾外志』によると、周全斌は、同安の梧州——すなわち金門島出身で、「有文武才」つまり文武両道に秀でた人物であったという。

鄭成功は周全斌に「恢復進兵策《はいふくしんぺいさく》」をたずねた。すると、周全斌は、

「勤王の志をお捨てになったがよろしかろう」

と答えたのである。

鄭成功は身を乗り出した。

「北は舟山群島から南は南澳島までの島々を固く守られ、外国と貿易して食糧を確保する。本土の漳州・泉州を占領して、ここを拠点に支配地域を拡大されれば、やがて福建省全体を支配できるでありましょう」

鄭成功が現在根拠としているアモイ・金門こそがすべての土台であり、この二島を堅持しつつ、海上の覇権を確保し、漳州・泉州を足がかりに、着実に支配地域を拡大することが最も重要な戦略である、と周全斌はいう。

「勤王の志は、どこに捨てたらいいのか」

鄭成功は、あえてたずねた。

「すでにわかっておられるはずです」

何やら禅問答のような感じになってきた。

「わからぬ」

鄭成功はとぼけた顔をした。

「天の声を聞く者は、天子でございましょう」

周全斌はそういって微笑《わら》った。

「それ以上申すな。ただし、おまえの言は大事に胸のなかにおさめておこう」

と、鄭成功も微笑を浮かべて答えた。

鄭成功が、勤王のスローガンを捨て去り、新しい王国の夢を抱いた瞬間であった。

——明を復活するのではない。新しい国を創るのだ。

これ以降、鄭成功は「反清復明」という言葉を使わなくなった。

春になって、鄭成功は新しい王国の夢を胸に秘め、海澄を占領し、黄維璟《こういかん》を知県に任命した。海澄を大陸進攻の新しい軍事拠点と位置づけ、防備体制を固めたのである。

次なる目標は、漳州《しょうしゅう》である。これを奪取して、海澄と漳州二つの拠点を足がかりに、支配領域を福建省全体に広めていく。これまた、夢の実現に向けた動きであった。

三月、漳州をめぐる激しい攻防戦が開始された。この戦いに際して、鄭成功はアモイにとどまって、海澄の防備体制を強化することとし、派遣軍の指揮を中提督の甘輝にゆだねた。甘輝率いる鄭軍は、長泰《ちょうたい》・江東《こうとう》橋において総督・陳錦率いる清軍と交戦して勝利をおさめ、四月には漳州城を包囲した。

しかしながら、清軍は住民とともに漳州城に籠城し、甘輝らも包囲したまま攻めあぐねて、半年以上の長期戦になった。このため、食糧の枯渇した漳州城においては、飢餓などによって死者七十万人にものぼったが、それでも清軍は降伏を拒否した。城内では人肉を喰らって生きながらえる者も少なくなかったといわれる。

膠着状態のまま九月を迎えたが、固山《こざん》（浙江省）都督の金礪《きんれい》が清の大軍を率いて救援にきたので、やむなく鄭軍は包囲を解き、海澄・アモイに退却した。

この漳州城の六カ月におよぶ戦いによって、清軍は総督・陳錦を失い、七十万人にのぼる犠牲者を出したが、鄭軍においても黄山《こうざん》・陳俸《ちんほう》・廖敬《りょうけい》・郭廷《かくてい》・洪承寵《こうしょうりゅう》らの武将を失うなど、大きな損害を被り、結局何の成果も得ることはできなかった。

鄭成功は、海澄に引き揚げてきた武将に対して、ねぎらいの言葉一つかけず、

「全員斬殺する」

とまでいって、怒り狂った。王国の夢が遠ざかったからである。

甘輝の必死の弁明によって鄭成功の怒りはおさまったが、鄭成功の激怒の理由が理解できず、皆首をかしげるばかりであった。

父からの接触

鄭成功は多淫なたちであったらしい。

——英雄、色を好む。

という言葉は、鄭成功にもあてはまる。

鄭成功には董係明という正室があり、錦《きん》（のちの経）、聡《そう》、裕《ゆう》の三子をもうけていたが、多くの女たちと交わり、多くの子をもうけていた。記録や系図を見ても、その全貌がつかめないほどである。いつ、どこで、どのような形で女たちとめぐり会ったか、そのような記録も残されていない。

石原道博氏の『国姓爺』（吉川弘文館）には、荘氏、林氏、温氏、史氏、蔡氏、曾氏、許氏の七人の女性が掲載されているが、『鄭氏宗譜』や何世忠・謝進炎氏編著の『鄭成功傳奇性的一生』（世峰出版社）によれば、荘氏、温氏、史氏、蔡氏の四人とされており、『鄭氏族譜』では林氏、曾氏、許氏の三人とされている。

したがって、子の総数もよくわからない。息子については、正室の董係明との間に生まれた三人のほか、荘氏との間にできた明、叡、智の三人、温氏との間にできた寛、柔の二人、史氏との間にできた温と、蔡氏との間にできた発の各一人ずつを合計すれば、十人となる。そして、命名の仕方から見て、生まれた順序は、錦《きん》を筆頭に、聡《そう》、明《めい》、睿《えい》、智《ち》、寛《かん》、裕《ゆう》、温《おん》、柔《じゅう》、発《はつ》ということになろうが、娘については、蔡氏と曾氏との間にいたことぐらいしかわかっていない。記録に残された女性と子供たちは、氷山の一角というべきであろう。

ただし、生まれた子供たちに対して、鄭成功が愛情をもって接したことは、男児への命名の仕方を見ても十分に感じられる。聡明で温和な人物に育つことを願っている。鄭成功は、彼らをアモイに集め、それぞれに住居をあたえて養った。

いずれにせよ、鄭成功は清軍との戦いに明け暮れながらも、せっせと女たちと交わっていたわけである。

一六五三年（清暦では順治十年、和暦では承応二年）の一月、北京の鄭芝龍から派遣された周継武《しゅうけいぶ》がアモイにやってきた。

鄭成功は、ただちに周継武と会見した。

「何用あってまいったのか」

鄭成功はぶっきらぼうにたずねた。

「そろそろ頃合ではないか、と鄭芝龍殿は申しておられます」

平伏したまま周継武は答えた。

――そのようにいえば息子は察するはずだ。

北京を出発する前、鄭芝龍は自信満々にそういったが、案に相違して、鄭成功は腕を組み、険しい顔をしたままである。しびれを切らした周継武が、

「和平交渉をおこなってはどうかということでございましょう」

というと、鄭成功は、

「そんなことはわかっている。清の意向であることもわかっている」

鄭芝龍と清朝との間で、事前の打ち合わせがおこなわれた結果であることは明らかである。父は生存を賭け、清朝は天下統一を狙っている。囚われの身である父・鄭芝龍の言葉は、清朝の意図を反映している。

「よく聞け」

鄭成功はいった。

「この数年、清朝と対戦するに至ったのは、清軍がわれわれに対して不当な攻撃を仕掛けたからである。福建

巡撫の張学聖らがアモイを攻めたがゆえに、やむをえず応戦したものである。そのようなことで自然と多くの兵が集まり、いまや数十万となった。しかも勇猛果敢の兵どもであるため、一人の力ではどうにも制御できなくなっている。和平交渉をおこなえば、かならずや兵どもが騒ぎ出すであろう。書簡でもってこの意を父に伝えたい。それでいいか」

「やむをえませぬ」

周継武は失望した。

鄭成功は、さっそく父・鄭芝龍あての書簡をしためた。このとき鄭成功が書いた書簡について、『先王実録』は、

「児《じ》南下数年、已《すで》に方外の人と作す。張学聖ゆえなく擅《ほしいまま》に大難の端を発す。児応じざるを得ず。今騎虎下り難し。兵集散じ難し（わたしは南下して数年、清朝に従っておりませんが、これは張学聖が不当なことをしたからです。わたしはやむなく応戦したものです。いま軍の士気は高く、これを解散するのは困難な状況です）」

と記している。

清朝が和平交渉を求めてきたということは、当面強硬姿勢をとらないということである。鄭成功は、この機会を大いに利用することにした。

三月、鄭成功は張名振に命じて船二百隻をあたえ、長江に侵入させ、江蘇省方面の偵察と、糧食の徴発にあたらせた。副都・南京周辺での公然たる示威行動であった。

ところが、鄭成功の思惑に反して、五月、金礪率いる満州・女真と漢人混成の歩兵数万人が、大小火砲数百門を装備して海澄に攻め寄せてきたのである。その知らせを受けて、鄭成功はみずから出陣して清軍を攻撃し、激戦のうえ数日間で退却させた。

現地軍の攻撃に慌てた北京の清政府は、攻撃停止の命令を通達するとともに、鄭成功に和平交渉を堅持する勅

諭を伝達し、鄭芝龍を「同安侯《どうあん》」、鄭成功を「海澄公《かいちょう》」、鄭鴻逵を「奉化伯《ほうかはく》」、鄭芝豹を「左都督《さととく》」に、それぞれ任じるとともに、督撫との交渉をよびかけた。

一方、清朝と鄭成功との和平交渉の動きを察知した永暦帝は、清朝に対抗して鄭成功を「延平王《えんぺい》」に任じ、重臣の李定国や劉文秀を派遣して、対清共同作戦をよびかけた。

しかしながら、みずからの「王国の夢」をめざすようになった鄭成功にとっては、その程度の誘いには何の魅力も感じない。かつては永暦帝の要請に応じて、二度にわたって船団を編成して南下したが、今回は具体的な行動をおこすつもりはなかった。

八月になると、鄭成功は漳州・泉州を攻撃し、九月には雲霄《うんしょう》を功略して、米五万石を徴発したが、清軍の反撃はなく、それどころか、李徳と周継武の二人の使者が、

一、一府の土地をあたえる用意があること。

二、海澄公の印勅を授けたいこと。

三、二人の勅使を派遣したいこと。

と、申し入れてきた。清朝は、あくまで和平交渉によって解決する姿勢をしめしたのである。

これに対し、鄭成功は長文の書簡を送り、父・鄭芝龍が謀略によって拉致されたことへの不信感を書きつらね、

——沿海地方はわが固有のものなり。東西徴餉《ちょうしょう》は、わが自生自殖のものなり。進んで戦い、退いて守る。余裕綽々《しゃくしゃく》。座して享けることはできようか。けだし、閩粤は海辺なり。京師を離れること数千里。道途阻遠、人馬疲弊、かねて水土そらんぜず。死亡ほとんど尽きず。銭糧は虚耗し、守ることはできず、害あって利なし。

と、福建省と広東省に対する実効的支配の正当性を主張し、清朝がこの地方を攻撃するならば、甚大な犠牲を払うことになるであろうと警告した。

鄭成功の保有する数十万人の兵を養うには、少なくとも広東省、福建省、浙江省の三省が必要であった。鄭成功は、清朝に対して領土の割譲と独立した統治権——すなわち、分離独立を求めたのである。これからもわかる

ように、明朝の復興というスローガンは完全に消失している。鄭成功はみずからの「王国の夢」にむかって突き進みつつあった。

むろん、清朝がこの要求を呑むことができないということを読みきっていた。結果的に、和議休戦期間が延長されるだけである。

鄭成功は、泉州や漳州などにおいてさかんに糧食の徴発をおこなった。浙閩《せつびん》総督の劉清泰《りゅうせいたい》は困惑したあげく、九月、鄭成功の陣営に使者を送り、

——和議を利用して各地で食糧を徴用しないでほしい。

との申し入れをおこなった。地方政府は北京の中央政府の意向に沿って、穏便な対応をとるしかなかった。それに乗じて、鄭成功の挑発的な行動は加速するばかりである。九月には、張名振と張煌《ちょうこう》らをふたたび長江に派遣して、江蘇省方面の偵察と糧食の徴発にあたらせ、十月には龍渓《りゅうけい》を攻撃するなど、清朝の神経を逆なでするような動きをつづけた。

惜別の辞

一六五四年になった。鄭成功三十一歳。

年が明けても、鄭成功の挑発的な行動は止まらない。一月、またもや張名振と張煌らを長江流域に派遣した。これに対して、清朝はひたすら和平交渉をつづける姿勢をしめし、『台湾外志』によれば、一月末には、鄭・賈《こ》二人の使者をアモイに派遣して、前年の十一月六日に発せられた皇帝の勅諭を伝えた。

鄭成功が「諭靖海《ゆせいかい》将軍鄭成功」と書かれた封書を開くと、

——海澄公に封じ、靖海将軍の勅印を給い、一定の俸禄を給い、泉州・漳州・恵州・潮州の四府を管轄し、ここに居住することを命じる。海上の取り締まりをおこない、船に課税し、一定の行政統治権をあたえる。

と、書かれている。

「何だこれは」

鄭成功は、怒気を含んだ声で勅書を放り投げた。

「話にならぬ」

清朝がわずかな餌で鄭成功を釣り上げようとしていることは明らかであった。

かつて明朝は、父・鄭芝龍を海澄王に封じるという条件を提示した。清朝は、鄭成功を海澄公に封じ、総督・巡撫の統轄の下、海賊の討伐に力を尽くせという。

――父が提示された条件とまるでおなじではないか。

鄭成功が清朝に求めているのは広東、福建、浙江三省の完全支配――分離独立である。

「話にならぬ」

と、鄭成功は激怒したが、清朝が低姿勢で和平交渉を申し入れてきたので、とりあえず常寿寧《じょうじゅねい》と鄭奇逢《ていきほう》を福州に派遣した。応対したのは、按察司の道黄澍《どうこうじゅ》という人物である。『先王実録』によると、道黄澍は、輿に乗って入門しようとした常寿寧らに対して、

「なんじらは徒歩で門より入られたい」

と、申し入れたという。清朝に対する服属の儀礼を強制したわけである。それに対し、常寿寧は、

「今日はともに二国の使者である。印賜玉をかけている。膝を屈する礼をとることはできぬ」

と突っぱねた。上下の別を要求する清朝側と、対等平等に話し合うべきだとする鄭成功側の主張が真っ向から衝突した。憤激した常寿寧らは、交渉に入らぬままアモイに引き揚げた。

この報告を受けた鄭成功は、二月六日に楊祖・周全斌・黄昌らをともなって安平にいき、東山書院《とうざんしょいん》に滞在して、二人の勅使を招いた。

翌日の七日、二人の使者が鄭成功のもとへ訪れ、ようやく印勅の交換がおこなわれたが、その夜の歓迎宴にお

いても、鄭成功は何の回答もしめさない。

次の日の早朝、二人の使者が訪れ、

「京に復命する必要がございます。どうかご返事をお聞かせください」

と懇願した。そこで鄭成功は、

「兵馬が多く、四府では不足する。朝鮮の例に則った対応をお願いしたい」

と回答した。

「清朝は朝鮮の統治権を朝鮮側にあたえているではないか。それとおなじような形で、広東、福建、浙江三省の支配権を認められたい」

二人の使者は、すごすごと退散した。

二月には、永暦帝政権の李定国は、鄭成功と広州での会談を求めて書簡を送ってきたが、鄭成功は、「粤東の役」――すなわち広東省東方での戦いでの多忙を理由にそれを断るとともに、

「閩浙の奪回に専念し、そのうち北京をめざします」

と、北伐の意向を漏らしている。

鄭成功は、清朝との和平交渉に見切りをつけ、南京・北京への進攻を考えはじめていた。三月には、清軍の浙閩総督・劉清泰に書簡を送り、

「和議停戦期間中、数十万人の兵糧を確保するため、福州・興化・泉州・漳州の四府において食糧を徴用する」

と通告した。これに対し、劉清泰は、

「和議の最中なので拒絶はしないが、人民を擾乱しないよう努められたい」

と、中央政府の方針にもとづき穏便な回答を寄せてきた。これに気をよくした鄭成功は、三月には福州・興化・泉州・漳州を攻撃し、四月には永定を功略するとともに、ふたたび張名振・張煌らを長江に派遣し、閩総督の劉清泰に三省の土地の提供がなければ和平交渉に応じないとの通告をおこなった。さすがに、清朝内に強硬論が

沸きおこった。これを受けて、五月、劉清泰は、

「三省の土地要求は狂猛なり」

との返書を送り、さらには福建巡撫の佟国器《とうこくき》は、

「長楽などにおける兵糧の徴用をただちにやめよ」

との警告文を届けた。それでも鄭成功の攻撃的な動きは止まらない。七月には、ふたたび福州・興化・泉州・漳州を攻撃し、糧食を奪った。

鄭成功の強気の態度に強硬姿勢に転じた清朝は、六月、二回目の使者を派遣することを決定し、招諭使として葉成格《ようせいかく》・阿山《あざん》の二人を任命した。

八月、福建巡撫・佟国器が、鄭成功に対し、葉成格と阿山ら清政府の使節団が福州に到着したことを連絡してきた。このなかには、鄭成功の弟の鄭渡《と》と鄭蔭《いん》もくわえられていた。二人は一六四六年十一月の清軍による安平城攻撃の際に拉致され、北京に連行されていた。清政府は、鄭成功に対して強硬な態度をしめしつつ、二人の兄弟を使って情に訴える作戦であった。

葉成格と阿山二人の使者は、七月二日付けの勅書を携えていた。この勅書には、

「全国を制覇した清朝にとって、海辺の狭い土地を平定するのは容易なことであるが、人民のことを考え、用兵を控えているだけである。また、汝の父・鄭芝龍が早くから帰順したことを慶び、汝にも公爵を授けたのであるから、この趣旨をよく理解し、早く辮髪して帰順いたせ」

と、恫喝ともいえる文言が連ねられていた。北京の清政府内部において鄭成功に対する強硬論が多数を占め、順治帝もまた討伐論に大きく傾いていた。

それでも鄭成功は態度を明らかにせず、

「わたしは功名を望まない。ただ東南地方の平和を望むのみである」

などと書簡で伝えるばかりで、二人の使者に会おうともしない。たまらず、弟の鄭渡が面会を求めてきた。鄭

渡は鄭成功に会うなり、

「父上は北京で必死の思いで奔走され、ようやく今日の和議の話まで漕ぎつけました。もし兄上が和議に応じてくださらなければ、わが鄭家の安泰をはかることは難しくなります。どうか詔書をお受けください」

といって泣き崩れた。血を分けた兄弟の懸命の懇願である。それでも鄭成功は、

「若いおまえにはわからぬかもしれぬが、降伏していい結果となった例は少ないものだ。父上も和議に応じた結果、いまのような状況に陥れられたではないか。おなじ轍を踏むわけにはいかぬ。詔書を受ければ、確かに父上の命は延びるかもしれぬ。しかしわたしが降伏すれば、たちまち父子兄弟の身は危うくなる。わたしとて父のことをおもわぬ日はない。これ以上いうな」

と突き放した。

鄭成功は泣きつづけている鄭渡を抱きおこし、肩で支えて玄関までつれていき、

「父上に会ったら、元気にすごしていると伝えてくれ」

と、別れを告げた。

清の使節団との交渉が決裂し、鄭成功がアモイに引き揚げると、追いかけるように鄭渡がやってきて、

「このまま北京へもどれば、父もわたしも殺されます。どうかもう一度お考え直しください」

と訴えたが、鄭成功は、

「わたしの決意に変わりはない」

と突っぱねた。

鄭渡は、ふたたび泣きながら帰った。それを見て、さすがに不憫におもい、鄭成功は鄭渡に手紙を書き送った。

――われらは隔たること数年、顔を合わせること数日でふたたび別れなければならないが、これも天命であろう。おまえの努力は評価するが、わたしはあくまで忠節を堅持し、いかなる利害にも威迫にも屈することはない。弟よ、達者に暮らせ。

そして、父・鄭芝龍あての手紙を添えた。

——清朝は父上を利用しているだけです。わたしも天下に知られた男です。軽率なことをして笑い者になりたくはありません。もしわたしのせいで父上の身に異変がおきれば、わたしは喪服を着て断固報復し、忠孝の道を全ういたす所存です。

鄭成功の父に対する惜別の辞であった。

こうして鄭成功と清朝との交渉は終結した。鄭一族のうち鄭芝龍の弟の鄭芝豹だけが清朝に投降した。鄭芝豹は、鄭芝龍の後室の顔氏をともなって北京にむかった。

北征

一六五四－一六五九年

鄭成功廟（平戸市川内町）

交渉決裂

鄭成功と清朝との間の和平交渉が大詰めを迎えた一六五四年の秋、鄭芝龍は五十一歳になっていた。北京に拉致されて、八年経過したことになる。北京市内に邸宅をあたえられ、相応の生活費も支給され、使用人を雇うことも許されていたが、不安な毎日を送っているせいか、白髪が増え、顔の皺も増えるばかりである。自慢の体力もすっかり衰えてしまった。

——自由の身になって、いま一度大海原を航海したいものだ。

と夢見るようにおもうが、どうすることもできない。

——こんな晩年を迎えようとは。

これが宿命なのか。鄭芝龍はおのれの無力さを痛感するばかりであった。

——なぜ投降したのか。

と、何度後悔したことであろう。息子の成功が泣いて止めたのに、それを振り切って投降し、このざまである。成功だけが頼りであるが、父親の安否を気にかけている風ではない。周継武を鄭成功のもとへ派遣したが、帰ってきた周継武は、

「ご子息はあなたの生死にまったく無頓着のようでございます」

と苦笑いして告げただけであった。

鄭芝龍は成功の返書を貪るように読んだが、何度読み返しても失望し、ため息をつくしかなかった。成功にと

って、鄭一族の将来はどうでもいいらしい。鄭芝龍は何度も舌打ちした。

――清と戦って勝てるものか。

領土の割譲を要求するなど、愚の骨頂だ。何ゆえこの時期に手を打たないのか。いま手を打てば、鄭一族は安泰ではないか。

――親の心の読めぬばか者め。

十一月になって、ふたたび周継武が訪ねてきた。

「南へいっておりました」

とあいさつしたが、周継武は緊張した顔つきをしている。

「もちろん、ご子息との交渉におもむいたのですが、徒労に終わりました」

周継武は交渉の経過を話した。

周継武の話によると、使節の葉成格・阿山および李徳《りとく》と黄徴《こうちょう》らとともに福建におもむき、交渉をおこなったが、交渉の前に辮髪せよとの命令に対して、鄭成功は最後まで承諾することはなく、一カ月あまり事前交渉をおこなったにもかかわらず、ついに交渉が決裂したという。鄭渡の懸命の説得にも、まったく応じなかったという。

「もはやこれまででございます」

「そうか」

鄭芝龍は肩を落とした。

「この間、成功どのは、あなたの安否について触れることはまったくありませんでした」

鄭芝龍は、わが子――鄭成功に切り捨てられたことを悟った。

鄭芝龍が投獄されたのは、数日後である。『海上見聞録』によると、寧古塔《ニンクタ》という牢獄であったという。

両手を縄で結ばれ、捕吏に引っ立てられて、薄汚れた囚人服に着替えさせられたのち、寒くて暗い牢屋に投げこまれた。むろん、鄭渡、鄭蔭はじめ周継武などの家臣たちも投獄されたことはいうまでもない。清に投降した鄭芝豹と鄭芝龍の後室の顔氏も、北京に到着するや、ただちに捕らえられた。

組織体制の強化と利権獲得

一六五五年になった。清暦では順治十二年、和暦では承応四年。鄭成功は三十二歳。

清朝との和平交渉の決裂を受けて、鄭成功は清軍との全面対決に備え、まず行政組織の整備をおこなった。いわゆる「六官《りくかん》制度」といわれるものである。『先王実録』の二月の条には、

「藩（鄭成功のこと）は和議がならなかったため、かならずや東征西討で事務繁多となることから、六官を設け、察言司、承宣司などを置いた」

とある。中央政府の統治機構のうち、各部は吏部、戸部、礼部、兵部、刑部、工部の六部に分けられることが多いが、鄭成功はそれにならって、吏官、戸官、礼官、兵官、刑官、工官の六官を設けたのである。

部制とすれば、王国への野望があからさまとなってしまうであろう。このため、鄭成功は、一段階落とした官制とし、吏官には潘庚鐘《ばんこうしょう》、戸官には洪旭《こうきょく》、礼官には鄭撃柱《ていげきちゅう》、兵官には張光啓《ちょうこうけい》、刑官には程応璠《ていおうばん》、工官には馮澄《ひょうちょう》世《せい》をそれぞれ任命し、六官の下には左右の都事と都吏を配置した。

次いで、鄭成功は、アモイの別名である「中左所」という名称を「思明州《しめいしゅう》」にあらためた。

「明を思う州」

という意味である。鄭成功は、アモイが将来にわたって反清勢力の拠点であることを明確にしたのである。首都をあらわす「府」ではなく、一段階落として「州」としたのは、六官制度とおなじ趣旨である。現在、アモイに「思明路」という街路があるが、もちろんこの思明州に由来する。

さらには、軍事体制の強化をはかるため人事刷新をおこない、左提督に郝文興《かくぶんこう》、後提督に万礼《まんれい》、右提督に王《おう》秀奇《しゅうき》、戎旗《じゅうき》鎮に林勝《りんしょう》、援剿《えんそう》左鎮に黄昌《こうしょう》、前衛鎮に黄梧《こうご》を任命した。それとともに、莫大な軍事費を調達するため、日本・台湾はもとより、バタビア、トンキン、シャム、広南、マニラなど東南アジア各地に貿易船団——国姓爺船を派遣した。

オランダ東インド会社バタビア総督府の総督マートサイケルが、この年の二月に作成した政務報告書には、

「昨年の十一月三日、最後のオランダ船の出帆から一九五五年九月十六日までに中国ジャンク船五十七隻が長崎に来航したが、そのうち安海船が四十一隻で、そのほとんどは国姓爺船であった」

と書かれている。

一方、鄭成功との和平交渉の決裂を受けて、五月、清の順治帝は第二子の済度《せいと》を定遠大将軍に任命した。済度は、三万の軍勢を率いて南下し、福建省に進攻した。

それに対し、鄭成功は、福州・興化・泉州に配置していた駐屯軍を漳州に集め、七月には右提督の王秀奇および甘輝を長江方面に北上させて清軍の背後をうかがわせ、後提督の万礼と前衛鎮の黄梧を南下させて、広東方面の防禦体制を強化した。

鄭成功としては、満を持した南北両面への派兵であったが、鄭成功の期待を大きく裏切るものとなった。翌年の一六五六年一月、潮州の掲陽を守っていた黄梧と蘇茂《そも》率いる部隊が尚可喜率いる清軍の猛攻撃を受けて、アモイに逃れてきた。激怒した鄭成功は、まず蘇茂を査問したうえで処刑し、次に黄梧を査問した。黄梧は必死に弁明したが、鄭成功は居並ぶ幹部たちの前で、激烈な口調で責めたてた。

とはいっても、黄梧は鄭芝龍以来の旧臣である。鄭成功は、最終的に黄梧に対しては譴責《けんせき》処分にとどめ、

「海澄の守備を命じる。二度と失態は犯すな」

と、申し渡した。

黄梧は平身低頭してその場を退出したものの、
――乳臭児に馬鹿にされてたまるか。
と、鄭成功の傲慢な態度にはらわたが煮え返り、怒りがおさまらない。海澄に赴任した黄梧は、六月になって、部下の蘇明《そめい》、鄭純《ていじゅん》、王元士《おうげんし》ら一七〇〇人の兵とともに辮髪して清軍に投降し、海澄城内の二十五万石の食糧と莫大な兵器・物資を引き渡した。

鄭軍の手の内を知り尽くした人物の投降である。喜んだ清朝は、八月十七日、鄭成功にあたえるはずであった「海澄公」の印璽《いんじ》を黄梧に授けた。黄梧もまた清朝の好意に報いるため、済度の謁見を受けた際、沿岸部への重点的警備やアモイへの奇襲攻撃などを進言した。

黄梧の離反は鄭成功の激烈で一途な性格が引きおこしたものといえようが、鄭成功にはまったくその自覚はなく、
「海澄などどうでもいい。目標は南京であり、北京である。わが志は、北征し、清朝を打倒することである」
と、北征論を唱えるばかりであった。

一六五七年（清暦では順治十四年、和暦では明暦三年）二月、鄭成功は張英と万礼に命じて温州を攻撃させ、清軍の守備隊長の瞿永寿《くえいじゅ》を投降させた。

三月、叔父（鄭芝龍の弟）の鄭鴻逵が死去した。六年前のアモイ陥落の責任をとって金門に隠遁していたため、その死による影響はまったくなかった。

七月、鄭成功は二十万人の兵を率いてアモイを出発し、浙江省の海門、黄岩、臨海、太平、天台などを次々に占領した。「第一次北征」といわれるものである。ところが、清軍浙閩総督の李率泰《りそったい》が福州閩安鎮に奇襲攻撃をかけ、退路を断たれる危険が生じたため、九月、アモイに引き揚げた。

鄭成功は、ただちに「第二次北征」の準備に取りかかった。福建・浙江省海域や沿岸部に対する備えを強化す

るため、部隊の増加をはかり、各地から糧食を徴発させた。

商業・貿易部門においては、アモイに設置した仁・義・礼・智・信という海上貿易を司る「海路五行《かいろごこう》」と、杭州に設置した金・木・水・火・土という陸上取引をつかさどる「山路五商《さんろごしょう》」という十軒の問屋をフル回転して、軍資金・食糧・物資を調達した。もちろん、東南アジア貿易や対日貿易も着実に拡大し、莫大な利益を生み出している。満州の騎馬民族出身の清朝は、海を苦手にしており、競争相手といえば、フィリピンのマニラを拠点とするスペイン人か、インドネシアと台湾を拠点とするオランダ人であった。

このうちスペイン人は、マニラにおいて中国人を差別し、冷遇しつづけており、鄭成功の派遣した国姓爺船に対しても、陰湿な手段を弄して妨害工作をおこなった。このため、鄭成功は報復措置として閏五月六日にマニラとの取引を禁止したが、台湾のオランダ人の支配下にある中国人に対しても、百日間の猶予期間を設けたうえで、十月からの貿易禁止令を通告した。

――もし禁を破れば積荷は没収し、乗組員は死刑に処すことを警告する。このことを守らせるために各地に検査官を配置し、船を徹底的に検査し、もし禁制品を持ちこんだ場合は、船と積荷の半分を検査官にあたえる。禁制品を託した当地在住の商人・船主も逮捕し、その貨物を没収する。

鄭成功はこの布告をオランダ東インド会社のバタビア総督府に送りつけるとともに、台湾在住の中国人に対しても通達した。

驚いたのはオランダ人である。オランダ人は、かねてから鄭成功に強い警戒心を抱いていた。五年前の一六五二年九月に、台湾で郭懐一《かくかいいち》（ファイット）を首謀者とする約二万人の暴動――「ファイットの乱」がおきたときも、その背後に鄭成功がいるのではないかと疑った。郭懐一はもと鄭芝龍の部下であり、台湾に住み着き、台湾在住の中国人の間でボス的な存在であった。オランダ人は徹底的な武力行使によって暴動を鎮圧したが、鄭成功の報復を恐れつづけていた。

――国姓爺はかならず台湾に進攻してくるはずだ。

今回の鄭成功の布告に対しても、台湾進攻の前触れと受け止めたオランダ人も少なくなかった。そこで、オランダ東インド会社は、使者を派遣し、鄭成功と争う意思のないことを伝えようとした。

使者として選ばれたのは、何斌《かひん》という人物である。鄭一族の出身地である泉州南安県出身であり、かつての鄭芝龍の部下で、鄭成功とも顔見知りであった。東インド会社に通訳として雇われていたが、みずから商船を仕立てて長崎貿易などもおこなっていた。

アモイを訪れた何斌は、東インド会社から預かってきた贈答品を献上した。オランダ側の記録によると、国姓爺・鄭成功に二〇一二フロリン、祚翁《そおう》（鄭泰《たい》）に八六八フロリン、定国王（鄭鴻逵、ただしすでに死去）に二五〇フロリンに相当する猩々緋《しょうじょうひ》のラーケン羅紗《らしゃ》、琥珀《こはく》、青色綿布、蠟《ろう》などを献上し、鄭成功の重臣たちにも、八〇〇スペインレアル貨、その他二九四五フロリン相当の品々合わせて、総額六〇七五フロリンの品物を贈呈したという。

「シャム、ジャンビ、バレンバンなど南方海域への貿易船の派遣をお許しいただけるなら、オランダ人は毎年銀五千両、矢十万本、硫黄一千担を献上したいと申しております」

何斌はにこやかな顔でそういった。

「マニラと取引をしないと誓うならば、よしとしよう」

鄭成功も珍しく軽い口調でそういった。

「これで大手を振って帰れます」

と、何斌は満面の笑みを浮かべて喜んだ。そこで、鄭成功は、

「タイオワン（台湾）において、わたしの代理人として働いてもらえないか」

とささやいた。

「もちろん、オランダ人には内密にしてもらいたい。台湾から大陸にむかう中国船からの出港税の徴収を委託したい。出港税を支払った船舶の安全はわれらが保証する」

「台湾からの輸出品の課税はどうされますか」

「それも頼みたい」

「オランダ人にバレたら大変なことになりそうですな。しかるべき手数料は頂戴いたしますよ」

「もちろんのことだ」

オランダ人との貿易自体からも大きな利益が生じるうえに、何斌が徴収する出港税と物品税は年間数万両にのぼるであろう。

鄭成功は、台湾において大きな利権を獲得した。

羊山の悲劇

一六五八年（清暦では順治十五年、和暦では万治元年）三月、鄭成功は、鄭軍のなかに「鉄人《てつじん》部隊」を置くこととした。「鉄人部隊」とは、鉄の甲冑などで完全武装した兵隊のことである。

「鉄面を帯び、鉄臂《び》、鉄裙《くん》を穿き、鉄鎖《さ》を用いて定め、脱するを得ざらしむ。時にこれを鉄人という。ただ、眼、耳、口、鼻をあらわにするのみ」

「皆鉄面を戴き、鉄裙を着、斬馬《ざんば》の太刀を配し、弓箭《きゅうせん》を並戴す」

などと記録され、馮澄世《ひょうちょうせい》という工官が日本の甲冑を参考にして製造したといわれているが、直接的な契機は、前年の暮れ、アクシャン（阿格商）率いる清軍のなかに重装備兵がいたからである。鄭成功は甘輝から戦利品として送られてきたその重装備を見て、鄭軍への導入を決めたのである。

このころ、鄭成功は「演武亭《えんぶてい》」という軍事演習用の施設をアモイに建てていた。鄭成功は鉄人部隊を編成するにあたり、その演武亭で面接試験をおこない、五百斤（約三〇〇キロ）の石を抱えさせて庭を三周させたという。

こうして、約一万人の「鉄人部隊」を選抜し、総指揮官には陳魁《ちんかい》を任命した。鄭軍最強の重装備精鋭部隊の誕生である。

一方、永暦帝政権は、清軍の圧迫を受けて雲南省方面に退却していた。重臣の李定国らは防戦に努めているが、圧倒的な清軍の前に苦戦を強いられていた。雲南方面が陥落すれば、鄭成功は孤立してしまう。雲南方面の清軍を牽制するためにも、いまが戦機であった。

準備万端整えた鄭成功は、「第二次北征」を開始した。五月十三日（西暦では六月十三日）、鄭成功は北征艦隊を率いてアモイを出発した。総兵員は十七万五千人。総戦船は大小あわせて三百余隻。

第一軍の将は中提督の甘輝、第二軍の将は右提督の馬信、第三軍の将は後提督の万礼、第四軍が本軍で、その将はもちろん鄭成功。左虎衛・陳魁率いる「鉄人部隊」は第一軍に配属されていた。アモイに残ったのは、前提督の黄廷以下、戸官の鄭泰、兵官の洪旭らの守備隊である。出発にあたり、鄭成功は、

「略奪、放火、民家の破壊、姦淫などしてはならない」

と、十項目にわたる軍紀条令を布告した。

「そうでなければ、人心を失ってしまうであろう」

これらの条令に反した者には厳罰を下し、その上司も同罪とし、不正を摘発した者には賞金をあたえることを告げた。そうして、

「長江を上って南京を功略し、そののち北京にむかう。したがって、当分の間アモイにはもどらない」

その決意をしめすため、鄭成功は正室の董氏のほかすべての側室と子供たちを船に乗せた。

こうしてアモイを出発したが、天候不順で、風が強く、波も高い。船団は慎重に北上をつづけ、八日後の五月二十一日に福建省と浙江省の境界近くにある沙関に到着したが、風波がさらに強くなったため、十数日間そこにとどまった。

その間、鄭成功は日本にむけて使船を派遣し、「朱成功献日本書」という書簡を送って、日本への支援要請をおこなっている。今回の軍事行動を、日本に誇示したいという気持ちもあったにちがいない。

ただし、当初計画から大幅に遅延し、船に積みこんだ食糧が乏しくなってきた。このため、六月七日に平陽《へいよう》を攻撃し、十三日には瑞安《ずいあん》を攻撃して、七カ月分の食糧を確保することができた。

六月十六日には温州を包囲したが、城兵たちは固く門を閉ざして戦闘に応じようとしない。

――長期戦に引きずりこまれる可能性がある。さて、どうしたものか。

と方針を決めかねていると、自軍の兵士二人が落雷に打たれて死去したという報告である。鄭成功は不吉なものを感じて攻撃を中止させ、東にむかうよう命令を下し、七月二日、舟山群島に上陸し、天候待ちをしながら一カ月ほど滞在して、軍事調練をおこなった。

八月九日になって、やっと天候が回復し、波もおだやかになった。鄭成功は、この機に出発を命じた。めざすのは、江蘇省沖の羊山《ようざん》という小島である。十八の港があり、数百隻の船でも楽々と停泊できる。よい湧水があり、そこで水を補給するつもりであった。水先案内は、引港都督《いんこうととく》の李順《りじゅん》という人物である。

「西南の風が吹いており、午後には羊山に着きます」

と自信満々にいった。

「羊山の近くでは、大砲を撃ち、銅鑼《どら》を叩くなど大きな音を立ててはいけません。海中に盲の龍がいて、驚かせると怒って嵐をおこします。金鼓を打ち、紙銭を海中に投げ入れてください」

迷信を信じない鄭成功は、不快な表情を浮かべ、

「そんな馬鹿なことがあるか」

と突っぱねたが、李順が血相を変えて懇願したので、

「わかった。大砲と銅鑼は禁じよう。ただし、金鼓は叩くが、紙銭は使わない」

と答えた。中国では、金箔・銀箔を貼った紙銭を神に捧げる習慣がある。鄭成功が生まれ育った日本には、そのような習慣はなかった。

好天に恵まれ、舟山から羊山への移動は、順調そのものであった。翌日の十日午前中にはすべての艦船が羊山

に集結した。中軍船に乗り換えた鄭成功は、各艦の提督を集め、軍議をおこなった。ところが、打ち合わせをしている最中に、湾内に停泊している船から銅鑼の音が聞こえてきた。引港都督の李順は飛び上がって驚いた。鄭成功もまた激怒した。迷信を信じるかどうかはともかく、明らかな軍令違反であった。

その直後、信じられないことがおこった。『先王実録』には、天候がいきなり崩れたのである。黒雲が湧き上がり、空をおおいつくし、あたり一面真っ暗になった。

「対面すれど、昏黒《こんこく》にして、相見えず」

と書かれている。

猛烈な強風が吹きはじめ、大雨が降り、雷鳴が轟き、大波が押し寄せた。突然の暴風雨の襲来に、湾内が大混乱に陥っていた。鄭成功は陸地に逃れたが、正室の董氏と七人の妾および子供たちは旗艦に残っていた。その方角の海上から、風にまじって悲鳴が聞こえてくる。『先王実録』には、

「ただ死を呼び、救いを呼び、拆裂衝撃《たくれつしょうげき》、悲惨の声を聞くのみ」

と書かれている。

引港都督の李順はじめ、幹部たちが、

「神の怒りに触れたのです。どうか天星にお祈りください。数万の兵を助けてください」

と、懇願した。鄭成功は、居住まいを正し、天を拝み、四方を拝んだ。

夜半を過ぎるころ、風がおさまり、雨がおさまった。鄭成功は、夜を徹して海に落ちた兵士たちの捜索と救助にあたらせた。

夜が明けると、惨状が明らかになった。三百余隻の船のうち、一一〇隻が沈没し、八千人余りの兵士が犠牲になっていた。鄭成功の旗艦でも、六人の妾と三人の子供（『台湾外志』は睿、裕、温とするが、文献によって異同が多く確定的な説はない）が海に飲みこまれていた。妾のうち、助かったのは一人だけである。正室の董氏と

長男の鄭錦――あらため鄭経以下六人の子供たちは、どうにか助かった。

兵士の間では、

――羊山の神を祀らなかったせいらしい。

というような風評も流れていた。兵士たちは、懸命に遺体の回収作業をおこなっていたが、その表情は一様に沈鬱で、士気が大きく低下していることは明らかであった。

鄭成功は兵士たちの前で弱音を吐くわけにはいかない。内心では大きなショックを受けていたが、懸命に気を奮い立たせ、作り笑いをして平静を装った。『先王実録』には、

「藩（鄭成功）は一笑を発し、各屍《しかばね》を収めて埋葬せしむ」

と、書かれている。

八月十四日、船団を整えて羊山を離れ、舟山群島にむかったが、その途中、鄭成功は一人船室に引きこもって茫然としていた。

再起への道

鄭成功は、舟山群島で再起をはかることとした。船舶の修理をおこない、浙江省沿岸の台州や温州などを襲撃して、船舶と食糧を奪った。

どうにか船団を再編し、舟山を出発して、九月十日、浙江省の象山《しょうざん》に進攻した。知県の徐福が有力者を従えて投降し、大量の肉や酒を贈って歓迎の意をあらわした。

十月二日、台州に移ると、後衛鎮の劉進忠《りゅうしんちゅう》が離反したが、右衛の周全斌《しゅうぜんひん》が出動して攻撃したため、たまらず劉進忠は逃げ去った。

十月二十二日、鄭成功は艦隊を磐石衛《ばんせきえい》まで南下させ攻撃したが、容易に落とすことができない。包囲体制を整

え、磐石の布陣を整えたところで、十一月五日に姚国泰、黄昭、万禄に攻撃させ、七日に陥落させた。『先王実録』に、

「擒《とりこ》を殺すこと無数」

と書かれているとおり、鄭軍はこのとき暴虐の限りを尽くした。なかには婦女子を姦淫する兵士もいた。

――軍紀が緩んできた証拠である。

と危惧した鄭成功は、違反者を捜し出して厳罰を下した。

いずれにしろ、磐石衛における大勝によって、羊山の一件で沈滞していた鄭軍の士気が一挙に回復した。

十一月十二日、鄭成功は宜毅左鎮の万義の部隊とともに磐石衛に駐屯し、各部隊の幹部を呼び集めて、

「磐石衛に全軍が駐屯するのは適当でない。食糧の調達にも支障があろう。よって各軍に分散配置を命ずる」

と申し渡した。このとき鄭成功が申し渡した各部隊の駐屯地は次のとおり。

左武衛の林勝と右虎衛の陳鵬《ちんほう》は磐石衛《ばんせきえい》と永嘉場
右武衛の周全斌《しゅうぜんひん》と左虎衛の陳魁《ちんかい》は沙園所
前衛鎮の余新と左衛鎮の黄安《こうあん》、中衛鎮の蒋拱辰《しょうこうしん》は平陽
左先鋒の楊祖と右衛鎮の黄札《こうさつ》、後衛鎮の黄昭、援勦《えんそう》右鎮の姚国泰《ようこくたい》は泰嶼《たいよ》、水澳《すいおう》、斂城《れんじょう》
左提督の翁天祐《おうてんゆう》と奇兵鎮の黄応、正兵鎮の輯英《しゅうえい》は碣石《けっせき》
後提督の万礼《まんれい》と右提督の馬信《ばしん》、五軍の張英《ちょうえい》は温州と台州

鄭成功は各部隊の移動を見届けたのち、しばらく磐石衛に滞在したが、このころ次のような五言律詩をつくっている。

黄葉、古き祠の裏《うち》
秋風、寒殿開く
沈々《しんしん》、松柏《しょうはく》老い
瞑々《めいめい》、鳥飛廻す
碑帖《ひちょう》、空しく地に埋もれ
社階《しゃかい》、尽《ことごと》く苔《こけ》を雑《まと》う
この地、人の到ること少なく
塵世《じんせい》、転《うた》た哀しみに堪ゆ

鄭成功の詩にしては、珍しく哀調をおびている。羊山の悲劇からまだ完全には立ち直っていなかったことがわかる。

十二月十五日、鄭成功は本陣を沙関《さかん》に移し、新年——すなわち、一六五九年（清暦では順治十六年、和暦では万治二年）を迎えた。鄭成功は三十六歳。

——今年が最大の試練の年になろう。

という予感は、新年早々からあった。昨年までは、アモイにおいてそれなりににぎやかな正月——春節を迎えていた。妻と妾たちは競うようにして鄭成功を囲んで正月を祝った。子供たちも、満面の笑顔を浮かべて鄭成功にまとわりついた。戦いの日々を忘れさせてくれるような笑顔であった。

——まるで、夢のような生活であった。

いまになってそうおもう。女たちと出逢ったいきさつも、その性格もちがったが、どの女もひとしく自分の心を満たしてくれた。

──その六人がいなくなった。

天命を受けたはずの自分が、どうしてあのような災難に遭ったのか。今後わが身におこる凶事の予兆なのか、それとも天から生贄《いけにえ》を求められたのか。鄭成功は、何度も自問自答した。

──それでも前に進まなければならない。

亡き隆武帝の遺志を継ぎ、北征を貫徹しなければならない。

鄭成功は、侍女に案内されて、妻と子供らの待つ部屋にむかった。妻の董氏は三十七歳、長男の鄭経は十七歳になっている。鄭経は、羊山の遭難に際しては、とっさに母親の董氏や幼い弟たちを柱に縛りつけて救助するなど機敏な働きをしたが、普段は若いころの鄭成功とおなじく、読書を好み、いつも温和な表情を浮かべている。弟妹たちもよくなついていた。

──よき後継者に恵まれた。

正直、鄭成功はそうおもっている。

鄭成功は董氏と鄭経を傍にはべらせて、ほかの子供たちにお年玉を配り、正月料理をつついた。しかしながら、六人の女と三人の子供が欠けた正月は、やはり空疎なおもいがこみ上げてくる。

鄭成功は、早々に席を立って、幹部たちを集めて軍議を開いた。

第三次北征

清軍は、鄭成功が羊山で遭難したことを知り、この機会に雲南省・貴州省方面に逃れた桂王・永暦帝政権を殲滅するため、第一路軍の呉三桂は漢中・四川省方面から、第二路軍の都統ペイロイトと洪承疇は湖南省方面から、第三路軍の都統趙布泰《ちょうふたい》は広西省から大攻勢をかけていた。

清軍の動きを牽制するためには、桂王の勢力が決定的な敗北を喫する前に動かなければならない。再度の北征

を決意した鄭成功は、二月二十日、

「三月中に磐石衛《ばんせきえい》に終結せよ。遅滞した者には厳罰を下す」

と、全軍に命じた。

三月二十五日、全軍が磐石衛に終結した。前回の出征にこりた鄭成功は、慎重に天候を読み、四月十九日に出航し、まず舟山群島対岸の定海と寧波を攻略し、五月四日には舟山に到着した。舟山において、鄭成功は訓示をおこない、

「各提督、統鎮はこの十余年来、櫛沐辛勤《しつもくしんきん》せしが、功名事業はまたこの一挙にあり」

と訴えた。

五月十五日、水軍を文武官艦、大艦、小艦に分けた。これは、大きさをそろえて進軍速度の統一をはかったものである。五月十七日、羊山沖を通過した。前回危難に遭遇した因縁の島である。今回は波静かな海を滑るように進んでいく。十八日には、長江河口の大きな中洲――崇明《すうめい》島に到着した。ただちに攻撃を開始したが、清軍の梁《りょう》化鳳《かほう》以下の守備隊が砦に立てこもって頑強に抵抗したので、容易に落とすことができない。

鄭成功は攻撃を中止させ、長江をさかのぼって、瓜州《かしゅう》にむかおうとしたところ、張煌言が、

「崇明島は長江の門戸です。この島を奪取しなければ、あとの作戦に支障をきたしましょう」

と、進言した。それに対して、鄭成功は、

「この島を奪うのに時間を要せば、その間に瓜州の防備が固められてしまう。瓜州を落とせば、糧道を断たれた崇明島は自然と衰える」

といい、そのまま長江をさかのぼって、瓜州をめざした。瓜州の先には、もちろん南京がある。

途中、六月一日には、江陰《こういん》を攻撃したが、これまた清軍守備隊の固い守りを見て攻撃を中止し、鄭成功は先を急いだ。六月十四日には、揚州の南方――焦山《しょうざん》に到着した。峴石《けんせき》山の山頂近くの塔からは、南京の方角を眺めることができる。

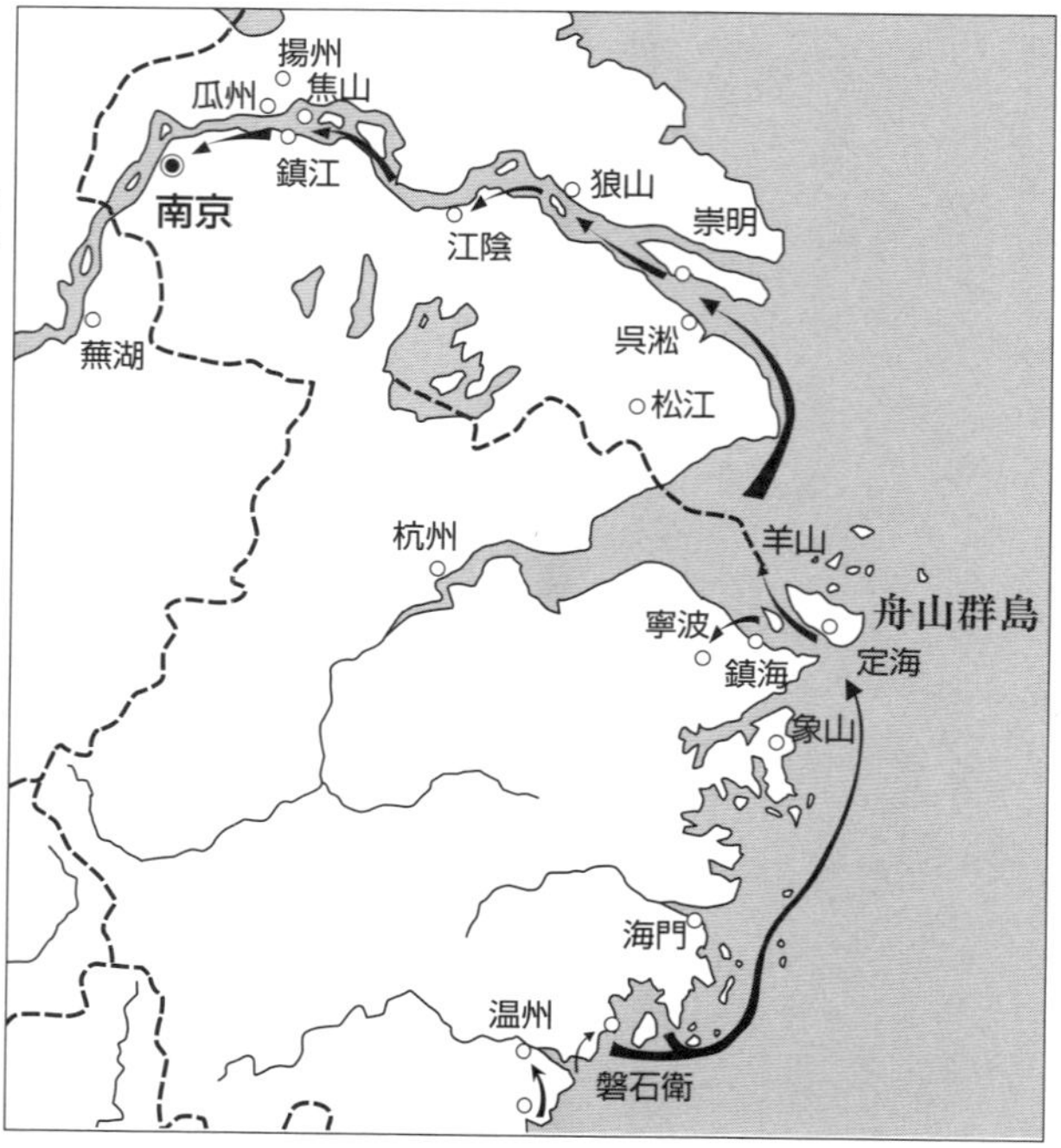

第3次北征侵攻図

鄭成功はこの地で天地を祀り、太祖洪武帝（朱元璋）以下歴代の明の皇帝を祀った。全員が縞服《こうふく》――すなわち白衣を着用し、船体も白い布でおおいつくした。

――これを望めば雪のごとし。

というような光景である。

鄭成功は、祭壇の前で祭文を読み上げた。この祭文を起草したのは、朱舜水《しゅしゅんすい》といわれている。浙江省紹興府余姚《よよう》県（現在の寧波市余姚）出身の老学者である。余姚県といえば、陽明学を開いた王陽明（一四七二―一五二九）の出身地でもある。

朱舜水は、一六〇〇年（明暦では万暦二十八年、和暦では慶長五年）十月十二日生まれであるから、このとき六十歳。名は之瑜《しゆ》、字は魯璵《ろよ》あるいは楚璵《そよ》といい、舜水という号は、故郷の余姚県の川の名からとっている。八歳のとき父を失ったが、勉学に励み、その非凡な才能は、「文武全才第一」あるいは「開国来第一」とも称された。もちろん、一族の者たちは朱舜水が官吏の道に進み、立身出世することを大いに期待した。しかしながら、朱舜水は仕官の道に進むことを頑なに拒みつづけ、書物を読むかたわら、農業を営んだり、商売をしたり、自由気ままな生活を楽しんだ。

ところが、満州・女真族によって明王朝が崩壊するや、反清復明運動にくわわり、魯王グループのために、日本やベトナムなどに渡って貿易をおこない軍資金を調達した。このことから見ても、朱舜水は単なる学者ではなく、王陽明とおなじく優れた実践家でもあった。

朱舜水は、今回の北征に際し、次男の朱大咸《たいかん》を引きつれて、鄭軍の右提督・馬信の部隊にくわわっていたのである。鄭成功もまた、朱舜水なる大学者が老骨に鞭打って従軍していることを知っていた。そこで、馬信を通じて祭文の起草を依頼したのである。


鄭成功は、朱舜水の書いた祭文を朗々と読み上げ、

「歴代諸帝の神霊よ、われらに勝利を」

と大きな声で三度叫んだ。記録には、

「祭終わり、太祖を大呼すること三度、将士および諸軍ともに大いに泣く」

とある。そののち、鄭成功は峴石山の山頂に登り、南京の方角を眺めながら、「師《すい》（軍隊）を出し、満夷《まんい》を討ち、瓜州より金陵《きんりょう》に至る」と題して、次のような七言絶句をつくった。

縞素《こうそ》（白い喪服）、江に臨み、誓って胡を滅ぼさん
雄師十万、気は呉を呑む
試みに看《み》よ、天塹《てんざん》（長江）、鞭《むち》を投じて渡らば
信ぜず、中原《ちゅうげん》の姓、朱（明の皇帝）とならざるを

瓜州城の戦い

鄭成功は、全軍に瓜州攻撃の布陣を申し渡した。

一、右提督の馬信、前鋒の余新は鎮江と譚家洲《たんかしゅう》の大砲を奪取する。
二、各大船は水深の浅い南港、小船は水深の浅い北港から瓜州に進撃する。
三、本軍の鄭成功および七中軍艦、親軍、中提督の甘輝、後提督の万礼、左提督の翁天祐、左先鋒の揚祖は瓜州を攻撃する。
四、張煌言の部隊と陳文達の部隊とその艦船は譚家洲を砲撃し、中衛鎮の蕭拱辰《しょうこうしん》、左提督の翁天祐、宜毅後鎮の呉豪らの上陸を支援し、殺虜奪砲をおこなう。
五、阮前鎮の阮羌《げんきょう》、李順、袁起震《えんきしん》、左武衛の林勝、右武衛の周全斌、五軍の張英、中後左の各提督、右先鋒の楊祖らはともに瓜州を砲撃し撃破する。

六月十五日未明、瓜州への進軍を開始した。

右提督の馬信と前鋒の余新が譚家洲の大砲を奪取し、材尾の張亮《ちょうりょう》、張煌言《ちょうこうげん》、羅蘊章《らうんしょう》らが船の進行を妨害するために長江の水中に仕掛けられた鉄の鎖――「滾江龍《こんこうりゅう》」を次々に切断し、川上から襲来してきた武装船――「木浮《もくふ》営《えい》」を撃破し、清軍の巡江営都司の羅明昇《らめいしょう》ら五百人を全滅させた。

十六日の朝には、瓜州に進んだ。『先王実録』には、

「この日、天気晴朗、東南の風盛発、水陸ひとしく進む。わが師天の時を得たり」

と書かれている。

瓜州城を守るのは、操江軍の朱衣佐《しゅいさ》と遊撃の左雲龍《さうんりゅう》以下数千人の兵である。

戦いは辰《たつ》の刻――午前八時ごろからはじまった。鄭軍の先鋒は、右提督馬信の兵である。まず、瓜州城に攻めかかり、それにつづき全軍が攻撃を開始した。このなかに、朱舜水と朱大咸父子がくわわっていたことはいうまでもない。

この戦いにおいて、右武衛の周全斌の闘志はすさまじく、水に飛びこんで、敵陣に接近して上陸し、五本の矢

を受けたが、それでも戦いつづけた。鄭軍ははしごをかけて城壁を上り、正兵鎮の韓英と左先鋒の楊祖が瓜州城一番乗りを果たし、軍旗を掲げた。戦闘時間はわずか二時間で、巳《し》の刻——午前十時ごろに終わった。鄭軍の圧勝であった。清軍はほぼ全滅し、未《び》の刻——午後二時ごろ、すべての作戦が終了し、鄭成功は住民に危害をくわえる意思のないことを布告した。清軍の二人の責任者のうち、逃亡をはかった左雲龍《さうんりゆう》は斬られ、朱衣佐は捕虜となった。鄭成功は鎮江において朱衣佐と対面したが、朱衣佐は、

「故郷に帰って親孝行をしたいとおもいます」

と殊勝なことをいって鄭成功の同情を買い、五百銀の餞別をもらったうえに釈放された。ところが、朱衣佐はそのまま南京城に走り、南京総督の管効忠《かんこうちゆう》に鄭軍の状況を詳しく報告した。

瓜州を功略した鄭成功は、十七日に幹部を集めて軍議を開いた。このとき、張煌言は、

「瓜州の陸兵は敗れましたが、水軍は蕪湖《ぶこ》に退避しております。わたしが水軍を率いて蕪湖を攻撃いたしましょう。後顧の憂いなく南京を攻めることができます」

と進言した。上機嫌の鄭成功は、

「なるほど、それはいい考えだ」

と即決し、幹部たちに意見を求めた。

「さて、これからどうするか。ここにとどまって様子を見るか、進んで、鎮江と南京を攻めるか」

それに対し、甘輝、潘庚鐘《ばんこうしよう》、馮澄世《ひようちようせい》らの幹部たちは、

「この地を固め、人心を得ることが先決であります。永暦帝に使者を派遣し、李定国どのの出軍を要請すべきでございます。それまでは、軽々に進むべきでないと考えます」

と、慎重論を唱えたが、瓜州の戦いで一躍名を上げた右武衛の周全斌は、

「この勢いで攻めるべきです。鎮江をたやすく奪取できるであります。攻撃を遅らせれば、それだけ敵の

防禦が固くなるばかりです」

と、強硬論を唱えた。むろん、鄭成功は、最初から南京を攻め落とすつもりで出兵している。

「この地に滞留すれば、いずれ清軍に包囲されて孤立するであろう。攻撃こそ最大の防禦。前進し、鎮江を討つ」

と、裁決を下した。

鎮江の戦い

六月十九日、鄭成功とその艦隊はひそかに鎮江の南岸――七里《しちり》港に進んだ。清軍四千人は銀山《ぎんざん》に布陣していた。元の時代に銀山寺が建てられたことから銀山とよばれている。

翌日の二十日に上陸し、清軍の斥候部隊をやりすごしながら、銀山に接近し、二十二日夜半に襲撃を開始した。先鋒は、左虎衛の陳魁率いる「鉄人部隊」である。鉄人部隊は柵を打ち破って清軍に斬りこんでいった。

銀山の地は狭隘で、騎馬戦には不向きである。清軍の騎兵は、大混乱に陥った。清軍の大将は、南京から出向いていた管効忠である。鄭軍の奇襲攻撃をまったく予想していなかった。

混乱の極みに達した清軍を尻目に、鄭軍の攻撃はとどまることを知らない。猛将の右武衛・周全斌は、部下を叱咤して猛攻をくわえた。それどころか、兵士の背後に長縄を張って、後ろへの退却を許さない。狭い路地に追いつめられた清軍の兵士は、暗闇のなかで互いに斬り合うありさまであった。

結局、清軍の惨敗に終わった。管効忠はかろうじて南京に逃げのびたが、つき従ったのは、わずか一四〇騎であった。管効忠は、

「満州から中国にきて十七回戦って一度も負けたことはなかった。こんな負け方をするとは何たることだ」

と嘆いたという。

鄭軍の死者は、数名であった。清軍の副将・高謙《こうけん》も八十人の部下とともに投降した。戦いの終わった銀山には、無数の死体だけが転がっていた。

二十四日、鄭成功は全軍を率いて鎮江城に入城した。入城するや、ただちに住民に危害をくわえないことを布告した。二十五日、鄭成功は、鎮江城の広場において九程（九軍）の閲兵式をおこなった。鄭軍の威容に感動した住民たちが、

「天兵万歳！」

と、歓呼の声を上げた。異民族——満州・女真族に中国を蹂躙《じゅうりん》され、残虐な兵士によっておびただしい人々が犠牲になっていた。清軍にこびへつらって生き永らえている役人、軍人、学者が多いなかで、鄭成功なる忠義の人物が、大軍を擁して長江をさかのぼり、鎮江を落とし、南京を奪還しようとしている。まさに、救国の英雄の登場であった。

住民のなかには、涙を流す者もいた。


六月二十八日、鄭成功は、幹部を集めて軍議を開いた。その場で、鄭成功は、

「張煌言より知らせがまいって、蕪湖の清軍を討伐し、江南・江北の六合、浦口、揚州、太平、当塗《とうと》、繁昌などの四府、二十二県が相次いで誼を通じてきた」

と、正式に発表した。座がどよめいた。

これまで快進撃をつづけ、瓜州、鎮江を難なく陥落させたうえに、蕪湖方面の鎮圧である。幹部たちの間に、余裕の笑顔が広がっていった。

「そこで、今後の方策について意見を求めたい」

と、鄭成功は幹部たちの顔を見まわした。すると、中提督の甘輝が、

「瓜州と鎮江は南京への北方からの清の援軍を遮断し、蕪湖は南方からの援軍を阻止いたします。近隣地域を

平定し、南京を孤立させれば、おのずから降伏いたすでありましょう。急な攻めは不要と考えます」

といった。潘庚鐘《ばんこうしょう》もまた、

「南京の兵と民は百万。糧道を断たれたら立ち枯れいたしましょう。労せずして平定できます」

と断言すると、馮澄世もそれに同調した。

それに対し、右武衛の周全斌がふたたび急戦論を主張した。

「この勢いで攻めるべきです。ここまできて逡巡する必要はありません。攻撃を遅らせれば、それだけ敵が有利になります」

鄭成功の腹は、すでに決まっている。鄭成功は、裁決を下した。

「わが明朝は三百年の長きにわたって民に徳を施してきた。しかるに、崇禎帝がご逝去なされたのち、人民は災いを受けている。われわれが動けば清朝を恨む人民は歓呼して出迎え、清軍は自然と瓦解するであろう。いま兵を進めなければ、老兵となる。各地から駆けつけた者たちも失望して離れるであろう。まさに千載一遇の時である。虎穴に入らずんば虎児を得ず。南京への攻撃を決定する！」

こうして南京攻撃が決まり、次に南京攻略の進路についての議論に移った。まず、甘輝が、

「兵は神速を尊びます。陸路を進み、沿道の州県を撃破すれば、南京はさらに孤立いたしましょう」

と主張した。それに対して、

「わが軍は遠征してきたので、気候風土、水が合わず、地理にも詳しくない。しかも酷暑多雨の時期であるから、水はぬかるみ、河川も増水して、急進撃は難しいのではないか」

との反対意見が出され、これまでどおり船で移動することになった。

南京城の攻防

一六五九－一六六一年

現在の南京市内（辻山徹氏撮影）

清軍の奇襲攻撃

一六五九年七月四日、鄭成功は軍船を率いて鎮江を出発し、南京をめざした。三日後の七月七日、鄭成功は観音門に迫った。南京城の東北外郭に築かれた北面三門の一つで、一番西側にある門である。翌日の八日には、左衝衛の黄安の部隊が南京城の西方の三叉河口《さんさかこう》に進入し、九日には残りの艦船が儀鳳《ぎほう》門周辺の岸辺に集結した。

七月十日、鄭成功は命令を下して軍兵を儀鳳門あたりから上陸させ、獅子山《しし》（盧龍《ろりゅう》山）一帯を制圧した。鄭成功は、幹部たちとともに獅子山に登って、南京城を偵察し、閲江楼においで軍議をおこない、十二日には南京城攻撃のための布陣を終えた。

前鋒鎮の余新と中衛鎮の蕭拱辰の軍は獅子山
左提督の翁天祐の軍は儀鳳門
中提督の甘輝と後提督の万礼、左先鋒の楊祖の軍は第二大橋
右提督の馬信と宣毅後鎮の呉蒙は漢西門
鄭成功以下の親軍、すなわち左武衛の林勝、左虎衛の陳魁、右虎衛の陳鵬および五軍の張英の軍は岳廟山

幹部以下すべての兵士が、鄭成功の総攻撃の号令を待ったが、一向にその気配はない。中提督の甘輝や参軍の

潘庚鐘などが、しきりに決断を求めるが、鄭成功は、

「城内は兵糧に苦しんでいる。遠からず降伏するはずだ」

と妙なことをいいはじめた。甘輝らの反対を押し切って、

――一気に南京城を攻める。

と裁断を下したのは、鄭成功自身だったはずである。

「このまま駐屯をつづけますと、士気は低下してしまいます。清軍の防備体制は日ごとに固まり、やがて援軍もやってくるでしょう。戦いは先手をとることが大事です。いま優勢なうちに攻撃をはじめるべきです。包囲戦を長くつづけることは、非常に危険です。兵は倦み、油断が生じます」

甘輝らは必死になって進言した。それでも、鄭成功は動こうとしない。夜になると、幹部らを招いて宴会すら開いた。そして、

「城攻めは損害が大きい。清の援軍がきても、一挙に攻めつぶしてやる。敵はわが軍に恐れをなして、まともに戦うことはできないであろう。降伏の時機を探っているのだ」

と豪語した。

鄭成功が、方針を転換して持久戦に切り替えたことについては、それなりの理由があった。

南京城に蓄えた糧食が尽きかけているとの情報をキャッチしたのである。清軍によるデマであったが、鄭成功はやすやすとそれを信じた。

もう一つの理由は、三十日以内に清軍が降伏するという情報をつかまされたことである。清の軍令では、三十日以内に降伏した場合には妻子も罰せられることになっているが、三十日を超えた場合には連座をまぬがれるため、三十日が経過するのを待って降伏するという情報であった。鄭成功は、この情報についても信用した。

さらにもう一つの理由として、清軍の松江《しょうこう》提督・馬進宝《ばしんぽう》が鄭軍に投降する旨の意向をひそかに伝えてきたのである。これについても鄭成功はたやすく信じたが、結局最後まで馬進宝は行動することはなかった。

さらには、別の理由もあった。鄭成功の誕生日は、七月十四日であった。鄭成功は、誕生月の間に清軍が降伏するような予感を抱いていた。

――この世に天命を受けて生まれてきたのだ。

その七月に、天命が下されるはずであった。

――瓜州と鎮江の大勝は、その前兆である。

鄭成功は、すべて都合のいいほうに考え、すでに勝った気になっていた。

鄭成功が待機策をとっていることがわかると、鄭軍の士気がたちまち衰えた。持ち場を離れて酒を飲み、賭博に興じ、長江で魚釣りを楽しむ兵士たちがあらわれるようになった。


一方、南京城に立てこもった清軍は、江南総督の郎廷佐《ろうていさ》の指揮のもと、防備体制の強化に邁進していた。

城外の住民をすべて南京城内に収容して鄭軍との接触を遮断し、民家を残らず焼き払って、物資が鄭軍の手に渡ることを防いだ。そして、住民には声一つ上げないよう厳命を下し、犬や鶏の鳴き声すら出させないようにした。南京城を守るすべての城門を固く閉ざし、兵士たちは息を殺して鄭軍の隙をうかがっていた。

清軍は、すでに長期の籠城戦になっても耐えうるほどの、おびただしい物資を南京城内に運び入れていた。

また、崇明島提督の梁化鳳に対して支援要請をおこなっていた。甘輝らの反対を斥けて崇明島の攻撃を中止し、先を急いだのは鄭成功であった。梁化鳳以下四千人の守備兵は、無傷のまま鄭軍の背後から楽々と南京城に接近しつつあった。

瓜州の戦いで鄭軍に敗れて捕虜になったものの、鄭成功によって釈放された朱衣佐は、

――鄭成功は謀略に弱い。

という欠点を大いに利用することにした。清軍が三十日後に降伏するらしいという情報を流して鄭成功を油断させたのは、すべて朱衣佐の謀略であった。

清軍は、南京城の攻防戦においても、おなじような手口を使うこととした。

南京城は南北一〇キロ、東西五・七キロで高さ約一二メートルの城壁に囲まれ、城壁の外側には深い城濠が掘られ、堅固な城門——儀鳳《ぎほう》門、定淮《ていわい》門、清涼《せいりょう》門、石城《せきじょう》門、三山《さんざん》門、聚宝《しゅうほう》門、通済《つうさい》門、正陽《せいよう》門、朝陽《ちょうよう》門、太平《たいへい》門、鎮阜《ちんふ》門によって守られていた。鄭成功は、それらの城門の前に幾重にも各部隊を配置した。

鄭成功は、かつて南京に留学したことがあり、その地形は熟知している。

ところが、鄭成功が知らない城門があったのである。南京城の北側にある神策《しんさく》門である。実は、鄭成功が留学していた当時、神策門は煉瓦でふさがれ、城門としてもちいられていなかった。外側からは、単なる城壁にしか見えない。ところが、清軍は城門をふさいでいた煉瓦を取り除き、いつでも出入りできるように偽装工作を施していたのである。

七月二十二日正午ごろ、梁化鳳率いる五百の兵が、神策門の偽装された出入口から出撃した。城門に沿って西方の儀鳳門に忍び寄り、城門前に駐屯していた鄭軍の前衛鎮・余新《よしん》の兵に対して、いきなり側面から攻撃を仕掛けた。

このとき、鄭軍の多くの兵は甲冑すら着けていなかった。突然あらわれた清軍に対して、鄭軍の兵士らは驚愕し、大混乱に陥った。しかも、鄭成功の命令がないため、前衛鎮の余新は反撃命令を下すこともできない。鄭軍は鄭成功の命令がない限り、戦闘をおこなってはならないと通達されていた。

そのうち、儀鳳門も開かれ、なかから突撃してきた清軍に左右から攻撃を受け、鄭軍は手当たり次第に殺戮され、余新以下多くの兵が捕虜になった。

鄭成功は、漢西門前に駐屯していたが、いきなり儀鳳門方面で大きな喚声が聞こえたので、不測の事態が勃発したことはわかったものの、何がおきたのかまったく見当がつかない。

ただちに、翁天祐《おうてんゆう》の部隊を偵察にむかわせたが、彼らはすぐに退却してきて、

「清軍の奇襲攻撃によって、わが軍は総崩れとなっております」

と報告した。

「まさか」

と、鄭成功はいったが、他の部隊からも次々と切迫した報告が届けられ、ついに自軍が重大な危機に直面していることを悟った。

「なぜだ」

とおもわず叫んだものの、このままでは全滅してしまう。鄭成功は、全軍に観音山への撤退を命じた。観音山は南京城外の東北にあり、北麓は長江に面している。殿軍《しんがり》は、左提督の翁天祐が受け持った。清軍の猛攻撃を受けながらの大軍の移動であったが、夕刻までにはどうにか観音山に移動することができた。

観音山での惨敗

鄭成功は、観音山において次のような布陣を通達した。

山上………左先鋒・楊祖、援勦《えんそう》右鎮・姚国泰《ようこくたい》、後勁《ごけい》鎮・楊正《ようせい》、前衛鎮・藍衍《らんえん》
山内………中提督・甘輝《かんき》、五軍・張英《ちょうえい》
山下………左武衛・林勝《りんしょう》、左虎衛・陳魁《ちんかい》
観音門……鄭成功、右虎衛・陳鵬《ちんほう》、右衛鎮・万禄《ばんろく》
大橋頭……後提督・万礼《まんれい》、宣毅《せんき》左鎮・万義《ばんぎ》
水路………右提督・馬信《ばしん》、宣毅右鎮・呉蒙《ごもう》、正兵鎮・輯英《しゅうえい》
防江………左衛鎮・黄安《こうあん》

鄭成功は、南方の南京城に備える形で陣形を敷き、みずからも観音門に陣取って清軍の正面攻撃に備えた。それに対し、梁化鳳率いる二万の清軍は、鄭軍の間隙を縫って、観音山の側面から一気に山頂めがけて進み、山上の左先鋒・楊祖らの軍を急襲したのである。楊祖らは慣れない山道を登り終えて、やっとのことで陣形を敷いた直後であった。いきなり清の大軍に襲われ大混乱に陥った。総崩れ状態となり、楊祖と藍衍はあえなく討ち取られてしまった。

山頂方面から大砲の音や喚声が聞こえてきたため、観音山のほかの部署に陣取った鄭軍は異常事態が勃発したことはすぐに理解したが、情報が混乱し、また鄭成功の命令がないため、軍を動かすことができない。やがて、山頂から多くの兵卒が山を下ってきたので、山上の鄭軍が清軍の攻撃を受けて敗れたことが判明した。驚愕した鄭成功は、万禄と陳鵬らの部隊に救援におもむかせたが、彼らは暗闇と不慣れな地形のため道に迷ってしまい、ついに山頂に達することができなかった。

梁化鳳率いる二万の兵は、山上を制圧するや、山を下りはじめた。山中での戦闘は、上に立つものが優位を占める。清軍は、山内に布陣していた中提督・甘輝と五軍・張英らの軍を標的に、山津波のような攻撃をくわえた。たちまち鄭軍は総崩れとなり、張英は戦死。甘輝は退却中に乗っていた馬が射撃され、落馬したところを捕らえられて斬り殺された。

山上と山内の鄭軍を攻めつぶした清軍は、そのまま一気に下って、山下の左武衛・林勝、左虎衛・陳魁の軍に攻撃をくわえた。ここでも鄭軍は総崩れとなり、林勝と陳魁は討ち取られてしまった。

清軍はさらに進み、大橋頭を守っていた後提督・万礼と宣毅左鎮・万義の軍に攻撃をくわえた。この戦いにおいても鄭軍は敗れ、万礼は戦死し、万義は川に飛びこんで逃れるのが精一杯であった。

鄭成功は、今回の北征が天命にもとづくものであり、みずからの誕生月である七月にその天命が下されるものと確信していた。その確信が、砕け散ってしまったのである。

鄭成功は撤退を決断した。

長江河岸には、鄭軍の艦隊が控えていた。

「鎮江に集結せよ」

と、鄭成功は全軍に命令を下した。

鎮江には馮澄世《ひょうちょうせい》、周全斌《しゅうぜんひん》、黄昭《こうしょう》などの艦隊が待機していた。鄭軍の兵士たちは先を争って長江をめざしたが、清軍の激しい追撃を受けて五千人余が犠牲になった。

翌日の二十四日、鄭成功は無事、鎮江にもどることができた。清軍の艦隊が追撃してきたが、左衛鎮の黄安らが殿軍を務めて清軍の艦船を撃沈し、逃げ遅れた多くの兵士を収容して鎮江に引き揚げてきた。

こうして、南京城の攻防戦は、清軍の圧勝、鄭軍の惨敗という結果で終わった。


鄭成功の今回の北征に関して、次のような欠点が指摘されることが多い。

一、甘輝らの進言を斥けつづけ、独断専決したこと。
二、崇明島の攻撃を途中でやめるなど、攻めるべき所を攻めなかったこと。
三、北征そのものに根本的な問題があったこと。
四、内応や裏切りがあったこと。
五、清軍の朱衣佐の謀略に乗せられたこと。
六、瓜州と鎮江の勝利によって慢心したこと。
七、鎮江に拠点を構え、包囲網を築き、南京の糧道を断って、じっくりと長期戦で対応すべきであったのに、速戦即決の方針で南京に進攻したこと。

八、にもかかわらず、南京城外において、いたずらに待機をつづけ、鄭軍の士気の低下を招き、清軍の備えを堅固にしたこと。

鄭軍に従軍した朱舜水も、のちに柳川藩の安東省庵《せいあん》に出した書状のなかで、

「鄭軍の兵士は驕って戢《おさ》めず。漁して集まらず。要人のなかには頑迷で愚鈍な者がいて、小さな勝利に馴れて命令を聞かず、敵の欠陥を攻めずに堅固なところを攻め、敵を分断せずにかえって合流させた」

と、痛烈に批評している。

撤退

七月二十四日、鄭軍は鎮江に集結した。部隊編成はバラバラになり、主要な幹部たちの姿が見えない。今回の戦いで犠牲になった主要な幹部は、中提督・甘輝、後提督・万礼、左武衛・林勝、左虎衛・陳魁、五軍・張英、前衛鎮・藍衍、副将・魏標《ぎひょう》、副将・朴世用《ぼくせいよう》、副将・洪復《こうふく》、戸官・潘庚鐘、儀衛・呉賜《ごし》らであった。鄭成功は、儀鳳門の守備にあたっていた前衛鎮の余新が、清軍に生きながら捕らわれたことに激怒していた。

「この敗戦は余新を過信したためである」

と、一応自分の責任を口にし、殊勝な態度をしめしたが、たちまち豹変して常鎮道・馮澄世《ひょうちょうせい》、右武衛・周全斌、後衛鎮・黄昭、瓜州監・紀柯平、援剿後鎮・劉猷らを拘束して艦船に収容し、敗戦にいたる詳細な経緯について事情聴取をおこなわせた。

鄭成功は、敗戦のショックと疲労、睡眠不足によって、このころやや錯乱状態にあった。

翌日の二十五日、鄭成功が観音山の山上の守備についていた楊祖、楊正、姚国泰らに対して「失機の罪」——すなわち、時機を失した罪によって処分しようとしたとき、幹部たちは、

「これ以上幹部を減らせば大変なことになりましょう」

と、一斉に異議を唱えた。幹部たちのおもわぬ抵抗にあって、鄭成功はやむなく処分を撤回した。

二十六日、鄭成功は軍の再編整備をおこなった。

一、左武衛・林勝の兵は右武衛・周全斌の軍に編入
二、左虎衛・陳魁の兵は右虎衛・陳鵬の軍に編入
三、五軍・張英の兵は右提督・馬信の軍に編入
四、前衛鎮・余新の兵は中衛鎮・蕭拱辰の軍に編入
五、後提督・万礼の兵は右衛鎮・万禄と宣毅左鎮・万義の軍に編入
六、中提督・甘輝の兵は後勁鎮・楊正の軍に編入
七、前衛鎮・藍衍の兵は宣毅右鎮・呉豪の軍に編入

そうして、二十八日に、鄭成功は出発を命じた。ついに、南京城の功略をあきらめたのである。

一程（第一軍）は、鄭成功以下文武各官と親軍四鎮。二程（第二軍）は、左沖鎮以下宣毅後鎮、後勁鎮、左提督、中沖鎮、中提督。三程（第三軍）は、左先鋒、援剿右、後提督、宣毅左、右沖鎮。四程（第四軍・殿軍）は、右武衛、後衛鎮、宣毅後鎮。

出発間際に、蕪湖の張煌言が急使を派遣し、

「勝敗は時の運です。こちらは万事順調に運んでおり、民心も得ております。戦艦百隻も提供いたしましょう。捲土重来、再度南京を攻めれば功略することも十分に可能です。このまま退却されれば、江南百万の運命はどうなりますか」

と懇願したが、鄭成功の撤退の決意は変わることはなかった。

鄭軍が立ち去れば、蕪湖の張煌言は当然孤立する。やがて清軍に攻撃されて、張煌言の水軍は全滅してしまった。張煌言は二人の従卒とともに逃亡して、天台山の山中に逃げこみ、行方をくらました。

鎮江を出発して三日後の八月一日、鄭成功らの艦隊は、狼山に到達し、四日には呉淞、八日には長江河口の崇明島に到着した。崇明島のむこうにはなつかしい東シナ海が広がっている。

安堵した鄭成功は、このときになって甘輝の献策を斥けたことを激しく後悔した。甘輝は長江河口に着いたとき崇明島を制圧すべきことを訴え、鎮江を制圧したときはそこを拠点にすべきことを訴え、南京城に着いたときは速戦即決を訴えた。

——何ゆえ斥けたのか。

そのあたりの心理的な機微は、自分自身でもよくわからない。そして、崇明島を守っていた梁化鳳の参戦によって、壊滅的な打撃を受けてしまった。

——甘輝の霊を供養し、梁化鳳に報復しなければならない。

鄭成功は幹部たちを集めて、

「わが軍は損耗を受けたとはいえ、ほぼ健在である。そこで崇明島を功略して、わが軍の要塞としたうえで、アモイに帰還したい。この島を押さえておけば、いまなお行方不明の兵卒たちの消息も知れようし、清軍の南下を防ぐこともできる」

と訴えた。もとより幹部たちに異存はない。鄭成功の呼びかけに、一同、

「おう!」

と、声をそろえて応じた。

八月十一日早朝、総攻撃を開始した。

右武衛・周全斌の軍は西門、宜毅右鎮・呉豪の軍は北門橋、正兵鎮・韓英《かんえい》の軍は東北角、後衛鎮・黄昭の軍は

西南角、右提督・馬信の軍は各路の援護、左提督・翁天祐は堡塁を築いて北門をそれぞれ攻撃した。

崇明城守備隊の指揮をとっているのは、遊撃の劉国玉《りゅうこくほう》と陳定《ちんてい》である。隊長の梁化鳳は、まだ南京から帰還していなかった。しかしながら、劉国玉と陳定は梁化鳳に鍛え抜かれた勇将である。鄭軍の砲撃によって、西北角の城壁が崩れ落ちたが、清の守備兵は土石や木馬釘叉《もくばていさ》（進入妨害物）を置いて鄭軍の侵入を防いだ。

なおも鄭軍は激しい砲撃をおこない、歩兵らが城壁をよじ登ろうとするが、清軍は上から激しく矢を射かけ、岩石を落として抵抗する。鄭軍は何度も進撃をこころみるが、そのたびに清軍の激しい反撃にあって、被害が増えるばかりである。

結局、十一日の攻撃は失敗に終わった。幹部の正兵鎮・韓英と監督・王起凰《おうきおう》も銃弾を受けて重傷を負い、数日後に死亡した。その夜、鄭成功は今後の作戦について幹部らと協議をおこなった。すると、右武衛・周全斌は、

「崇明城の守りはきわめて堅固で、清の援軍が来訪すればますます厳しい戦いとなるでしょう。味方の損害も大きく、士気も低下いたしております。第一、いまとなってはこの狭隘な孤島を手に入れても益はなく、ここはいったん攻撃を中止して兵を休ませたほうがいいかと考えます。そのうえで、来年ふたたび兵を発して攻撃しても遅くはありますまい」

と意見を述べた。

鄭成功としてはあくまで当初方針どおり攻撃を続行したかったが、幹部らはすっかり戦意を喪失し、右提督・馬信も使者を寄こして、

「攻撃を中止して福建にもどり、再起をはかるべきです。ここは北京に和睦の使者を派遣し、時間稼ぎをおこなって捲土重来を期したほうが得策でありましょう」

と意見を伝えてきた。やむなく、鄭成功は崇明城の攻撃を中止し、清軍の追撃を少しでも遅らせるため、礼都事の蔡政《さいせい》を和議の使者に任命し、北京に旅立たせた。

鄭成功は十二日に崇明島を出発し、十八日に浙江省の林門に到着し、戦死した正兵鎮・韓英の後任に楊富《ようふ》を登

用し、浙江・福建一帯に諸将を配置して清軍の進撃に備えたのち、九月三日、福建省の沙関《さかん》に到着し、九月七日、アモイに帰着した。

一年五カ月、二十万の大軍を率い、意気揚々と北征の旅に出発したのに、多数の将兵を亡くし、無残な敗北を喫しての帰還であった。『台湾外志』には、

「もって江南に出師《すいし》し、兵を損し、将を折り、尺寸《せきすん》の功なし」

と書かれている。

鄭成功は、永暦帝あてに、敗戦の責任をとって延平王と潮王の爵位を返上する旨の上奏文をしたため、李明世《りめいせい》を使者として雲南に派遣した。

しかしながら、このころ永暦帝は清軍に追われてビルマ国に亡命しており、ビルマ政府の監視下に置かれていた。したがって、鄭成功の上奏文が永暦帝のもとに届くとは考えられないが、こののち鄭成功が隆武帝から授与された招討大将軍という肩書きのみをもちいたことから見て、永暦帝政権からの離脱を明確にしたということに意味を見出すべきであろう。

また、鄭成功は、忠臣廟を建設して甘輝や万礼以下の戦死者の霊を祀り、盛大な追悼式を営み、公募によって補充した兵卒の訓練をおこなった。

鄭軍が弱体化したこの時機を狙って、清の大軍が攻めこんでくるにちがいなかった。鄭成功は、気力を振り絞って軍の増強をおこなった。

十二月、北京に派遣した蔡政が、当然のことながら何の成果も得られぬまま帰還し、

「同安侯（鄭芝龍）どのも獄につながれ、馬進宝どのも罪を問われて北京へ護送されてきました」

と報告した。父の鄭芝龍は依然として牢獄につながれ、松江提督であった馬進宝は、鄭軍に内通をはかった罪で逮捕され、北京に連行されていたのである。

さらに、達素《たつそ》という満人が総司令官に任命され、一万余人の大軍を率いて南下し、浙江・福建・広東の三省で

兵を集めているとの情報を入手してきた。

――一刻も早く兵力を回復し、この危機を乗り越えなければならない。

鄭成功は、アモイに立てこもって、軍の増強に専念した。

朱舜水と隠元の亡命

鄭成功の南京での大敗北は、いたるところに波紋を広げていた。

この年の冬、朱舜水が日本に亡命した。これまた、鄭軍敗北の余波の一つである。

すでに述べたとおり、朱舜水は老骨に鞭打って鄭軍に従軍し、南京までおもむいたが、鄭軍の敗北によって、「声勢敵すべからず、壊地復すべからず、敗将振るうべからざるを熟知す」――すなわち、清の勢いは無敵で、奪われた領土の回復は不可能、敗将は奮い立つことはできないということがわかった。敗将というのが鄭成功である。しかも、中国にとどまって辮髪を結う気持ちにもなれない。従軍中に次男の朱大威を病死させた哀しみもあった。

朱舜水は、中国を捨て、日本への亡命を決断した。

朱舜水に最終決断を促したのは、安東守約《もりやく》（のち省庵《せいあん》）という人物である。この当時、四十歳。九州柳川藩の儒者である。守約という名のとおり、誠実そのものの人柄であった。長崎におもむき杭州出身の陳明徳《ちんめいとく》――あらため潁川入徳《えがわにゅうとく》という帰化中国人の医者から治療を受けたことがきっかけで、載笠《さいりゅう》――あらため独立《どくりゅう》という帰化中国人と知り合い、朱舜水という明の大学者の存在を教えられた。

安東守約は京都の松永尺五《せきご》に学び、その後も中国の典籍を読みあさって懸命に学問に励んだが、学べば学ぶほど多くの疑問が湧き上がってくる。学問の師を渇望していたところに、朱舜水という大儒者の出現である。

そこで、長崎を訪れた中国船に手紙を託して、朱舜水に弟子入りを懇願した。それに対し、朱舜水は長文の手

紙を書き送って、

——生涯弟子をとるつもりはありません。

と断りを入れたが、安東守約は手紙を書き送って懇願する。何度断ってもあきらめない。そして、南京の敗戦を知るや、安東守約は同志とともに長崎奉行と掛け合い、強引に朱舜水の亡命許可を取りつけたのである。

こうして朱舜水は最終決断を下したのである。このあたりの経緯について、朱舜水は後年、次のように書いている。

「日本は中国人の滞留を四十年にわたって禁じている。先年、南京の船七隻が長崎に来航したとき、長崎の商人たちが連名して何度も懇願したが滞留を許されなかった。私も長期滞在するつもりはなかったが、安東省庵はたびたび要請し、方々に掛け合ってくれたおかげでここに滞在している。これは私のためだけに特例を認めてくれたのだ。私の滞在後、省庵は俸禄の半分を割いて私の生活費にあててくれている。彼の俸禄は二百石であるが、米になおすと八十石しかない。その半分というと四十石に過ぎない。そのうえ、毎年二回長崎にきてくれる。一回の費用は銀五十両で、二回では百両になる。それだけで彼の残りの俸禄はなくなってしまう。それだけでなく、土地の産物や季節のものなどを次々に送ってくれる。したがって、彼の生活は破れた衣服、粗末な食事で、たまのご馳走は一、二匹の魚であるという。家には鍋はあるものの、煮炊きに用いることはなく、塵が積もり、錆がついている。彼の一族や友人たちは嘲り笑い、諌める者もいるが、彼は平然として顧みず、ただ日夜書物を読んで楽しんでいる」(「毓仁(朱舜水の孫)への書簡」)

安東守約もまた、次のように書いている。

「先生が来日されたとき連名して申し出たところ、長崎奉行の許可が出た。私は喜びのあまり夜も寝られず、柳川に帰るや、俸禄の半分を先生の生活のために差し出すことにした。ところが先生は多すぎるといわれた。私は、昔の賢人は船ごと麦を贈って友人の喪の助けとしたこと、古人は師を君父と同列に置き、死を厭わず仕えたことなどを申し上げた。私の本心は、俸禄のすべてを献上してもさしつかえなかったのであるが、先生はそれでは絶対にお受けにならないとおもい、あえて半分とした」(「悼朱先生文」)

安東守約の献身的な援助は、六年後の一六六五(寛文五)年、朱舜水が水戸藩の徳川光圀《みつくに》に招かれ、江戸におもむくまでつづけられた。

朱舜水と安東守約の深い師弟関係は、朱舜水が江戸に移り住み、一六八二(天和二)年に八十三歳で死去するまでつづいた。

朱舜水と安東守約(省庵)との交わりは、長い日中交流史のなかで最も麗しい美談の一つに数えられるべきであろう。一九一一(明治四十四)年に開催された「朱舜水日本渡来二五〇年祭」には、朱舜水の十一世の孫の朱輔基氏が来日されて柳川の安東省庵の墓に詣でられ、一九五八(昭和三十三)年には、おなじく子孫の朱世民氏が安東省庵の墓に詣でられている。

水戸光圀もまた、朱舜水に対して絶大な信頼を寄せた。朱舜水は光圀に実学を重んずべきこと、治者としての心構えや経世済民を説き、水戸の独特の学風——水戸学の成立に大きな影響をあたえた。

なお、四年前から日本に滞在していた僧侶の隠元《いんげん》も、朱舜水が亡命したこの年に日本永住を決めている。隠元は福建省の福州福清県出身で、もと黄檗山萬福寺《おうばくざんまんぷくじ》の住持であった。

たまたま長崎崇福寺の住持が欠員となったため、長崎興福寺の住持となっていた中国僧・無心性覚《むしんしょうかく》は隠元の弟子の也懶性圭《やらんせいけい》を推挙した。この招きに応じて也懶性圭は船に乗って日本にむかったが、アモイを出航してまもなく風波のため船が転覆し、也懶性圭は溺死してしまった。そこで、無心性覚らは隠元自身を招聘することとし、隠元もまた熱心な招きに応じて、一六五四(承応三)年七月、十人の弟子とともに国姓爺船に乗って長崎にやってきたのである。

隠元が興福寺に入るや、その教えを学ぶために、全国から「僧俗数千」が訪れた。隠元に随行してきた十人の弟子は翌年帰国したが、隠元は京都妙心寺の元住持・龍渓性潜《りゅうけいしょうせん》らの懇願を受けて、摂津富田(大阪府高槻市)

の普門寺に移った。

隠元の来訪を知るや、数千人の群集が押し寄せ、大騒ぎになった。このため、幕府は隠元の外出を禁止し、普門寺の僧侶の数も二百人以内に制限した。

隠元自身は三年という約束で日本に滞在していたが、鄭成功が南京での戦いで大敗を喫したことを知り、また日本側の熱心な引き止めを受けて、ついに日本永住を決断したのである。翌年の一六六〇（万治三）年には、幕府から山城国宇治郡大和田（京都府宇治市）に寺領を下賜され、翌年には黄檗山萬福寺を開いた。中国福建省の本寺とおなじ名前である。

こうして、隠元は日本黄檗宗の開祖となり、中国の念仏禅を伝え、臨済宗や曹洞宗など日本の禅宗に大きな影響をあたえた。

中南米原産のインゲンマメ――すなわち隠元豆は、ヨーロッパから中国に伝わったものであるが、隠元によって日本に伝えられたという。また、急須などをもちいて煎茶や玉露などの茶葉に湯を注いで飲む中国式の飲み方を日本にもたらし、隠元は日本の「煎茶道《せんちゃ》」の開祖と称されている。

いずれにしろ、鄭成功の大敗北は、さまざまな分野に大きな影響をあたえた。朱舜水と隠元の亡命は、その端的な例であった。

海門の戦い

年が明け、一六六〇年（清暦では順治十七年、和暦では万治三年）、鄭成功は三十七歳になった。

前年の九月、南京城の戦いで敗れた鄭成功は失意のうちにアモイに帰還したが、清軍の総司令官――寧南将軍内大臣に任命された達素が、大軍を率いて遠征してくるという情報を入手し、ふたたび気力を奮い立たせ、

――今後は、攻めるときは徹底的に攻め、守るときは徹底的に守る。南京で命を落した多くの犠牲者のために

も二度と負けるわけにはいかぬ。

と心に誓い、金門・アモイ島の防備の強化と兵卒に対する徹底した再訓練をおこなっていた。

清軍は、福州を拠点に浙江・福建・広東各省で集めた兵と船舶を中心に水軍を編成し、三月には泉州に南下した。達素の軍には、閩浙総督・李率泰《りそつたい》と寧海将軍・郎賽《ろうさい》、馬得功《ばとくこう》、沈永忠《ちんえいちゅう》などの幹部のほか、鄭成功のかつての部下――施琅と黄梧もくわわっていた。

――五月ごろが決戦になるか。

鄭成功は、各地に放った偵察の情報をもとにそう分析し、さまざまな場合を想定して戦略を練り、幹部たちと毎日のように打ち合わせをおこなった。そのようなときに、おもわぬ事件がおきた。

清軍の閩浙総督・李率泰の密命を帯び、張応熊《ちょうおうゆう》なる人物が鄭軍の陣営にもぐりこんだ。張応熊は、鄭成功の料理番をしている張徳の兄であった。厳しい検問をやすやすと通過した張応熊は、鄭成功の本陣で弟の張徳と対面し、持参した孔雀《くじゃく》の肝を取り出した。そのなかには、猛毒が仕込まれていた。張応熊は弟の張徳をそそのかし、その孔雀の肝を鄭成功以下幹部たちの料理のなかに入れさせようとした。

いったんは承諾したものの、恐ろしくなった張徳は弟子の王四《おうし》に実行させることとし、自分は病気と称して家に引きこもった。実行を引き受けた王四ではあったが、いざとなると、気持ちがすくんでしまった。おもいあまった王四が父の王耀《おうよう》に打ち明けると、王耀は、

「このばか者め」

と激怒し、訴え出たのである。

張徳は逮捕され、ただちに処刑されたが、兄の張応熊は三日前に島を出ており、逮捕することができなかった。

事の顚末について報告を受けた鄭成功は、

「わが命は天にある。どうして人が害することができよう」

と大笑いし、王耀・王四父子に賞金をあたえたという。

これが三月のことである。

四月になって、清の艦隊五百余隻が来襲した。清の艦船は、二手に分かれ、海門島と金門島に接近してきた。鄭成功は陳鳳以下の艦船をアモイの北側の高崎に、鄭泰の艦船を金門島の守備として配置し、みずからは主力艦隊を率いて敵の来襲を待ち受けていた。

四月二十六日、金門島に接近してきた清の艦船二百隻と戦いがはじまったが、鄭成功の主力軍は猛攻をくわえて甚大な被害をあたえた。その後も、海門島、浯嶼《ごしょ》、圭嶼《けいしょ》、牟尼嶼《むにしょ》、赤山坪《せきざんへい》、高崎、劉五店《りゅうごてん》、新城港などの海域で両軍の小競り合いがつづいたが、鄭軍が常に優勢を保っていた。

海門島の沖で大海戦がおこなわれたのは、五月十日のことである。鄭成功は、中軍船の艦上で旗を手に持って、敵の艦船の動きを注意深く観察していた。このあたりの海のことは、すべて熟知している。

――風はなく、海も凪《な》いでいるが、まもなく潮目が変わり、風も吹きはじめるはずだ。

じっと海の様子を観察していた鄭成功が、旗を大きく上げた。鄭軍の全艦隊が東方向に迂回をはじめると、たちまち強い東風が吹きはじめた。波も高くなり、清軍の艦船が突風にあおられて、大きく揺れはじめ、隊列が乱れた。

それを見て、鄭成功はふたたび旗を大きく振った。鄭軍の総攻撃が開始され、砲門が火を噴き、清軍の艦船を撃破していく。慌てふためく清軍は、反撃に移ることもできない。鄭軍は清の艦船を両側から挟み撃ちし、あるいは後方から追撃して次々に撃破する。

短時間のうちに戦いは終結し、清軍は艦船の大半を失い、兵員の六、七割を失うという惨敗を喫した。総司令官の達素らが乗りこんだ指揮艦は、鄭軍の追尾を振り切って、福州まで遁走した。

鄭軍の完勝であった。

鄭軍の勢いは回復し、強気を取りもどした鄭成功は、清軍の総司令部に使者を派遣して決戦を挑んだ。鄭成功

は、このとき清軍に女性用の被り物を送っている。諸葛孔明が、戦いに応じようとしない魏の司馬仲達に、

――男らしく戦いに応じないなら、女装して退散したらどうか。

と挑発した故事にならったものである。故事を持ち出して相手を揶揄《やゆ》するくらい、鄭成功は余裕を回復していたのである。

しかしながら、「海門の戦い」で完敗し、自信喪失した達素は、戦いに応じようとはしなかった。戦いに応じればまた負けてしまう。戦いに応じなければ清朝から処罰を受ける。追いつめられた達素は、毒を飲んで自殺してしまった。

鄭成功を追いつめたはずの清朝が、鄭成功の逆襲にあって、かえって追いこまれる結果となった。南京城において大敗北を喫し、多くの部将と兵員を失って意気消沈していたにもかかわらず、鄭成功はすばやく体勢を立て直していた。海上での戦いで勝ち目がないことがわかり、清朝内では動揺が広がった。そのようなとき、黄梧が「平海《へいかい》五策《ごさく》」なる意見書を上奏した。

黄梧は、かつての鄭成功の部下で、清軍に寝返って海澄公に任じられたことについては、すでに述べた。黄梧は、「平海五策」のなかで、

「アモイ・金門両島が小さな島でありながら堅固なのは、沿海の民衆が絶えず食糧や武器などの物資を供給しているからです。したがって、浙江・江蘇・福建・広東などの沿岸部の住民をすべて内陸部に移動させ、境界を設け、兵を出して防備を固め、鄭軍への物資供給の道を遮断してしまえば、鄭軍はおのずから衰退するはずです。そして、鄭氏一族の墓を破壊し、拘禁中の鄭芝龍を処刑し、蘇州、杭州、漳州、泉州などの鄭一族の財産や土地、問屋などすべてを没収し、さらに小船でしばしばアモイ・金門に攻撃を仕掛けるべきです」

と主張した。

こののち、この黄梧の「平海五策」が、鄭成功に対する清朝の基本方針となった。

新天地への思い

一方、鄭成功は海門の戦いにおいて大勝利をおさめたものの、大陸における支配地をほとんど喪失し、アモイ・金門のほか銅山や南澳島などわずかな地域しか領有していないことに、大きな危惧を感じるようになっていた。

――ではどうするか。

と考えているうちに、

――台湾を新たな根拠地にしたらどうか。

という案が有望におもえてきた。

台湾南部にオランダ人が拠点を設けているものの、中北部にはまだまだ未開の地も多い。中国本土からは海峡を隔てた場所にあり、安全性の確保という面から見ても、アモイ・金門よりもはるかに優れている。

――台湾であれば、独立した王国を築くことができるのではないか。

独立した王国で、理想の政治をおこなうことができる。清軍の攻撃に悩む必要もなくなる。

鄭成功は、幹部たちの意見を聞くことにした。『台湾外志』六月の条には、

「成功は大勝を喜んだが、両島への銃撃に苦しみ、天下の兵に対抗するには困難であると考え、集洪旭《しゅうこうきょく》、馬信、黄廷、王秀奇、陳輝、楊朝棟《ようちょうとう》、林習山、呉豪、馮澄世、蔡鳴雷《さいめいらい》、薛聯桂《せつれんけい》、陳永華などと打ち合わせをおこなった。

と書かれている。鄭成功は、居並ぶ幹部らにむかって、

「台湾は、それほど遠くはない。軍を派遣して、その地を占領したいとおもうが、どうであろうか」

とたずねた。このころの鄭成功は、南京への北征の際に甘輝の献策を斥けたことをいたく反省し、幹部たちの意見を聞くよう心がけていた。

すると、呉豪が意見を述べた。呉豪は台湾にいたことがあり、台湾の事情に明るかった。

「台湾にはオランダ人が二つの城を築いております。一つは赤嵌《せきかん》にあり、一つは鯤身《こんしん》にあります。海際に砲台を設けており、湾内に入るためにはその砲台の前を通らなければなりません。砲撃を受ければたちまち沈没いたしましょう。きわめて堅固な要塞であり、それを攻め落とすことは困難だと考えます。そもそも台湾は、風水上好ましい土地でありません。疫病の多い土地で、港も浅く、大船の進行も容易ではありません。好んで得る土地ではありません」

それを聞いて、鄭成功は、

——アモイから離れたくないだけではないか。

と、呉豪の消極論を不快におもったが、現時点では呉豪を上回る情報を持ち合わせてはいない。呉豪の発言が終わるや、鄭成功は、

「わかった。この問題についてはもうやめよう」

と、議論を打ち切ったが、

——座して死を待つより、新天地を求め、新たな飛躍をめざすべきではないか。

というおもいは、ますます強くなった。

そのおもいを秘め、鄭成功は清軍の来襲に備えて、アモイ・金門の守備を固めつつ、日本に対し、再度軍事的支援を求めることとした。おなじく『台湾外志』には、

「七月、成功は兵官張光啓《ちょうこうけい》を日本借兵につかわす」

とある。これは、鄭成功が依然として健在であることを、日本側に伝えようとするものでもあった。清朝は、鄭成功が死んだというようなデマをしばしば流していた。

十一月になって、張光啓は長崎から帰ってきたが、幕府から銅や鉄砲、日本刀などの兵器の支援は受けたものの、兵員の派遣については今回もまた拒絶された。

そうして、年が明け、一六六一年になった。鄭成功三十八歳。

鄭成功は局面打開のための構想を練りつづけていたが、何度考えても台湾進攻こそが最善の策におもえてくる。オランダ人が構築した二つの城を占拠すれば、そのまま居城に使える。台湾には五万人近い中国人が移住しているが、それをそっくり取りこめば大きな勢力となる。二十万人といわれる原住民を味方に引き入れれば、これまた大きな力となる。彼らに未開の土地を開墾させれば、気候温暖な台湾からは無尽蔵の食糧が得られるであろう。

――台湾を占拠したのちは、フィリピンを支配下におさめればいい。

鄭成功は、スペインの支配下にあるフィリピンにも大きな魅力を感じていた。フィリピンにも一万人を超える中国人が滞在しており、彼らとともにスペインの勢力を掃討すれば、東南アジア貿易の大きな拠点を獲得することができる。台湾に進攻し、そののちフィリピンに進攻して、二大拠点を獲得すれば、強大な清軍に十分に対抗できる。鄭成功の心のなかで、新天地への願望が大きくふくらんだ。

このようなとき、台湾から突然何斌《かひん》がやってきた。前述したように、鄭一族の出身地である泉州南安県出身であり、かつての鄭芝龍の部下であった。鄭成功は何斌と秘密の取り決めを交わし、台湾を出港する中国船から出港税と輸出税を徴収させていた。

鄭成功に会うなり、何斌は、

「税のことがオランダ人にバレてしまい、二十万元の罰金を課せられたうえに、クビになりました」

といって笑った。何斌はよれよれの服を着て疲労困憊というありさまであったが、その不敵な顔つきにはいささかの変わりもない。

「それは申し訳ないことをした」

鄭成功も笑っていった。

「いやはや、無一文に落ちぶれ、牢屋に入れられるなど難渋いたしましたが、うまい具合に台湾から抜け出すことができました」

「これからどうする」

「もちろん、オランダ人から二十万元を取り返そうとおもっています。そのために今日ここにまいったわけでございます。どうかお聞きください──」

何斌は居住まいを正して台湾進攻の利を説いた。『台湾外志』には、

「台湾の沃野は数千里、まさに覇王の地。もしこの地を得ればその国雄なるべし。人をして耕せしめればその食足るべし。上に至れば雞籠、淡水に硫黄あり。かつ大海横絶し、外国に通じ、船を備えて売買を興せば、帆柱、舵、銅、鉄欠乏せず。兵士と家族を移せば十年にして集落を生じ、また十年にして教え育つ。国は富むべく、兵は強かるべく、進んで攻め、退いて守れば、まさに中国と均衡するに足らん」

と、このときの何斌の言が記されている。

語り終えるや、何斌は懐から地図を取り出した。台湾の地図であった。

鄭成功はその地図を受け取り、じっと見つめた。その顔が赤くなった。珍しく興奮している。そして、顔を上げるや、何斌に近づき、

「そちは天からの使いだ」

といい、何斌の背中をなでた。

鄭成功の心のなかで、台湾進攻が決定された瞬間であった。

翌日、鄭成功は幹部会議を召集した。集洪旭、馬信、黄廷、王秀奇、陳輝、楊朝棟、林習山、呉豪、馮澄世、蔡鳴雷、薛聯桂、陳永華などの面々である。鄭成功は、居並ぶ幹部らにむかって、

「江南で敗北したのち、清軍は海戦を挑んできたが、諸君の力によって打ち破ったものの、清軍が執拗に隙を狙っている。そこで台湾を拠点にして外国と交易し、兵卒を訓練したいとおもう。皆の意見を聞きたい」

とたずねた。

すると、ふたたび呉豪が意見を述べた。

「前回も申し上げましたが、オランダ人の二つの要塞はきわめて堅固でございます。攻め落とすことはきわめて困難です。疫病の多い土地で、港も浅く、大船の進行も容易ではありません。好んで得る土地ではありません」

黄廷もまた反対意見を述べた。

「台湾の地形がよくわからないなかで進攻するのはきわめて危険です。オランダ人の砲撃をかいくぐって無事に上陸できるとはおもえません」

すると、馬信がはじめて口を開いた。

「藩（鄭成功）はまず根本を定めて枝葉を決めようとされているのだ。オランダ人がどのように堅固な要塞をつくっていようと、十分に調査して万全の計画を立て、一挙に攻めればいい」

待ちに待った賛成意見である。座がどよめいた。静まるのを待って、陳永華が、

「人事を尽くして天命を待つということわざがある。まず人事を尽くせばいいではないか。藩の裁断に委ねるべきである」

といって幹部一同をにらみつけた。

鄭成功のその顔には、笑みが浮かんでいる。幹部たちの意見がほぼ鄭成功の望む方向でまとまったからである。

「議論も尽くされたとおもう。鄭経にアモイほか沿岸各地を守らせ、みずから指揮をとって台湾にむかう」

鄭成功は、台湾への進攻を決定した。

台湾進攻

—一六六一年—

台南市のプロビンシア城（赤嵌城）

プロビンシア城の攻防

一六六一年一月、鄭成功が台湾進攻を決定し、三月をめどに出征の準備を開始した。

南澳島には陳覇《ちんは》、銅山には張進《ちょうしん》、郭義《かくぎ》、蔡禄《さいろく》、金門には鄭泰《ていたい》、アモイには鄭経以下洪旭《こうきょく》・洪磊《こうらい》父子、黄廷《こうてい》、林《りん》習山《しゅうざん》、陳永華《ちんえいか》、馮錫范《ひょうしゃくはん》などを配置し、台湾遠征のための艦船と兵卒を金門島に集めた。

出発間際になって、おもわぬ朗報が舞いこんできた。清の順治帝が二月八日に死去したという。天然痘による突然の病死であった。あとを継いだのは、八歳の皇帝——康熙帝《こうき》である。

「今こそ好機でございます」

鄭成功の側近となった何斌《かひん》がそうささやいた。

突然の皇帝の死により、清朝は大混乱に陥っているはずであった。先帝の大葬と新帝の即位のための国家的な儀式を挙行しなければならない。

「まさしく天機である」

鄭成功もまた笑顔を返した。

——幸先がいい。

あとは天候次第である。鄭成功は、空と海に祈るようなまなざしを向けた。

このころから、各部隊に異変が生じはじめた。台湾への出征を嫌って脱走する兵士が続出したのである。中国本土の人間にとって、台湾は未開人の住む異境の地であり、疫病の多い土地として知られていた。鄭成功は、脱走兵を捕らえ原隊への復帰を命じたが、出発寸前までこのような騒ぎがつづいた。

それでも、鄭成功は幹部たちにいささかの動揺も見せぬよう細心の注意を払い、三月二十三日（西暦では四月二一日）、総兵員二万五千名、艦船四百隻の大軍団を率いて金門島を出発した。南京以来の大遠征である。

鄭成功は六官都事および首程鎮将らとともに本艦に乗り、それぞれの艦隊には、周全斌（右武衛）、何義（左虎衛）、陳蟒《ぼう》（右虎衛）、馬信（提督親軍驍騎鎮）、楊祖（左先鋒）、蕭拱宸（中衛鎮）、黄昭（後衛鎮）、陳沢（宣毅前鎮）、呉豪（宣毅後鎮）、張志（援剿後鎮）、林福（礼武鎮）らを配置した。

翌日の二十四日に澎湖島に到着し、鄭成功は本島に上陸した。そして、幹部を集めて最終的な打ち合わせをおこなった。

鄭成功は不測の事態に備えるため、一部の守備隊と艦船を島に残し、三月二十七日に出発命令を下した。ところが、出発間際になって天候が急変したため出発を延期した。数日たっても天候は回復しない。食糧も急減した。

三月三十日、鄭成功は明日をもって艦隊に出発を命じたが、各艦隊から、

「まだ風波がおさまっておりません。出発は延期すべきです」

と懇願してきた。諸将は「羊山の悲劇」を思い出していたのである。

それに対し、鄭成功は、

「断固たる決意で、台湾を功略しようとしているのだ。好機を逸してはならない。困難にくじけてはならない」

と再度の命令を下した。

夕刻、艦隊は号砲三発を合図に、激しい風雨のなか澎湖島を出発した。すると、夜半になって風波はおさまった。

「これぞ天祐神助《てんゆうしんじょ》」

と兵士たちは喜び、大きな歓声を上げげた。

四月一日（西暦では四月三十日）の明け方、深い霧のたちこめるなか、艦隊は鹿耳門《ろくじもん》（台南安平港の北）に到

達した。水先案内人は、何斌である。

鹿耳門は北線尾《ほくせんび》砂洲と隙仔《きやくし》砂洲との間にある水路である。オランダ人は、ラクエモス・カナルとよんだ。この水路は泥に埋まって浅く、この当時、船舶の出入りにもちいられていなかった。通常は大員港がもちいられていた。したがって、オランダ人はこの鹿耳門を軍事防禦の警戒地域から除外していた。

しかしながら、何斌は鹿耳門から台江東岸のプロビンシア城（現在の台南市中区民族路）の間に、一筋の水路があることを知っていた。

「オランダ人は、この浅地を航行できないと思いこんでおりますが、満潮時には大きな船も通ることができるのです」

何斌は自信満々にいった。

鄭成功は、何斌とともに小船に乗り換えてその水路——鹿耳門水道を偵察した。

「なるほど、何斌のいうとおりだ。昼ごろには潮が満ちてこよう。その潮に乗って、一気に進入する」

鄭成功は断を下した。

鄭成功が船上で香を焚き、媽祖像に祈願すると、にわかに海水がみなぎったともいう。

満ちてきた潮に乗って、鄭軍の全艦隊が鹿耳門から台江に進入し、北線尾付近から上陸を開始した。すると、鄭軍の来攻を知った台湾の住民らが、牛車などを持ち出して上陸を助けた。

上陸した鄭軍は、プロビンシア城を包囲した。そのオランダ式の砦は赤いレンガでつくられているため、中国人は「赤嵌《せきかん》城」とよんだ。石灰に砂糖水ともち米の汁を混ぜて突き固めたレンガは、石のように堅い。高さは三丈六尺（約一二メートル）。中国人は「紅毛楼」ともよんだ。

プロビンシア城には、ヤコブス・ファレンタイン司令官以下三百余名の兵卒がいたが、圧倒的な鄭軍を前に城の門を固く閉ざしたままで、対岸のゼーランディア城（現在の台南市安平区国勝路）に応援を求めた。漢字では「熱蘭遮城」と書かれ、中国人は「台湾城」とよんだ。やはり赤いレンガでつくられているが、三層の城楼の高さは三丈余（約九メートル）、周囲は二七七・六丈（約八四〇メートル）、外壁の高さは約三尺（約一メートル）であった。現在その城址は、「安平古堡《あんぺいこほ》」とよばれている。

そのゼーランディア城もまたパニックに襲われていた。

このときのタイオワン長官はフレデリック・コイエット（Fredric Coijet）。漢字では「弗里第里克・揆一」と書く。一六二〇年生まれであるから、このとき四十二歳。スウェーデンのストックホルムに生まれた。二度にわたり長崎のオランダ商館長を務め、一六五六年から五年間タイオワン長官を務めていた。

コイエット長官は、プロビンシア城からの通報を受ける前に異変に気づいていた。城外を眺めていた誰かが、おびただしい中国船に気づき、大騒ぎになったらしい。

臨時軍事顧問を務めていたスイス人ホルペルは、その日記に、

「この日午前中霧が濃く、遠くが見えなかった。霧が晴れると、隻数不明の中国の木造船が北線尾の港に並んでいるのが目に入った。おびただしい帆柱がまるで枝葉のない樹林のようだった。皆たいそう驚いた。タイオワン長官でさえも予測していなかったことで、敵か味方かさえわからなかった」

と書き記している。

そのうちに、望遠鏡を覗いていた誰かが、

「鄭軍の来襲だ！」

と叫んだ。それに対し、コイエット長官は、

「鹿耳門の狭い水路を通ることはできないはずだ。こちらのほうに接近すれば、大砲で粉砕すればいい」

といいつつ望遠鏡を覗くと、鄭軍の艦隊はその狭い鹿耳門を悠然と航行している。

「なぜだ！」

驚愕したコイエット長官は、ただちに砲撃命令を下した。

しかしながら、ゼーランディア城の大砲は外海の方角に固定されているため、上陸中の鄭軍に向けて砲撃する

ことができない。しかも、沖に待機している鄭軍の艦船は、射程距離のはるかむこうに停泊している。コイエット長官は砲撃を中止させ、たまたま上陸していたデ・マリア号の乗組員を呼び寄せて、

「船にもどり、他の艦船とともに反撃せよ」

と命令を下した。

この当時台湾に停泊していたオランダの艦船は、大型艦デン・ヘクトル号と中型艦ス・ホラーフェランデ号（船長アンドリース）、小型艦デ・マリア号（船長コルネリス・クラースゾーン・ベンニス）、ガリオット船デ・ローデ・フォス号の四隻にすぎなかった。

四月三日、鄭成功はプロビンシア城のファレンタイン司令官とゼーランディア城のコイエット長官に、城の明け渡しを要求する書簡を送りつけた。

――台湾はわが領土である。わが父・鄭芝龍はこれをオランダ人に貸しあたえたが、本藩は返還を要求する。オランダと戦うのは本意ではない。財産を略奪するつもりもない。正当な所有者への返還を求めるだけである。もしこれを拒否すれば、重大な決意をいたすであろう。オランダ人をすべて殺してでも正当な要求を貫徹するであろう。

コイエット長官はこれを拒絶し、プロビンシア城の支援のため、ヤン・ファン・アールドルプ大尉とトーマス・ペーデル大尉に出撃を命じた。

アールドルプ大尉以下二百名はプロビンシア城近くまでたどりついたが、鄭軍と激戦となり、六十名ほどが城内に突入したものの、残りの兵はゼーランディア城に逃げ帰った。トーマス・ペーデル大尉以下二四〇人も鄭軍の陳沢の部隊と激戦となったが、数に勝る鄭軍に押されて次第に劣勢となり、ペーデル大尉以下一一八名が戦死し、四十二名が海に逃れて溺死し、生き残ったのはわずか八十名であった。

海上でも激戦が繰り広げられていた。この日早朝に出撃したオランダの艦船ヘクトル号、ホラーフェランデ号、マリア号の三隻は、鄭軍の艦隊に接近をこころみ、艦砲射撃をおこなった。この攻撃によって、鄭軍はかなりの

損傷を受けたが、オランダ船にくらべると小型であるため機動力に富み、蜂の大群のようにオランダ船に群がった。

この日は風が弱く、鄭軍は速力の落ちたオランダ船に接近し、はしごを掛けて登り、火矢で攻撃する者もいた。海上に硝煙が立ちこめ、いつ終わるともしれない海戦がつづけられたが、突然ヘクトル号が大音響とともに轟沈した。火薬庫が爆発したのである。乗組員は全員死亡した。

陸上、海上いずれにおいても、オランダ側の惨敗であった。

四月五日、コイエット長官の特使として、トマス・ファン・イベレンとレーンデルスゾーンが鄭軍の本陣にやってきた。鄭成功は、プロビンシア城近くの広場に設けた天幕の下で二人の特使と会見した。

オランダ側は、かつて鄭芝龍と交わした協定書などを提示して、鄭成功の要求が不当であることを訴え、

「十万両の賠償一時金を差し出し、貢物を毎年増額いたします。どうか台湾から撤退していただきたい」

と申し出た。

鄭成功は身に長袖をまとい、机を前にして座り、文武の官員を左右に整列させていた。鄭成功はゆっくりといった。

「父の契約は子に及ばない。台湾はわれらの領土である。よってその返還を求めるものである。戦いは避けたいとおもっている。私有財産も保証する。この地をただちに撤退せよ」

「わたくしども東インド会社は、これまでもこれから先も、貴殿との友誼を重視しております」

「すみやかに台湾を去るならば、大砲と貨物の携行を認め、招来東インド会社に通商交易を許すであろう」

これ以上交渉の余地はないと悟った二人の使者は、

「ただいまのお言葉を長官に報告したい」

と答えて引き揚げていった。

四月六日、プロビンシア城のファレンタイン司令官が鄭軍への降伏を決定した。城内が飲料水の欠乏に苦しん

だこともあるが、降伏しても身の安全が保証される確信を抱いたからである。鄭成功は通訳の呉邁《ごぐう》ほか李仲《りちゅう》、楊《よう》戎《じゅう》を城内に派遣し、開城すれば寛大な処置にとどめることを伝え、拘留していたファレンタイン司令官の弟夫妻を引き渡した。

ファレンタイン司令官はコイエット長官と評議会の同意を得て、鄭成功と安全退去の保証や城の引き渡し、財産の保全などに関する協定書を締結し、三百名余の兵士とともに鄭軍に降伏した。

台湾解放

これにひきかえ、ゼーランディア城のコイエット長官は頑強な姿勢を崩さなかった。遅かれ早かれ、バタビア総督府からの救援部隊が到着するはずであった。ゼーランディア城内には、兵卒一〇〇三名のほか、夫婦子供、男女奴隷、合わせて一七三三名が立てこもっていた。

——かならず援軍が到着する。

コイエット長官はそう力説して籠城をつづけた。

それに対し、鄭成功は、無理な急戦を仕掛けることはやめ、長期の包囲戦で臨むこととした。万に一つも負けない方法である。鄭軍の食糧が乏しくなっていたせいもある。鄭成功は長期戦に備えて、地元住民から食糧を有償で調達させるとともに、一部の兵隊には開墾と耕作をおこなわせた。

四月二十六日（西暦五月二十四日）、鄭成功は宣教師のハンブルークをゼーランディア城に派遣し、コイエット長官に降伏を勧告した。翌日の二十七日、ハンブルークは城からもどったが、コイエット長官の返答は投降を断固拒絶するという内容であった。

鄭成功は長期戦の覚悟を固めるとともに、その一方で、台湾を新しい王国の拠点とする構想に着手した。

五月二日、アモイから鄭軍の第二陣が到着した。黄安《こうあん》、劉俊《りゅうしゅん》、陳瑞《ちんずい》、胡靖《こせい》、顔望忠《がんぼうちゅう》、陳璋《ちんしょう》率いる二十隻の艦隊であった。

この日、鄭成功は、赤嵌という地名を「承天府《しょうてんふ》」と改めたのである。「府」といえば、王朝の都をいう。そして、府の下に「天興《てんこう》」と「万年《まんねん》」という二つの県を設けた。新しい王国の創立を鮮明にしたのである。天興県の管轄は承天府以北とし、県庁を佳里興（現在の台南県佳里鎮）に置いた。万年県の管轄は承天府以南とし、県庁を興隆《こうりゆう》県（現在の高雄市左営）に置いた。また、澎鼓島に安撫司を置き、周全斌に南北二路の軍務を統括させた。

五月十八日には、新しい国家の基本方針――八カ条の特諭を公布した。かいつまんでいえば、鄭軍すべての諸将、兵卒に対して台湾永住と屯田をすすめるものであった。ただし、いかなる場合も、住民の権利を侵してはならない、ということをつけくわえた。

原住民と先住中国人の協力がなければ、新しい王国の建設は不可能である。鄭成功はそう確信していた。実際、鄭成功の台湾進攻は、台湾の住民を大いに鼓舞していた。武装してオランダ人を攻撃し、キリスト教会や学校を破壊し、聖書を焼き捨てる者もいた。

鄭成功の本陣には、高山族の首長たちが大挙して押し寄せた。鄭成功は彼らを歓待し、印綬をあたえて忠誠を誓わせ、袍《ほう》などの衣服や帽子、靴、帯などを贈った。この噂を聞いて、ますます訪問者が増えたが、鄭成功はそのつどにこやかな顔をして応対した。

鄭成功は、オランダ軍に対して長期戦で臨む方針に切り替えたものの、ゼーランディア城を取り囲むように大砲二十八門を設置したこともあり、その威力を試したいという気持ちもあった。そこで五月二十六日、ゼーランディア城を砲撃させ、海からも進撃させてみたが、予想以上に城は堅固で、火砲による反撃を受けて、少なからぬ被害を受けただけであった。

鄭成功は攻撃をあきらめ、六月一日からゼーランディア城のまわりに柵と堀をつくらせて城を完全に孤立させた。

——あとは時間が解決する。

と自信満々の鄭成功であったが、六月下旬になって、おもいもかけぬ知らせがアモイから届けられた。銅山に配置していた郭義《かくぎ》と蔡禄《さいろく》が、黄梧と通じて清軍に投降したというのである。守将の張進は、清軍の捕虜となったという。張進は鄭成功の譜代ともいえる部下である。ひたすら鄭成功に仕える忠臣であった。銅山を奪われたことより、張進を失った打撃のほうが大きい。

——すぐに銅山を奪還せよ。

とアモイに指令を出し、洪旭《こうきよく》・洪磊《こうらい》父子の軍勢が銅山に攻め入って奪還したので事なきを得たが、張進を失った痛みは消えない。そしてまた、この事件を契機に、鄭成功は後方拠点の脆弱性にしばしば悩まされることになった。

一方で、ゼーランディア城のコイエット長官は依然として意気軒昂であった。

——かならず援軍が到着する。

コイエット長官は、毎日望遠鏡で水平線を眺めた。

しかしながら、六月がすぎ、七月がすぎても援軍は到来しない。城内の食糧も不足し、病人も増え、死者も出はじめた。

八月十二日、待ち望んでいたオランダの援軍が姿をあらわした。ヤコブ・カーウ司令官率いる十一隻の戦艦である。

——援軍到来！

コイエット長官が大きな声で叫ぶと、ゼーランディア城に歓声が上がった。

突然のオランダ船の出現に驚いた鄭成功は、海上と陸上から攻撃をおこなうこととした。

その間、オランダ艦隊は、悠然と大員港に接岸し、軍需品・食糧の荷揚げを開始したが、鄭軍から猛攻撃を受け、そこへ突然の暴風雨が襲来したため、五十名の兵士とわずかばかりの食糧をゼーランディア城に入れただけで、帆を上げて外海に逃れた。

オランダの艦船は海上を漂ったのち、八月十七日に澎湖島に到着し、鄭軍の留守部隊の目をかすめて牛やヤギ、豚などを略奪し、九月上旬になってふたたび台湾に引き返し、やっとのことでゼーランディア城に入城することができた。鄭成功は、オランダの援軍がゼーランディア城内に入ったという知らせを受けて衝撃を受けたが、わずか七百名ほどの兵であることを知って胸をなで下ろした。

そのあと散発的な戦いがおこなわれたが、終始鄭軍が優勢で、オランダ側は戦艦二隻を撃沈され、兵士一八〇人を失った。このため、コイエット長官はふたたび籠城作戦に切り替えたものの、かつての勢いはない。食糧も欠乏し、病人も増えるばかりである。

コイエット長官は婦女子、病人など二百名をバタビアに送還することにした。それを知ったカーウ司令官は、

「わたしが船で送りましょう」

と申し出たが、戦闘意欲に欠け、戦いの指揮も部下に委ねているカーウ司令官に不信感を抱いていたコイエット長官は、それを拒絶し、代わりの者を選んだ。

このようなとき、清朝の福建巡撫の李率泰がコイエット長官に手紙を送り、共同して鄭軍を討とうと申し入れてきた。この申し入れについて、コイエット長官は評議会にはかったうえで、三隻の軍艦と二隻の小船を中国に派遣することとした。清軍と協力して、アモイなど鄭軍の大陸の拠点を攻撃すれば、台湾の鄭軍は引き揚げるはずである。そのような中国側の申し出であった。

その動きを知ったカーウ司令官がふたたび名乗りをあげた。コイエット長官は、もちろん今度の申し出も却下したかったが、ほかに適任者も見当たらない。やむなくカーウ司令官を中国へ派遣することにした。

ところが、艦船を率いて台湾を船出したカーウ司令官は、澎湖島近くで、いきなり進路を南に変え、シャムをめざして進み、そのままバタビアまで逃げ帰ってしまったのである。それを知ったコイエット長官が、地団駄を

踏んで悔しがったのはいうまでもない。

ゼーランディア城内の士気が一挙に衰えた。絶望して鄭軍に投降する者もあらわれた。ベルヘンスという兵卒は、投降したのち鄭軍に協力してゼーランディア城の外壁の一部を破壊した。また、十月二十五日には、ハンス・ユルヘン・ラディスという軍曹が十二名の部下とともに投降し、ゼーランディア城には戦闘可能な人員は四百名しかいないことを告げ、城の外にあるユトレヒト要塞（Redour Utrecht）について、

「ゼーランディア城の死命を制する急所であり、これを奪取すれば、たちまち城は落ちるでありましょう」

と進言した。

ユトレヒト要塞は、一六三五年から五年がかりで築かれた方形の要塞である。小高い丘の上にあり、鯤身《こんしん》方面からゼーランディア城に攻め寄せる道筋にあった。跡地は、台南の安平共同墓地の丘の隅にある。

鄭成功は、ラディス軍曹の進言を採用し、十二月六日、町中に配置した二十八門の大砲によって一斉砲撃し、ユトレヒト要塞を制圧した。

ゼーランディア城は、丸裸同然となり、十二月八日、オランダ側はついに降伏を決定した。翌日から五日間にわたって交渉がおこなわれ、十二月十三日（西暦では一六六二年二月一日）に、十八カ条の降伏文書が締結された。

九カ月にわたる籠城戦による戦病死者は一六〇〇名にのぼった。東インド会社所有の財産約四七万フロリンが鄭軍に引き渡され、コイエット長官以下約九百名は、必要な食糧と私有財産を船に積みこんだのち、艦船に分乗して十二月二十一日に台湾から離れた。

四十年にわたるオランダの台湾支配が終わったのである。

バタビアに到着したコイエット長官は、死刑の判決を受けたが、のちに終身禁錮に減刑され、十二年後に二万五〇〇〇グルテンの保釈金でオランダに送還された。のちに、C・E・Sという匿名で、台湾攻防戦のいきさつについて『閑却された台湾（Verwaartloosde Formosa）』（Amsteldam,1675）という書物を出版して鬱憤《うつぷん》を晴ら

している。

清朝の強攻策

こうして、国姓爺・鄭成功の台湾攻略はなった。彼は間もなくゼーランディア城に入り、名を「安平鎮」とあらため、台湾全土を「東都」とした。「東都」とは、東の都という意味にくわえて、皇帝の巡幸時の行宮という意味もある。鄭成功は、台湾を新しい王国に育てる決意であった。

しかしながら、鄭成功が台湾功略に専念している間に、清朝は黄梧の「平海五策」にもとづいて、冷酷で野蛮な強攻策を実行に移していた。

一つは、「遷界令《せんかい》」とよばれるものである。清朝は中国沿岸部の山東、江蘇、浙江、福建、広東など五省にまたがる長大な区域の住民に対して、全員例外なしに内陸へ三十華里（一八キロ）の移住を命じたのである。いわば中国の領土から、海というものを権力によって強引に消し去り、中国の人民から海とともに生きる権利を奪ったのである。

内陸部への移住を拒否すれば、たちまち家が焼かれた。それでも抵抗すれば、もちろん処刑される。福建では、海岸から三十里地点に延々と壁が築かれ、壁から一歩でも海側に立ち入った者は、すべて処刑された。そして、清朝は、

「板一枚といえども海外に出してはならない」

と、住民に布告した。

鄭勢力に対する経済封鎖を狙ったものではあるが、あまりにも住民の暮らしを無視したやり方である。魚介類や海藻をとって生計を営む漁民も多い。物資を運ぶ海運業者も多い。都市間の物資の流通を担う商人も多い。船舶の製造など、海と直接間接に関わりのある業者も多い。

遷界令の施行によって、多くの住民が職を失って流民となり、死者は数百万人にものぼったという。それでも清朝は、情け容赦なく遷界令をつづけた。

鄭成功もまた大きな打撃を受けた。中国本土との取引が遮断され、貿易品の入手が困難になったのである。オランダとの交易ももちろん途絶えてしまっている。

——早急に台湾を開拓し、この地において貿易品を生産するのだ。

台湾のほとんどは、海際までうっそうとした原始林におおわれている。しかしながら、開墾した耕地に種をまけば、中国本土の数倍の実がとれる肥沃な土地である。未開の土地を切り開き、耕地を広げて食糧を確保し、生糸や茶などの生産体制を強化し、その他さまざまな商品を開発して、台湾という土地そのものから貿易品を産み出さなければならない。

そのためには、台湾に住む中国人は当然のこととして、十以上の種族と友好関係を構築しなければならない。

ゼーランディア城を陥落させたのち、鄭成功は武装した大部隊を引きつれ、台湾南西部から中西部——すなわち、台南、嘉義《かぎ》、雲林、彰化《しょうか》の各県を巡幸し、村長らと会見し、住民らに日用品やタバコなどを配った。

住民にとっては、オランダ人を追い出した英雄の登場である。鄭成功の巡幸した村々は、たちまちお祭り騒ぎになった。鄭成功は輿に乗って移動する。その姿は、台湾の住民に強烈な印象を残した。

「神様」

と叫んで手を合わせる者もいた。実際、鄭成功は神として崇められ、現在でも台湾全土で六十以上の廟が存在し、「開台聖王」あるいは「開台王」、「開山王」、「開土王公」として祀られている。妖怪退治の神、あるいは鮎やハマグリなどを台湾にもたらした殖産の神としても崇められている。台湾各地に鄭成功にまつわる伝承も数多く残され、いまでも台湾の人々に敬慕されている。

鄭成功にとって、台湾という土地は、永久の故郷となったのである。

このころ鄭成功は次のような詩をつくっている。「復台《ふくたい》——東都」という題である。

荊榛《けいしん》を開闢《かいびゃく》して荷夷《かい》を遂《お》い
十年始めて先基《せんき》を克服《こくふく》す
田横《でんおう》なお有り三千の客
茹苦《じょく》間関《かんかん》、離るるに忍びず

荷夷とは、オランダ人のことである。田横（？—前二〇二）は、漢初の人である。斉王となったが、漢王となった劉邦との争いを避けるため、その食客五百名とともに海島に逃れた。鄭成功のこの詩は、

——オランダ人を掃討し台湾を解放したが、田横とおなじく自分にも付き従ってくれる大勢の部下がいる。開拓に苦労しているが、この地から離れることはできない。

というような意味である。「離るるに忍びず」という句には、鄭成功の台湾への深い愛着が感じられる。

鄭成功は、台湾において新しいユートピア国家の実現を夢見ていた。

とはいえ、黄梧の「平海五策」に基づく清朝の冷酷な強硬策は、まだまだ続行されている。

年が明け、一六六二年になった。清暦では康熙元年。鄭成功は三十九歳になった。

年明け早々の一月、鄭成功はさらなる衝撃を受けた。父親の鄭芝龍が、前年の十月三日に北京の菜市において処刑されたというのである。

——反逆者・鄭成功と連絡をはかった。

というのが処刑の理由であったらしい。享年五十八。四十三歳のときに北京に拉致されて十五年。裸一貫から海の覇者にのし上がった希代の人物であった。

鄭成功は、父の死を知るや、その場に倒れ、北の方角にむかって夜半まで泣きつづけた。清によって母も殺さ

れ、父も殺された。永遠の主と決めた隆武帝も清に殺された。

「わたしの言を聞いていれば殺されることはなかったろう。しかしながら、今日まで生きることができたのは、不幸中の幸いであった」

鄭成功は、泣きながら、そうつぶやいたという。

父とともに、弟の鄭渡と鄭蔭、周継武などの家党、合わせて十一人も処刑された。しかも、清朝は福建省南安県石井郷にある鄭一族の墳墓を破壊したという。これまた黄梧の「平海五策」に基づくものである。父と十一人に対する処刑にくわえて、一族の死者に対する処刑であり、侮蔑である。

鄭成功は、心に大きな打撃を受けた。

「精神不安定の兆候が現われるのはこの頃からである」

と書かれるのは、林田芳雄氏である（『鄭氏台湾史』汲古書店）。

台湾の開拓に着手したとはいえ、安定した収穫が得られるのは数年先である。慢性的な食糧不足がつづき、三万近い兵卒に十分な食糧を配給することができない。清の「遷界令」によって貿易部門が壊滅的な打撃を受け、資金不足のため行政組織の整備や区画街路の整備が遅々として進まない。

このころアモイでは、鄭泰、洪旭、黄廷らが中心になって、台湾への支援をサボタージュしていたのである。いくら鄭成功の命令とはいえ、故郷を離れて疫病の多い未開地へ家族とともに移住することには大きな抵抗があった。しかも、鄭成功の近くにいけば、わずかばかりのミスで処罰されてしまう。

鄭成功の厳罰主義はますます激しくなり、台湾進攻に反対した呉豪はじめ、承天府伊に任命された楊朝棟《ようちようとう》、万年県知事の祝敬《しゆくけい》など、台湾進攻に勲功のあった幹部たちが次々に粛正されていた。台湾進攻をすすめた何斌すらも、論功行賞を求めすぎて鄭成功の逆鱗に触れ、追放されていた。

アモイの幹部たちは、鄭成功の度を越した厳罰主義に反感と恐怖を抱き、台湾との間に距離を置こうとしていたのである。

アモイの造反

三月になって、息子の鄭経から久しぶりに便りが届いた。開いてみると、妾との間に男児が出生したという。初孫の誕生であった。

狂喜した鄭成功は、初孫への贈り物はもちろんのこと、鄭経、唐夫人、妻の董氏への品々やアモイ・金門の諸将などへの贈答品を船に載せて運ばせた。さらには、台湾に駐留している鄭軍すべての兵士に祝いの品を配った。

ところが、四月になって、唐顕悦《とうけんえつ》から手紙が届けられた。唐顕悦は元明の兵部尚書をしていた人物で、鄭経の妻唐氏の父親である。その手紙には、

――ご子息は四弟の乳母である陳氏と私通して子をなされたのです。それを賞されるとは何ごとですか。これでは国の綱紀は保てません。

と書かれていた。四弟とは、鄭成功の側室・荘氏が生んだ鄭睿《えい》のことである。弟の「乳母」とはいえ、いやしくも「母」である。その母と通姦するなど、あってはならない行為である。正室の董氏は、家を治めることを怠り、子の教育を怠った。

手紙を読んだ鄭成功は激怒し、都事の黄毓《こういく》に矢と桶四つを持たせて、アモイに派遣した。

アモイに着いた黄毓は、鄭成功の命令を鄭泰に伝えた。

「藩のご命令は、董氏、鄭経、乳母の陳氏とその乳児の首を持ち帰れというものでございます」

黄毓がためらいがちにそういうと、鄭泰は驚愕し、鄭経や董氏のほか、諸将を集めて対応を協議した。

「わたしが台湾にまいって夫を説得いたしましょう」

董夫人がそう申し出たが、

「近ごろ藩はますます気が立っておられます。いま近づくのは危ない」

と、鄭泰が止めた。

「それにしても、何ゆえ公子と夫人まで殺さなければならないのか。藩は気でも狂われたのか」

洪旭がいうと、鄭泰が、

「そうはいっても、命令に背けば大変なことになろう。藩がアモイを攻めることも考えられる」

といって腕を組んだ。諸将も憂鬱な顔を浮かべたが、鄭経だけは、うつむいたままである。

「やむをえぬ。むごいことではあるが、陳氏と赤子の首二つを差し出そう。それしか方法はない」

鄭泰が裁断を下した。

「経どの、それでよろしいか」

鄭経は力なくうなずいた。董夫人はその場に崩れ落ちた。董夫人にとっても初孫である。鄭泰は、部下に命じて陳氏と乳児の首を斬らせ、二つの桶に入れて黄毓に手渡した。

台湾にもどり、黄毓が首の入った二つの桶を差し出したが、それでも鄭成功は怒り狂った。

「首四つと申し伝えたはずである。アモイは命令を聞かぬというのか」

腰に帯びた剣をはずして黄毓に渡し、

「この剣で董と経の首を斬ってまいれ」

鄭成功の目つきは狂喜を帯びていた。

「ははっ」

黄毓はふたたび船でアモイにむかい、鄭成功の命令を伝えたが、鄭泰以下諸将は、

「今後、藩の命令を拒絶する」

と公然と反旗をひるがえした。使者の黄毓は、

「このまま台湾に帰るわけにはいきません」

と泣き言をいったが、

「帰る必要はない。ここにおればいい」

と、鄭泰は告げた。

鄭成功は、アモイの部下たちが公然と命令を拒否する挙に出たことに衝撃を受けた。憤りを通り越して、悲しみすらこみ上げてきた。

追い打ちをかけるように、南澳島に配置していた陳覇が清に投降したという知らせが飛びこんできた。昨年の六月、銅山に配備していた郭義と蔡禄が清に寝返って以来、鄭成功は大陸の拠点の脆弱性に危惧感を抱きつづけていたが、ふたたびそれが現実のものとなったのである。

鄭成功は、ただちに周全斌の軍を派遣して陳覇を討たせ、南澳島を奪還し、守備隊長として新たに杜輝を任命した。

鄭成功は、南澳島から帰還した周全斌にねぎらいの言葉をかけたのち、

「これより軍を率いてアモイにむかい、董と経の首をとってまいれ」

と命じた。

「使者として派遣した黄毓がもどってこない。命令違反は重大である。アモイに出向き、反抗する者は徹底的に懲罰せよ」

「ははっ」

周全斌は手持ちの軍勢を率いてアモイにむかったが、もとよりアモイと本気で戦う意思はなく、洪旭の謀略にだまされたふりをして鄭泰の軍に捕らえられた。

鄭成功の孤立感がますます深まった。

さらには、このころ雲南からビルマに逃れた永暦帝の消息が伝えられた。

兵部司務の林英が僧侶に変装して清軍に制圧された雲南を脱出し、アモイを経由して台湾にたどり着いたのである。さっそく対面した鄭成功は、林英の報告を聞き、またもや落胆した。

「永暦帝は李定国どのの諫止を振り切ってビルマに脱出されましたが、大層難儀しておられます。わたしが広西まで逃れましたときに、呉三桂が永暦帝を追ってビルマに入ったことを聞きましたので、いまはもう殺害されたかもしれません」

呉三桂といえば、清軍のドルゴンに山海関を明け渡し、北京の明朝を滅亡に至らしめた張本人である。清朝から平西王に封じられ、平西大将軍に任じられて陝西・四川方面の旧明勢力の討伐に奔走していたが、のちに雲南・貴州に下って勢力地盤にしていた。その地に逃れてきた永暦帝を討ちとれば、清朝内部での処遇が高まることはまちがいなかった。呉三桂は、永暦帝を執拗につけ狙い、永暦帝がビルマに逃れたと聞くや、国境を越えて追撃していったのである。

ビルマに逃げこんだ永暦帝は、呉三桂の甘心を得ようとしたビルマ人によって捕らえられて呉三桂に引き渡され、ビルマから雲南の昆明《こんめい》に連行されて、四月に殺害されている。したがって、鄭成功が林英と会見したころには、永暦帝はすでに死去していたことになる。

「殺害されたと決まったわけではない」

鄭成功は、強がりをいったが、万が一永暦帝が殺害されたとすれば、「永暦」という元号をもちいることができなくなる。新しい皇帝を立て、新しい元号を定める必要が生じるのである。

鄭成功はまたもや暗然とした気持ちに襲われた。

ルソンへの威嚇

一方で、鄭成功はフィリピンに触手を伸ばしていた。

台湾を手中におさめたものの、当面の大きな課題は、食糧の安定的確保と貿易の振興であった。「遷界令」によって、中国本土からの食糧と貿易品の調達がほとんど不可能になっていた。早急に新しい基地を確保しなければならなかった。もちろん、鄭成功の心のなかにその構想はあった。

——ルソンをとる。

ということである。

フィリピンのマニラには、スペインが貿易の一大拠点を設けている。この地を支配化におさめることができれば、食糧と貿易の問題が一挙に解決するはずであった。台湾とフィリピンが連携すれば、新しい海の王国は磐石のものとなる。

——スペイン人が抵抗すれば、フィリピンを攻めて奪取すればいい。

四月、鄭成功は、アモイからドミニコ会士ビットリオ・リッチ（Vittorio Ricci）を呼び寄せた。

鄭成功は、リッチにフィリピン総督あての書簡を預けた。「中国の総指揮官コクセンより、マニラの長官ドン・サビニアーノ・マンリケ・デ・ララに与える友誼ある勧告の命令」という表題である。このなかで鄭成功は、オランダが中国人を虐待し、貿易船を略奪するなどの罪を犯したので、懲罰のため台湾に出兵して占領したことを記し、

「汝の小国はオランダ人とおなじくわが商船を圧迫し、争乱の元を開いている。余は数百千の精兵と数千の戦艦を有し、台湾から朝出発すれば夜到着することができる。すぐにでも出兵したいとおもったが、近ごろ汝らは前非を悔い、貿易の条項などについて報告するなど殊勝である。よって艦隊は台湾にとどめている。それゆえ、使者のパードレのみを派遣し、忠告と友誼の通知をおこなう。

もし汝の小国が天の意とおのれの過ちを悟るならば、頭を下げて毎年当宮廷に来りて貢物をおさめよ。もしこれに応じない場合は、ただちに艦隊を差し向け、城塞、都市、倉庫などあらゆるものを破壊する。そのときになって年貢をおさめたいといっても決して許すことはない」

と威嚇している。リッチはこの書簡を携えて台湾を出発した。

リッチは、五月上旬にマニラに到着し、フィリピン総督に書簡を渡した。フィリピン総督は、鄭成功の恫喝的な書簡に激怒し、フィリピン評議会を召集した。フィリピン評議会もまた鄭成功の要求を拒絶し、マニラ在住の中国人を追放する決議をおこなった。その間、フィリピン総督はテルナーテやティドールなどに配置していた守備隊を撤収し、すべての軍隊をマニラに集中的に配備し、鄭軍の進攻に備えた。そして、鄭成功の要求を拒絶し、徹底抗戦の意思を伝える七月十日付けの書簡を送った。鄭成功がこの書簡を読めば、かならずマニラに進攻してくるはずである。

しかしながら、この書簡が鄭成功の手に渡ることはなかった。

この書簡が台湾に届けられたとき、鄭成功はすでに死去していたからである。


鄭成功が発病したのは、五月一日のことである。この日、悪寒を感じた。当初は、風邪の症状であった。やがて高熱を発したが、鄭成功は通常どおりの執務をこなし、会議・打ち合わせをおこない、『台湾外志』によると、毎日のように千里鏡——すなわち望遠鏡を手にして望楼に登り、澎湖島方面を眺め、食糧運搬船の到着を待ったという。

しかしながら、台湾に造反したアモイから食糧や物資を積んだ船が送られてくるはずはなく、鄭成功はそのたびに落胆し、よろけるように階段を下り、そしてベッドに倒れこんだ。心配した諸将は薬を飲むようにすすめたが、鄭成功はそれを投げ捨て、

「大明国が落ちぶれて以来、矛を枕に血の涙を流すこと十有七年。進退拠る所なくこの世を去ろうとしている。これも天命というものか。天よ、天よ、何ゆえ孤臣をここまで苦難に遭わせられるのか」

と嘆いたという。鄭成功は、死期が迫っているのを予感したらしい。

五月八日、力を振り絞って望楼に登り、海を眺めたが、やはり船の姿は見えない。

肩を支えられて部屋にもどり、朝服冠帯《ちょうふくかんたい》――すなわち、明朝の正装に着替え、冠をかぶった。そして、太祖（朱元璋）の聖訓を唱えたのち、左右に命じて酒を持参させ、それを一杯だけ口に含み、

「われ、何の面目があって地下の陛下に見《まみ》えん」

と、両手で顔をおおって泣き崩れ、雨が降るがごとき涙を流した。

それが最後の言葉であった。鄭成功は、そのまま死去した。享年三十九。

突然の死であった。毒殺説もあるが、病死説が一般的である。マラリア、赤痢、腸チフスなど何らかの伝染病にかかり、急性肺炎を引きおこしたのではないかと考えられている（李騰嶽著『鄭成功的死因攷（鄭成功の死因考）』など）。

清朝は、精神錯乱の末に死亡したとする説を意図的に流した。

鄭成功が発病した翌日の五月二日、にわかに天地は暗くなり、強風が吹き荒れ、三日間暴風雨がつづいたという。台江と安平の外海は、波浪高く、雷鳴が轟き、稲光が走り、おびただしい海翁魚《かいおうぎょ》（鯨）の死骸が海面に浮いたという。

赤嵌城付近では、渓流が氾濫し、背後の山から倒木が流れ落ちて、安平鎮あたりまで届いたという。住民たちはそれらの流木を薪にもちいるため争って手に入れようとしたが、そのなかに、とりわけ大きな木があった。鄭成功の棺は、その大木でつくられた。

これほどの大木は、山奥でしか育たず、人の力で伐り出すことはできない。

――不思議なことだ。

と、台湾の人々は噂をした。台湾において、鄭成功を神格化するための伝説が生まれつつあった。

鄭成功の遺体は、武定里洲仔尾《しゅうしび》（現在の台南市鄭氏寮）に埋葬された。この墓地には、のちに子の鄭経も葬られたが、一七〇〇年に清朝によって福建省に移された。このためその所在が不明となっていたが、一九八〇年、台湾政府によって「鄭成功墓址紀念碑」が建てられた。

東アジアに広がる鄭成功の足跡

鄭成功の突然の死を受けて、その後継体制をどうするかということに焦点が移った。台湾の部将の間で、鄭成功の四弟の鄭襲《しゅう》（幼名は鄭淼《びょう》）を擁立する動きが高まったが、アモイ・金門でも諸将に推される形で、鄭経が「王位の継承」を宣言し、周全斌を五軍総督、陳永華を諮議参軍、馮錫範《ひょうしゃくはん》を侍従武官に任命した。台湾とアモイの対立が、鄭成功の死後も継承されたわけである。

十月になって鄭経は軍を動かし、海峡を渡って台湾に進攻した。そして、鄭襲に代わって台湾の統治者となり、アモイに引き揚げた。その後、鄭経政権の生みの親ともいうべき鄭泰を粛正し、鄭軍の全権を掌握したが、一六六三年、鄭泰の弟の鄭鳴駿《めいしゅん》が多くの兵とともに清軍に投降したため、鄭軍の兵力が大きく減ずることになった。しかも、この年の十月には清軍がオランダ人と連合してアモイ・金門を包囲して攻撃をくわえたので、鄭経はいったん銅山に退却し、翌年の三月には、中国沿海地域をすべて失って台湾に渡った。

鄭経は、こののち約二十年にわたって台湾を支配した。清朝の攻撃にさらされながらも独立を守り通し、台湾全土の開拓を進め、近隣諸国との貿易を促進し、東アジアの世界において、「台湾王」として一世を風靡した。鄭経は、鄭成功の敷いた路線をよく継承したというべきであろう。

日本の徳川幕府は、台湾を独立国家として処遇し、長崎での貿易の継続を認めた。イギリスは「台湾王国」と認め、イギリス東インド会社は台湾と通商条約を締結し、鄭経を「陛下（Your Majesty）」とよび、国王と見なした。

鄭成功が夢見た「王国の夢」に少しずつ近づいていたのである。

鄭成功が台湾に進攻したのが、一六六一年。鄭経が台湾を支配したのが、一六六二年から一六八一年まで。鄭経は清朝との戦争と和平交渉を幾度となく繰り返し、一六八一年一月二十八日、鄭成功とおなじく三十九歳の若さで病没した。

あとを継いだのは、鄭経の長子の鄭克塽《こくそう》である。一六七〇年生まれであるから、十二歳で王位を継承したわけである。実権は、馮錫範らが掌握した。

ところが二年後の一六八三年六月、かつての鄭成功の部下で清に寝返った施琅が艦船を率いて澎湖島に進攻し、たちまち占領した。戦意喪失した鄭克塽は、清への投降を申し出た。身柄は北京に送られたが、清の康熙《こうき》帝は鄭克塽を厚遇し、公爵の称号をあたえた。こうして、一六六一年の鄭成功にはじまった「鄭氏台湾時代」が終焉した。

わずか二十二年間ではあったが、「鄭氏台湾時代」は、その後の台湾の政治と経済発展に大きな影響をあたえた。屯田政策を積極的に推進して農業生産力を高め、基盤整備を進めていった。明朝最後の元号「永暦」を継続して使用し、清とは異なる「台湾」という独立国家の存在を、東アジア諸国はじめ西洋諸国にも知らしめた。

一六八四年、台湾は福建省の管轄下に組み入れられたが、台湾の人々は従前と変わらず鄭成功を思慕し、ひそかに「王爺」と称し、町や村に「開山聖王廟」、「代天府」、「王爺廟」などをつくり、鄭成功を神として祀りつづけた。

一七〇〇年（清暦では康熙三十九年、和暦では元禄十三年）、鄭一族が台湾にある鄭成功や鄭経の遺骸を故郷――福建省泉州府南安県石井郷への移葬を願い出ると、康熙帝は、

――成功は明室の遺臣にして、乱臣賊子にあらず。

と勅して、それを許し、鄭成功および鄭一族の名誉を回復した。現在では、墓域も拡大整備され、墓の前には、「重修民族英雄鄭成功墓碑記」と刻まれた石碑が建てられている。

鄭成功没後五十三年――一七一五（正徳五）年十一月一日、大坂の竹本座で近松門左衛門作の『国性爺合戦』の上演が開始された。鄭成功を「和藤内」とするなど、史実から大きくはずれたフィクションではあったが、豪華絢爛で異国情緒あふれるこの作品への反響はすさまじく、十七カ月ロングランという大記録を打ち立て、当時

2009年に建立された、少年時代の鄭成功と母おマツの像
（平戸市川内町。伊藤征方氏撮影）

の大坂の人口三十万人の八〇パーセントにあたる二十四万人を動員する大ヒット公演となった。このことによって、「国姓爺」という名は、日本人の一般常識ともいえる存在になった。

一八七五年（清暦では光緒元年、和暦では明治八年）、清朝は、台湾に鄭成功を祀る廟の建設を公に認め、かつ「忠節」とおくり名をした。台南につくられた廟は、はじめ「開山王廟」と称されたが、一八九五（明治二十八）年からはじまった日本の台湾統治時代に「開山神社」とあらためられ、一九四七（昭和二十二）年以降は「延平郡王祠」と称されている。台南市中区開山路にあり、廟の正殿に鄭成功が祀られ、後殿には鄭成功の母おマツが祀られている。

一九六二（昭和三十七）年は台湾開放三百年の年であったが、鄭成功の生地である平戸市の川内に「延平郡王祠」の分霊廟が建てられ、中国本土では、鄭一族の故郷——福建省南安県に「鄭成功紀念館」が、厦門《アモイ》市の鼓浪嶼《コロンス》には「厦門市鄭成功紀念館」がそれぞれ建てられた。

日本の平戸で生まれた少年は、龍のごとく東アジアの海を暴れまわり、たちまち天に駆け昇って姿を消したが、台湾、中国、日本いずれの地にも、その確かな足跡を残している。

主要参考文献

張廷玉等『明史』中華書局、一九七四年四月
楊英『先王実録』福建人民出版社、一九八一年十二月
阮旻錫『海上見聞録』福建人民出版社、一九八二年二月
江日昇『台湾外志』上海古籍出版社、一九八六年四月
夏琳『閩海紀要』福建人民出版社、二〇〇八年四月
毛佩琦『鄭成功評伝』広西教育出版社、一九九五年四月
周宗賢『逆子孤軍 鄭成功』萬象図書股份有限公司、一九九六年六月
陳文徳『鄭芝龍大傳』遠流出版事業股份有限公司、一九九八年四月
何世忠・謝進炎『鄭成功傳奇性的一生』世峰出版社、二〇〇〇年三月
石原道博『鄭成功』三省堂、一九四二年十一月
石原道博『国姓爺』吉川弘文館、一九五九年四月
村上直次郎『長崎オランダ商館の日記』岩波書店、一九五六年一月
皆川三郎『平戸英国商館日記』篠崎書林、一九五七年三月
石原道博『朱舜水』吉川弘文館、一九六一年十二月
松浦史料博物館『史都平戸―年表と史談』一九六二年一月
平久保章『隠元』吉川弘文館、一九六二年九月
石原道博『倭寇』吉川弘文館、一九六四年四月
長積洋子『平戸オランダ商館の日記』岩波書店、一九六九年二月
村上直次郎訳注・中村孝志校注『バタヴィア城日誌』平凡社、一九七〇年九月

寺尾善雄『明末の風雲児 鄭成功』東方書店、一九八六年六月
外山幹夫『松浦氏と平戸貿易』国書刊行会、一九八七年五月
伴野朗『南海の風雲児・鄭成功』講談社、一九九一年八月
松浦章『中国の海賊』東方書店、一九九五年十二月
殷允芃編・丸山勝訳『台湾の歴史』藤原書店、一九九六年十二月
岸本美緒『明清交替と江南社会』東京大学出版会、一九九九年十二月
林田芳雄『鄭氏台湾史』汲古書院、二〇〇三年十月
上田信『海と帝国――明清時代』講談社、二〇〇五年八月
呉密察監修・横澤泰夫訳『台湾史小事典』中国書店、二〇〇七年二月

鄭成功と平戸

平戸市観光協会鄭成功部会　石田康臣

一六二三年、大航海時代の平戸に、中国人海商・鄭芝龍《ていしりゅう》がやって来た。

鄭芝龍は、ときの松浦家第二十八代当主・隆信（宗陽）公に慕われ、松浦氏の家臣・田川氏の娘マツとその年に結ばれた。マツは、日本人古来の慎ましやかさと従順さで夫鄭芝龍に仕え、二人は平戸港から南へ約八キロの川内港の中央部にある「喜相院《きそういん》」を生活の拠点としていた。

一六二四年七月十四日、臨月のマツは、下女と共に喜相院から一キロほど歩いたところの千里ケ浜海岸で貝拾いに熱中していた。にわかに産気づいたマツは、帰宅する暇もなく、浜辺の巨石につき男の子が誕生した。子の名は福松（中国名・森）、後の「国姓爺・鄭成功」である。

この巨石は地元で「鄭成功児誕石《じたんせき》」と呼ばれ、大英雄を生んだ貴い石塚として敬慕され、畏敬の念で温かく見守られている。

父鄭芝龍は、福松誕生を喜び、早速ジャンク船の「船の守神・媽祖《まそ》神像」を裏山の祠に安置し、我が子の成長を祈った。その媽祖神像は、今も近くの観音堂に安置され、約三九〇年間、川内港集落の家内安全・五穀豊穣・森羅万象を守護している。

福松は、父母の教えを従順に守り、文武を磨いた。「文」は、父鄭芝龍が派遣した彭継徳《ほうけいとく》という中国人の家庭教師から中国語の読み書きを学び、「武」は、日本人の平戸藩剣術指南・花房権右衛門から剣術を学んだ。

福松六歳のとき、弟次郎左衛門、後の七左衛門が誕生した。父不在の中、母・弟と三人で、母の慈愛のもと仲良く助け合った。マツは、中国の難しい漢字や書画を福松に自ら教えることもあった。

いよいよ、父鄭芝龍から明国への招きが近づいていた。

一六三〇年、平戸を旅立つに当たって、福松は剣術の師・花房権右衛門のもとへ挨拶に行き、花房邸の一角に椎の木を植えた。福松が植えた椎の木は戦後分木され、花房道場があった長崎県立猶興館《ゆうこうかん》高校運動場の傍らに碑と共に繋っている。そばに建つ碑には、

「鄭森、往昔壷陽に在り、武を講じ、文を修め、鉄腸を練る。此の樹当年みずから植うるところ、今に到って蟠鬱して緑蒼々たり」

とあり、猶興館高校の創始者・松浦詮《あきら》公が題した、と刻まれている。文武両道の精神は、猶興館高校の生徒諸君が立派に受け継いでいる。

また、喜相院の庭先に福松が手植えしたとされる「ナギの木」は、日本の一般的な木葉と違い葉脈が縦に走っており、横に裂けないことから「チカラシバ」とも呼ばれ、鄭成功の精神「忠誠」のシンボルとして住民から親しまれている。

一六四五年、中国泉州安平鎮で、鄭森は母マツと十五年ぶりに再会した。鄭森は、再会した母マツと安平城で暮らし、母子の絆を確かめ合った。

一六四六年、鄭森は、父鄭芝龍と共にときの皇帝・隆武帝に謁見した。皇帝から明王朝の姓「朱」と「成功」の名を授かった。こうして「国姓爺・鄭成功」が誕生し、明皇帝への忠誠が始まった。

父鄭芝龍は、自己の思いのままに動き、子鄭成功と敵対し、母マツは夫子の間で苦悩し続けた末、自害した。ここに「母子の慈愛・忠誠」のルーツを垣間見ることができる。

一六六一年、鄭成功は、台湾をオランダ人から開放した。台湾では、鄭成功が台湾鹿耳門《ろくじもん》に到達した四月二十九日を「復台紀念日」としている。

鄭成功生誕の地・平戸では、一九六二年、ときの平戸市長・山鹿光世氏が、台湾高等商業専門学校（現・国立

台北商業技術学院）の教師時代（一九四〇年頃）の教え子で、当時「明延平郡王祠」の責任者だった台湾人から贈られた「鄭成功の分霊」を安置するため、川内港の鄭成功児誕石を望む丸山公園に「鄭成功廟」を建立した。以後、毎年誕生日に観光協会が「鄭成功生誕祭」を催し、神事、国指定重要無形民俗文化財「平戸ジャンガラ」や、保育園児の和太鼓などを奉納し、東アジアの大英雄・鄭成功の偉業を顕彰している。

　鄭成功と平戸のご縁は、平戸と中国、台湾との人的相互交流訪問に発展し、継続されている。

　中国とは、一九九五年、福建省南安市と平戸市が国際友好都市を締結し、以後、相互人的訪問を継続し友好親善が図られている。

　台湾とは、一九八二年、台湾鄭氏宗親会が第一回平戸親善訪問団として鄭成功生誕の地・平戸を訪問以来、友好親善交流が図られており、二〇一〇年には、台南市政府が建造した十七世紀台湾船（木造帆船、全長三〇メートル）に平戸訪問団一行が乗り組み、大航海時代の再現、平戸港に接岸・上陸となる予定である。

　一九九〇年からは、日本から台湾を訪問し、「復台紀念式典・鄭成功文化節」に出席、台湾人との絆を深め友好親善を図っている。

　また、私どもヨット仲間は、鄭成功の活躍した往時の海を偲ぶこと、鄭成功の偉業を啓蒙することを目的に、川内港を中心に「鄭成功生誕記念平戸オープンヨットレース」を一九九〇年から十二年連続で開催した。

　さらに二〇〇二年、平戸市制施行四十五周年記念事業として映画「国姓爺　鄭成功伝」を作成・公開。明朝期、激動の中国・台湾を舞台に、鄭成功の献身的な義勇の精神、深い人間愛を描いた壮大なスペクタクルアクションロマンで、日本はもちろん東アジア圏に鄭成功の偉業を知らしめた。

　二〇〇五年、鄭成功生誕の地をより周知させるため、四メートル角の大看板を鄭成功児誕石近くに設置した。

　二〇〇九年には、喜相院（現・鄭成功居宅跡）に母マツと福松少年の母子像を建立し、母子の慈愛・忠誠の精神を永く伝承することにした。

　市内の中野小学校校歌に「広いなぎさの　白浜は　鄭成功を生んだ浜　わたしの夢は　黒船の　船べり寄せて

語る夢　世界の人と　結ぶ夢」と歌い継がれ、児童が大英雄・鄭成功を自身に重ね合わせ、忠誠を貫いた姿を思い起こしていることがとても嬉しい。

この他、平戸における鄭成功関連史跡としては、一八五二年、川内港千里ケ浜海水浴場入口に建てられた「鄭延平王慶誕芳蹤」という石碑がある。江戸時代の儒者・朝川善庵が松浦家第三十五代・煕《ひろむ》（観中）公の命を受け、全文五千有余字の「鄭将軍成功伝」を作ったが、これを刻する大石が見つからず、朝川没後、藩老・葉山鎧《がい》軒《けん》（高行）が千五百余字に縮めて刻したものである。また、父鄭芝龍が所持していた香炉、印判が喜相院で見つかったが、今は平戸港の高台にある松浦史料博物館に展示されている。

私は、本書『龍王の海』に巡り会い、鄭成功の生き様を再認識した。

本書は、史実に基づき、平戸・中国・台湾に生きた鄭成功をリアルに描き出している。これぞ、義勇の将・鄭成功である。著者が額に汗しながら執筆した姿が想起される秀作である。

平戸が生んだ大英雄を、より多くの人に知っていただく契機となるであろう本書の刊行に、心より感謝したい。

長崎ゆかりの文学における鄭成功

長崎県立長崎図書館 指導主事　中島恵美子

平戸の春

平戸港から、鄭成功が生まれた川内浦へ向かう途中に、吉井勇の歌碑が海山を見渡すように建つ川内峠がある。その峠では、二月上旬、春を告げる野焼きがあり、草原には激しい炎が豪快に広がる。本書『龍王の海 ── 国姓爺・鄭成功』に描かれた「鄭成功」からまず感じたことは、その炎のような生き方であった。明を守るという使命感に燃え、忠誠を尽くす鄭成功の青春像が浮き彫りになっている。

また、平戸島の対岸である北松浦郡田平町（現平戸市）に生まれ育ち、平戸の女性を母に持つ私にとって、遠くに感じられていた大航海時代の歴史が、生き生きとした映像として懐かしさを伴って蘇ってきた。

本書は、豊富な歴史資料を読み込み、綿密な時代考証の上に立ち、史実を克明に追いつつも、登場人物に息を吹き込み、遙かな時代を超えた生身の人間を感じさせる力を持っている。分かりやすい歴史の授業を受けるような感覚と、まるで映画のワンシーンを見ているかのような臨場感を与えてくれた。主人公である鄭成功を「龍王」と名付け、王の持つ名誉や権力ではなく、王のみが知る「孤独」をも描ききった。晩年の鄭成功の人物像もまた、河村氏の歴史研究の基盤に立った確かな筆力によるものであろう。

長崎ゆかりの文学

「長崎ゆかりの文学における鄭成功」という視点で言えば、鄭成功は、近松門左衛門の浄瑠璃『国性爺合戦』

で一躍脚光を浴びた。長崎は古典文学との関わりも深く、古代の『肥前国風土記』に遡る。松浦郡、彼杵《そのぎ》郡、高来郡の抄には、県内各地の地名由来譚が散りばめられている。『万葉集』には、壱岐・対馬・五島を中心とした島々で生まれた、遣新羅使・遣隋使・遣唐使らの和歌やその物語が収録された。『蜻蛉《かげろう》日記』では五島の「みみらく」が死者に会える所として出ている。

　近世では、近松と双肩をなす井原西鶴の『世間胸算用』や『本朝二十不孝』にも長崎が登場する。「長崎の柱餅」をはじめ、江戸時代の長崎の町や風物、親不孝者の話など、虚実入り乱れての語り口は、今読んでも面白い。肥前平戸藩主である松浦静山が書いた随筆『甲子夜話《かっしやわ》』もある。松尾芭蕉の高弟・向井去来は長崎で生まれ、河合曾良《そら》は壱岐で客死した。太田南畝《なんぽ》（蜀山人《しょくさんじん》）や中島廣足《ひろたり》らも長崎で暮らし、作品を残した。

　長崎県立長崎図書館では、長崎ゆかりの文学事業の一環として、平成二十一年秋、「長崎と古典文学」という企画展を開催した。この時、当館が所蔵する江戸時代の『万葉集略解《りゃくげ》』『伊勢物語拾穂抄《しゅうすいしょう》』『源氏物語玉の小櫛』などの写本や版本も展示した。多数の貴重な国書・漢籍が当館の書庫には眠っている。これほどの文化財産を保有していた長崎人とはいかなる人たちだったのか。本書で随所に登場する「長崎貿易」という四文字が、私の中ではおのずと、西鶴が描いた長崎や当館の貴重資料と繋がっていった。

　大正時代、長崎医学専門学校の教授として長崎に在住した斎藤茂吉は、大正八（一九一九）年十月に平戸を訪れた時、次の歌を詠んだ。

阿蘭陀の商人《あきびと》たちは　自らの生業《なりはひ》のためこれを遺しき

　同じ大正時代に何度も長崎を訪れた言語学者の新村出は、『広辞苑』で知られる言語学者であるが、当館所蔵の直筆色紙に、「崎陽懐古」と題した次の一首をしたためている。

阿蘭陀舟もろこし舟の　玉の浦に寄りてさかえし古へおもほゆ

このような短歌は、本書に描かれたような大航海時代を抜きにして創られることはなかっただろう。平戸を含む長崎の歴史や風土は、その文化の形成において特筆すべきものである。三浦綾子の『氷点』や『天北原野』のような名作が、北海道の自然や風土なしには存在しえなかったように、長崎の文学もまた、大航海時代なしには、ここまで豊かになることはなかっただろう。そうした長崎ゆかりの文学の系譜に、本書が確かな地歩を占めることを大変有り難く思っている。

ご縁

長崎ゆかりの文学を考える上で、もう一つ忘れてならないことは、「海」というテーマである。海をこよなく愛した作家に、福岡で執筆活動を続けた直木賞作家の白石一郎氏がおられる。氏もまた、鄭成功をモデルとした小説『怒涛のごとく』を上梓し、吉川英治文学賞を受賞された。氏は長崎県立佐世保北高校のご卒業であり、長崎県を舞台とする作品を数多く書いて下さった郷土作家である。

昭和六十三年九月、母校の創立四十周年記念講演に、高校時代からの親友で、当時の長崎県教育長の伊藤昭六氏と共に来校された。私が新任国語教師として佐世保北高に赴任した年であった。それから二十年を経た平成二十年四月、当館に異動した私の初仕事が「白石一郎展」であった。六月には、ご子息の白石一文氏と伊藤氏を講師に招き、「白石一郎を語る」と題した図書館講座を開催した。その一文氏が、本年一月、第一四二回直木賞を受賞されたことは、当館にとっても本当に嬉しい出来事であった。

『怒濤のごとく』は、鄭成功よりも父・鄭芝龍に重きが置かれている。鄭芝龍に愛された平戸の田川マツは、同書の冒頭に登場する。千里ケ浜での初産を、たった一人で成し遂げた傑女として描かれたマツは、『長崎女人伝』（深潟久著、西日本新聞社刊）において、「鄭成功の母 ―― 日本女性の意気を示す」と紹介されている。

本書『龍王の海』の「海を渡った少年」で触れられている花房邸の椎の木は、県立猶興館高校のグラウンドにあった。同校は私の両親の母校でもある。七十六歳の父は、六十年前の旧制中学時代の校歌に、「庭に鄭氏の椎の巨木」とあったことをはっきりと憶えている。亡母もきっとこの木を目にしたことであろう。

ふるさと平戸

平戸・川内峠には、吉井勇の歌碑がある。吉田松陰も学んだ山鹿《やまが》流の子孫である山鹿光世市長時代の昭和三十二年に建立されたものである。「五足の靴」で、勇が初めて平戸を訪れてから五十年後のことである。碑には次の一首が刻まれている。

山きよく海うるはしとたたへつつ　たび人われや平戸よく見む

本書を読み終えた時、私の脳裡に広がったのは、幼い頃から眺めてきた平戸の海であった。「山きよく海うるはし」き、ふるさと平戸。

東シナ海や台湾海峡を舞台に活躍した鄭成功であるが、彼にとっての「海」は、生死を懸けた荒々しい大海原ではなく、七歳まで過ごした穏やかな平戸・川内の海ではなかっただろうか。彼の原風景として平戸の海があったことは間違いない。死の間際に眺めた台湾の海。その海を伝い、最期は龍となって遠く平戸の海に帰ってきたような気がしてならない。

〔主要参考資料〕
長崎県編『長崎県文化百選4　うた・文学散歩編』長崎新聞社、一九九八年三月
『長崎の文学』長崎県高等学校教育研究会国語部会、二〇〇九年一月
奥野政元編『ふるさと文学館　第四九　長崎』ぎょうせい、一九九四年五月
『日本随筆紀行二二　異国の響きが聞えてくる　長崎』作品社、一九八七年六月

河村哲夫（かわむら・てつお）
昭和22（1947）年生まれ。著書に『志は、天下　柳川藩最後の家老立花壱岐』全５巻、『筑後争乱記　蒲池一族の興亡』、『九州を制覇した大王　景行天皇巡幸記』（以上、海鳥社）、『柳川城炎上』（角川書店）、『西日本人物誌　立花宗茂』、『西日本古代紀行　神功皇后風土記』（以上、西日本新聞社）、『天を翔けた男　西海の豪商・石本平兵衛』（梓書院）がある。

本書は、2007年10月から2010年１月まで「財界九州」に連載された「龍王の海　国姓爺・鄭成功」に加筆・修正を施したものである。

龍王《りゅうおう》の海　国姓爺《こくせんや》・鄭成功《ていせいこう》

■

2010年３月27日　第１刷発行

■

著　者　河村哲夫

発行者　西　俊明

発行所　有限会社海鳥社

〒810－0072　福岡市中央区長浜３丁目１番16号

電話092（771）0132　FAX092（771）2546

印刷・製本　大村印刷株式会社

ISBN978-4-87415-766-4

http://www.kaichosha-f.co.jp

［定価は表紙カバーに表示］